卷
四

梅娘文集

1936-1957

【散文卷】|卷一

1995 年 5 月摄于美国佛罗里达女儿柳青家

1935 年摄于长春

1939 年
摄于长春

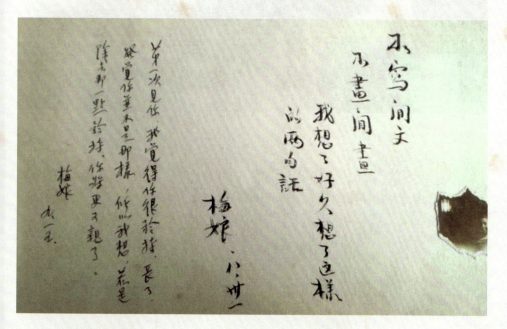

不写间文
不画间画
我想了好久想了这样
的两句话

梅娘·小廿一

第一次见你，我觉得你很矜持，长了
缘觉你基本是那样，所以我想，若是
除去那一点矜持，你将更亲了。

梅娘
丸一五.

1940 年
梅娘给时任《华文大阪每日》杂志美术编辑吕风的题字
吕风本名苏瑞麟（1917.8-2017.7）

1942 年
摄于日本神户夙川
《华文大阪每日》同事之女眷。右一为梅娘，手中抱着的是二女儿柳菖蒲，身前站立的是大女儿柳航（两个女儿均因感染脑膜炎于 1942 年先后去世）

1949 年 1 月初摄于台湾台北北投温泉

梅娘和两个女儿，柳青（右），柳荫（左）

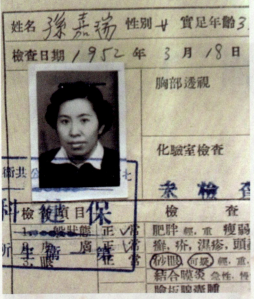

1952 年 3 月
梅娘加入农业部农业电影社的体检报告

1985 年
摄于中国农业电影制片厂大门口

1991 年 2 月
摄于北京北海公园

北京出版社出版，1997 年 5 月
张泉选编

2002 年 1 月 文汇出版社出版"学生阅
读经典"系列，其中选有《梅娘》集

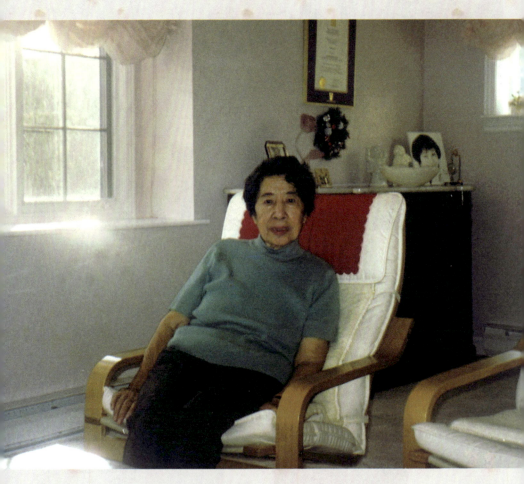

1999 年 6 月
摄于加拿大多伦多郊区女婿卢堡的苹果庄园

主编例言

《梅娘文集》第4卷

梅娘（1916-2013），原名孙嘉瑞。吉林长春人。从 1936 年 5 月 20 日在长春发表散文《花弄影》，到 2013 年的随笔《企盼、渴望》在北京面世，她执笔为文近 80 载，是中国现代文学史上屈指可数的"长时段作家"。

梅娘的创作生涯大体上分为隔断清晰的五个时段。

第一个时段，1936 年至 1945 年，20 至 29 岁，大约十年。曾短期在长春、北京的报社、杂志任职，基本上专职写作，以小说家名世。出版有新文学作品集四种，还有大量的儿童读物单行本。署名玲玲、孙敏子、敏子、芳子、莲江（存疑）、梅娘等。与内地（山海关以南）相比，新文学在东北的发生滞后。1936 年梅娘在长春益智书店出版的《小姐集》，很可能是苦寒北地的第一部个人的新文学作品集，标志着五四开启的现代女性新文学写作，在正处于水深火热之中的东北落地、开花。

第二个时段，1950 年至 1957 年 8 月，34 至 41 岁，八年。先后入职北京的中学、农业部农业电影社。使用梅琳、孙翔、高翎、刘遐、瑞芝、柳霞儿、云凤、落霞、王崇、白芷等笔名，在上海、香港发表了数量可观的作品。为北京、上海、辽宁等地的美术出版社编写了大量中外文学名著连环画的文字脚本。出版有通俗故事单行本。

第三个时段，1958 年秋至 1960 年冬，42 至 45 岁，接近三年。在北京北苑农场期间，被选入由劳改人员组成的翻译小组，承担日文翻译，也参与其他语种译文的文字润色工作。匿名。

第四个时段，1979 年 6 月至 1986 年，63 至 70 岁，大约八年。恢复公职后，在香港以及上海、北京等地发表随笔和译文，出版有译著。署用柳青娘以及本名。

第五个时段，1987 年至 2013 年，71 至 96 岁，大约二十七年。开始启用笔名梅娘。以散文写作和翻译为主。出书十五种。

其中，第一、第二和第五这三个时段最为重要，也均与张爱玲有着不解之缘。

在第一个时段，梅娘以其丰厚的创作实绩，成为北方沦陷区代表女作家，当年新文学圈内曾有"北张南梅"（欧阳文彬语）之说。[①] 诗人、杂文家邵燕祥 (1933-2020) 回忆他在北京沦陷期

① 欧阳文彬：《孙嘉瑞的现实材料（1955 年 9 月 5 日）》。

阅读《夜合花开》的感受时说，"我从而知道有一种花朝开夜合，夜合花开，寓意是天亮了。她的小说好读的，不难读。说是'南张北梅'，南张（爱玲）我当时没读过，但是梅娘我从小就知道。"①而上海沦陷区作家徐淀（1916-2006）在 1950 年代初的表述是："在敌伪时期北京有个叫梅娘的女作家，同上海的张爱玲齐称"。②1945 年 5 月 30 日，有一则《文化消息》披露，南北正在竞相盗版对方的畅销书："南方女作家张爱玲的《流言》、苏青的《涛》，均在京翻印中。同时华中亦去人翻北方女作家梅娘之《蟹》。此可谓之南北文化'交''流'"。③这或可充作沦陷期的一个间接证据。还有另一个。南京在一个月前出版了《战时文学选集》，收小说十篇，作者除王予（徐淀）和北京的曹原影响略小外，均是南北文坛的一时之选。女性仅两篇：张爱玲的《倾城之恋》，梅娘，《侏儒》。④

在第二个时段，即共和国建政初期，梅娘在上海、香港发表了一大批小说、散文。这些作品长期以来鲜为人知，而时任

① 邵燕祥：《一万句顶一句：邵燕祥序跋集》，北京十月文艺出版社，2016。第 316-317 页。

② 见《抄于新民报·唐云旌交代的社会关系（1956 年 1 月 7 日）》。

③ 引文中的"华中"，即今华东。"去人"，疑"有人"之笔误。

④ 《战时文学选集》，中央电讯社编印，1945 年 4 月。该书收入了张爱铃、张金寿、爵青、梅娘、萧艾、曹原、王予、袁犀、山丁、毕基初十位作家的作品。书前有穆穆（穆中南）的《记在前面》。

上海新民报社负责人的欧阳文彬，见证了梅娘与张爱玲在"亦报场域"同台为文。前者发文超过 430 次，后者 400 次。两人旗鼓相当。

在第五个时段，梅娘怀人纪事文的数量颇为可观。对于沦陷期是否有过"南玲北梅"说的问题，有文章加以探讨或质疑，①最后争论溢出了通常意义上的史实考证，返回到我们应当如何评价沦陷区文学的原点。同时，也引出如何解读作家自述作品的接受美学问题。②对于梅娘重新发表旧作时所做的修改，有的研究做了认真的实证分析，也有的"上纲上线"一笔了之。③所有这些讨论或商榷，均有助于梅娘乃至沦陷区文学研究的深化。

梅娘在以上各个阶段都笔耕不辍，然而由于各种各样的原因，有相当数量的作品从未结集出版。有鉴于此，编纂梅娘的全集，便提上了议程。④

---

① 最早质疑"南玲北梅"说的，可能是我的《华北沦陷区文学研究中的史实辩证问题》（《中国现代文学研究丛刊》1998 年 1 期）。

② 参见张泉：《关于"自述"以及自述的阅读》，《芳草地》2013 年 1 期。

③ 参见张泉：《构建沦陷区文学记忆的方法——以女作家梅娘的当代境遇为中心》，《山东社会科学》2013 年 10 期。

④ 详情见张泉：《东北首部个人新文学作品集〈小姐集〉的发现——从寻访梅娘佚文的通信看文化场人情世态》，《燕山论丛 2022》，燕山大学出版社，2022。以及《梅娘文集》附录卷《梅娘的生平与创作——年表·叙论·资料》中的梅娘叙论《二十世纪"长时段作家"梅娘及其全集的编纂》。

　　这版《梅娘文集》分为9卷。第1、2、3卷为小说卷，书名分别为《梅娘文集·第1卷/小说卷·卷一（1936-1942）》《梅娘文集·第2卷/小说卷·卷二（1942-1945）》《梅娘文集·第3卷/小说卷·卷三（1952-1954）》。第4、5卷，散文卷，书名，《梅娘文集·第4卷/散文卷·卷一（1936-1957）》《梅娘文集·第5卷/散文卷·卷二（1978-2013）》。第6、7卷，译文卷，书名，《梅娘文集·第6卷/译文卷·卷一（1942；2000）》《梅娘文集·第7卷/译文卷·卷二（1936-2005）》。第8卷，书名，《梅娘文集·第8卷/诗歌·剧本·儿童文学·连环画及未刊稿卷（1936-2000）》。第9卷，书名《梅娘文集·第9卷/书信卷（1942-2012）》。另有附录卷，书名为《梅娘的生平与创作——年表·叙论·资料》。

　　本卷为9卷本《梅娘文集》的第4卷《散文卷·卷一》，收1936至1945年、1946至1951年、1952至1957年三个时期的作品。

　　第一个时期为沦陷期。1936年6月，经吉林省立女子师范学校老师何霭人介绍，入职长春《大同报》。梅娘的文学创作由此起步。早期散文展现了个人的情感和成长环境。从《煤油灯》等文中可以见出，作为东北富贾的庶出女，梅娘还在幼年就体验到人情冷暖、世态炎凉。小学阶段遭遇东北沦陷，又让她过早亲历异族入侵所带来的遽变。父亲病逝，传统大家庭瓦解，进一步加剧了家族人际关系的紧张。这个时期的散文有助于解读梅娘小说所描写的内忧外患。她的《拜伦的一生》是大阪东北流寓作家同人小团体广泛译介世界文学的成果。1942 年 5 月，移居北京，曾短期兼任《妇女杂志》顾问。少量的职务写作，留下了时代的痕迹，却也保留了一窥当年家庭手工艺、女童孤儿院、博览会、高校女生生活等沦陷期社会状况的第一手资料。

第二个时期是一个特殊的时期，仅见寥寥几篇应时文稿，且与文学的关系不大。

第三个时期是梅娘散文创作的多产期。她的散文与她的日常生活和本职工作紧密相连，广泛涉及家庭教育、学校教育、农业战线的方方面面。需要说明的是，目前已知还没有找到的梅娘作品，还有一些。比如，篇幅较长的有车云山游记、上海弄堂舞女等系列散文。

张 泉

于京东北平里

2022 年 9 月 25 日

2023 年 4 月 11 日改定

目录 Contents

主编例言　001

1936

花弄影	001
公暇教育表弟，挣钱奉养母亲	003
秋雨声中	006
立秋	010
秋·黄昏	012
落叶	014
黄金穗子	016
触物伤情，往事不堪回首！ 奉姑育儿，现今茹苦含辛	018
生之迷津	022
大众良母	024
编后	027
自序	028
海底反应	030
雨点	031
春之夜	033
落花	035
瓶花	037
初会	039
信	041
母亲	043
我底朋友们	045

1937

童年	049
职业	051
煤油灯	055

1938

一次又一次	059

1940

拜伦的一生　060

1941

佐藤太太　064
几句话　067

1942

本年的理想　068
孤女乐园仁慈堂巡礼　069
大学女生在古城　076
（一）北京大学医学院
（二）北大文学院 · 辅大女院
　　　女师学院
　　　中国大学
齐耀珠小姐介绍　099
徐凌影女士访问记　100
张忠娴女士访问记　105
天津一日记　110
旅青杂记　113
海滨的细语　115

1943

读后随笔　118

1944

哑　119
我与绘画　122
我没看见过娘底笑脸　123
我底随想与日本　125

1946

编辑后记　131
还我河山、收复主权　132
编辑后记　138

1952

这都是我们的换班人　139
堵洞记　141
东北农村旅行记　143
一、单干户的苦恼
二、互助组中的问题
三、农业生产合作社
四、两个集体农庄
五、其他
太行山区看丰收　191
李顺达在西沟村　206

1953

孩子骂人　214
北海桃花开　216
卖豆浆的老头　217
到吴淞去　219
小羊与鸽子　221
"鸡肉丸子"的顾客们　222
景文州老店　224
保育院的儿童车　226
出嫁与结婚　227
生产战线上的一员　229
龙亭的新生　231
相国寺后街　232
把科学还给人民　234
十座贞节碑　235
石榴花开　237
一杯香茶　239
地主的砦寨　241
一位炒茶技工　243
李乃香的婚事　245
茶山的远景　247
吕鸿宾讲故事　248
太阳升起前的劳动　250
吕春香姐妹　252
一升糁子的故事　254
切甘薯的机器　256
杜英蓉的婚事　258
吕春香谈北京　260

1954

面粉袋的商标　262
街头广播　264
甜水井与苦水井　265
孩子回家　267
电气工人和"春不老"　269
冶金工人和他的眷属　271
几片麻糖　273
南方妈妈和北方战士　275
素食与冰糖莲子　277
车上友谊　279
万绿丛中一点红　281
三人都变蝴蝶　283
满街盈巷流花香　285
暴风雨中的小故事　287
母女之争　289
后海泛舟　291
小女儿履行守则　293
太平花　295
黑眼睛　297
一颗番茄　304
木制的"花树"玩具　306
一株茉莉　308
学校与家庭　310
扫街的老爷爷　314

1955

喜相逢　317

我的女儿怎样拍电影　324

　　一、这样的小姑娘
　　二、老师的推荐与担保
　　三、我和青青的约法
　　四、片厂照顾细致周到
　　五、小演员、剧作家和家长的会面
　　六、青青练习拍电影
　　七、北京中山公园中的一个镜头
　　八、向家长们报告成绩
　　九、到遥远的北国去
　　十、北国的来信
　　十一、满载而归
　　十二、盛大的庆祝晚会

枫桥江上　342

北京街头见荔枝　350

开吧！曼妙的芍药　352

1956

讲《诗经》　354

1957

"五粒小莞豆"　356

花一样的篝火　358

妈妈的感谢　361

雾　363

与女儿相处　365

情谊深长　368

竹　370

云栖之茶　372

一枚纪念章　375

五月榴花　377

农业社的傍晚　380

一床喜被　384

银茶　388

爷爷和孙子　391

鸣谢　395

花弄影

署名：敏子

初刊长春《大同报》
1936 年 5 月 20 日

　　勤嫂送给我一盆美丽的花，还选了一个精致的盘子托着，替我放在床头的小桌子上，于是心儿锁着花香和那少妇底温柔。

　　屋里泄满了月光，躺在床上，一股甜香飘了过来，心被织在恬静里，抬头，那一朵红红的花送给我一个媚笑："哟！墙上还有着这样美丽的影。"

　　两片长圆的叶子娇俏地拥抱着，三片小叶像忌妒样地低着头，并且互相连接着，后边悄然地立着那挺拔的茎，花儿像倦了，头垂着懒懒地倚在茎上。

　　这正像一对人儿，在丛生的花儿中间倚树细语，那样亲密哟！花儿做了树的叶像更懒了，也像醉于那对人儿底幽情，头更低低地垂下了。

　　花茎还像一位战士——将要出征的战士。英勇中却缠着一缕愁，头藏在盾里，注视着伏在脚下的恋人。恋人倚在矮矮的花上，头埋在臂里，在幽泣着。

　　这些又都笼在柳影里。今夜的柳跳得更轻盈了，像袅袅飞起来的烟，像迎风飘起来的秀发，朦胧得像罩着纱，像浴着雾，美——一种形容不出来的静美。

　　月儿移到西墙上，柳影浓了，柳中的景物更朦胧了，却也更像真的。

　　恍惚地，我像听见了那女人幽凄的泣声，和那男人不胜情的叹息，遥遥的还有着战马的嘶声，坐起来，我要奔向那个境地去。"啪！"桌上的书落到地下，手触着了硬硬的盆沿，心儿清醒了，眼睛却依旧迷离的，揉揉眼睛，"花"——那朵红红的，更娇俏地笑了呢。

公暇教育表弟，挣钱奉养母亲
——赵小茹小姐访问记

署名：莲江
初刊长春《大同报》
1936 年 9 月 10 日

敲了六点，套上件绒衣，我准时去访问茹，我们三年多没见了呢。

到了，迎接我底是茹和她底妈妈，另外还有两个穿着黄制服的学生，笑着向茹底妈妈行了礼。我欢愉的地跨进室中去。"这两个是谁？"我问。"是表弟。""来，这是孙姐。"于是我接受了两个九十度的鞠躬礼。

一杯香茶润着唇，我拉着茹快告诉我"你底过去？"茹笑了——轻俏地拉开话匣。

"从离开女中，我便回到新京来，和妈妈住在一起——那一个冬天，什么也没作，转年本来想再继续升学，不料那时舅父母相继去世，和妈妈一起跑了两次故乡，便把上学的日期耽误了。表弟们因为没人照料，都跟了妈妈来，家里热闹了，我倒也高兴地过了半年。暑假时，因为地里出产不好，家里人加多了，经济便有些拮据了，本来便没有多余的进款，妈妈又病了，我当然不能走，于是筹划着家中的生计，替表弟们找着学校，侍候着妈妈——那时，我倒成了个要紧的人物呢。

八月间，妈妈好了，表弟们入了学校，经济也稍见转圆，只是我自己却剩在家里了，上学过时了，不上学——恰巧那时候正是学'打字'的黄金时期，我也随着邻居的张女士去学打字，一则为免除寂寞，二则能找点小进款在我底家也正是需要的。"

打字学好了，适逢榷运署招考，我去应考，幸而取上了，便一直做到现在。"

"下班后都作些什么呢？"

"每天下班后的时间——七点以前是帮妈妈做一些杂事——七点以后便和表弟一块看书，我看一点常识或小说，他俩温习功课，不会的地方我便给他们解释。二四六我还去学日文。"

"挣的钱怎样分配呢？"

"挣的钱全数交给妈妈——由妈妈来支配。我要做衣服什么的再跟妈妈要，可是我也没作过什么衣裳。"

话停了，我们暂时沉默着，人依旧在微笑。

"茹，我真佩服你——"望着那跳动在黑夹袍内朴质的灵魂，握着了她底手，我突然地说。

"你才真是最摩登的女性呢。"

"得了，老同学还有什么闹的。"

"不是闹，真话呢——"

"妈！我饿了，作饭吧！莲你也在这儿吃吧！等我给你炒豆腐好不？"她在笑着。

"好的——我吃吃你作的东西什么味。"我也笑了。

"等着吧！管保好吃呢！"她笑着走向厨房去。

……于是……在欢笑声中，我同她吃了晚饭，带了一身高兴走回家去。

秋雨声中

——与崔日普先生一夕谈

署名：莲江

初刊长春《大同报》
1936 年 9 月 17 日

　　一个细雨迷濛的晚上，迎着新秋的凉风，和小姐姐去访王一女士。

　　两碟细点，两杯香茶，我们在轻俏地谈着。

　　"呀……"的声，门开处，一个穿着深蓝色旗袍的人走进来——脸上耀着温蔼的笑容——

　　"这是崔先生，隔壁业勤打字学校的校长。"

　　主人在殷勤的介绍着。

　　"久仰。"我笑着鞠了躬。

　　"不敢当……"崔先生也笑了。

　　"都请坐。"主人的热情在欢心的声调里荡漾着。

　　"崔先生，可以和我谈谈吗？让我写一个访问记。"我在希望的问着。

　　"可以的，只要您不嫌我说的乱就成……"声调是谦虚的。

　　"都别客气！有话就说吧，我也借光听听。"主人也在笑着说。

……

"崔先生！贵校是什么时候创立的？"

"去年九月一日。"

"创立的起因经过，以及经费都是怎样呢？"

"创立的起因倒很简单，只有两个。一个呢，是我本身觉得家居太寂寞，想找点事情作作，别的事情没有什么兴趣和能力，'打字'倒很熟悉的，关于机器方面又稍懂一点，所以想作一作试试。另一个呢，是因为看到新京的一般打字学校对于外来的学生'住'的方面都不大合适，因此想办一个学校看看，因为我觉得女人来办女学生的事情，总多少比较好一点的。

学校底经过，从开办到现在已经有六班毕业，人数约有一百五十人。

至于经费完全是我个人负担，开办时是一千元，截至现在因为添购机器及用具等，约一千二百余元。"

"现在有学生多少人呢？"

"现在在校生有二十人，内中六个是寄宿的。"

"学程是多长呢？"

"学程是两个月毕业。"

"学费？"

"两个月十六元。"

"寄宿生呢？"

"寄宿生每月拿十块钱。"

"伙食是学生自己办么？"

"不是，是由我负责，学生参加意见。"

"贵校所用的课本是？"

"是打字教课书，另外还有公文程式，也兼代打外面的文件。"

"代打外面文件，怎样取费呢？"

"一百字是八分钱。"

"崔先生是本地人吗？"

"不是，去年八月才从盖平来。"

"那您一个人在这住吗？"

"我母亲也在这儿。"

"毕业的学生现在都就职了吗？"

"约有一半做事的，就职的范围到很广，外县的不算，新京城内各大机关都有的。"

这时笑容满面的主人插进话来。

"莲，往下你别问了，看崔先生怪累的，我都知道我替她说吧！"

"崔先生——在老师的地位来说，是一位良师，教学生又勤快又热心，带寄宿学生像妈妈那样体贴，在自己妈妈面前却又有些孩气，孝心极啦，挣一个大钱都给妈妈，吃饭得先问妈妈爱吃什么。"

"得了，别捧我。"崔先生笑着打断了王一底话。

"不是捧，是真的呢。"

王底脸色正经的，"就是对邻居也极诚心，什么事都满照顾的呢。"

"真的，我相信崔先生是这样的人。"望着崔先生底脸上温和的笑，我在说。

外面的雨依旧在萧萧地落着，室中却充满了欢笑：

在欢笑声中"谈话"悄悄地沉寂下去。

立秋

署名：玲玲

初刊长春《大同报》

1936 年 9 月 26 日

　　"先生，今天立秋啦！"老孙进来跟我倒开水的时候，古铜色的圆脸上，裂开平常少有的笑纹，半自语似的，点着头，说了这句话，又流着汗水，跑到别个房间里去了，却把我一个掉在沉思里。"唔——"我把这声音拖得很长，像是叹息，又像是答他，这声音在这灰暗的屋子里摇曳着，一直把那健壮的人，送出了门口。

　　"是什么意思呢？这句话。"我想，这不是无意，因为他的话音里，充满了一个诉说喜讯时应有声调，是的，"立秋"这在他确是个美丽的日子。"立秋"的到来，不是在他那整日为不断的琐碎的工作所压榨的身上，可以少流些汗水吗？

　　"秋"对于一切为生活而勤苦劳动的人，该是一个喜讯。从他底笑纹里，我看出了同生活战斗的快乐；在他底声调中，我体会出对于"生"的热爱。

　　然而，我近来对于这时令的推移，很少有什么感应了。生活好像在"恍忽"中，但却不是"梦"，因为生活在"梦"中的人，他的梦，已经变作真实了。

记得我有一封给朋友的信上，曾写过这样的话：

"有人说，生活在梦中的人，是幸福的人。有人说，生活在现实中，才不会感到幻灭。而我将在这两种生活方式中生活下去……"

是的，我是站在现实与梦的边缘，心境好像轻烟似的感到飘浮，这或许是生活的矛盾吧！

"梦"我是做过了的，然而却并不幸福，或者我并不是一个会做梦的人，一个朋友写信来说。

"梦"是好的，乌里雅诺夫·伊里奇平生就是一个会做梦的人，所以他创造了人间的伟大的奇迹。你做的是什么梦！幻梦吧！否则，是很艰辛的。

艰辛并不是可怕的，为了自己所企求的而遇到了艰辛也就是快乐，而我所企冀的却是那样远，那样渺茫，太不能把握了。梦是破灭，现实又只给我沉沉的痛苦，天呀！在我的周围只有黑暗，自己只能蹲在一个黑暗的角落，模模糊糊的生活，我是多么懦弱呵！

什么是"生活"？或许是我永远不能了解他。可是，老孙的话，又重新唤醒了我生活的意识。徜徉在上海四马路上的那些畸性人，他们那样很固执的生活着，你可以解释吗？由于这，加强了我生之要求的强烈。高尔基似乎这样的说过：

永远动着，绝不要去想到生活，那样你只能得到厌烦。因为你愈想到生活，生活就离你愈远的。

是的，生活是不能把握的，而我要永远动着。

秋·黄昏

署名：玲玲

初刊长春《大同报》

1936 年 9 月 27 日

　　黄昏轻轻地胆怯地从躲藏的坳地爬了出来，饥饿地吞噬了落在它乌黑的嘴边的太阳遗下的几条暗淡的光线，但它的食量很大，又把田野、森林、河流、村庄……紧紧抓在它可怕的灰色的爪下……那在黄昏的灰色里显得刻板似的山，那杨柳映在平静的河面的阴沉沉的斜影，那朦朦胧胧瞌睡的田野，那淡蓝的画纸似的天空……这些都好像一个天才的小孩子把预先剪好的碎影贴在蓝色纸上的剪影一样。

　　仿佛失去了太阳的爱抚似的，田野在议论、追怀、扰搅不安……蟋蟀、纺织娘、蚱蜢、蛙……不断的叫嚷，制成一种混响的然而悦耳的音乐。由村庄里送来低微的人声，愉快的狗吠，渐渐软弱下去的忧郁的蝉鸣。

　　田野的深处，不时有几个贪慕晚景的迟归的农夫，隐约地看见锄头的沉重的黑影在他们的头上摇移，嘴里喷出使田野幸福的颤抖的歌声，拖着粗笨的身体，向着渐渐浸沉于黄昏的海里的模糊的村庄走着。有时一个乞丐，满足了一天生活，哼着不成调的曲子，摇摆着消失于远处的天际。

突然树林里起了一阵响动，乌鸦不安的鸣了几声，树叶悉悉索索的，仿佛无数幽灵的脚步声，听得见枯叶落地的声音，随后像无形的潮浪似的一种势力，淹盖了田野。田野鸣着淳适的高兴的声音，远远地村庄里也喊出几声快乐的声音。田野里起了一阵舒快的微风，像音乐似的透过了田野每个分子。

在这样灰沉沉里，这样凉爽里，这样音乐的和韵里，没有忧虑，没有烦扰，只有平安，只有希望，只有恬静的热烈的生命的呼吸，只有对于日间疲倦工作后的上帝赐予的安谧。

轻盈的月亮走上地平线，把她身上银色的芬芳散射在田野的心胸，于是田野喜悦地脱去黄昏的阴影，露出洁白的身体，让月光拥抱着它。只有树林的深处还是黑黑的，如魔鬼的贪馋的巨口。黄昏的缩影，看着鲜嫩的田野，在月光的掩护之下，不敢伸出的巨爪，只是在默默地发抖。从村庄里闪烁的灯光，惊奇着月亮的天才的光而自惭形秽，动着细小的眼睛，欲哭不哭的，显出绝大的嫉妒心，甚至是恶毒心。

这样地，田野拥着月光渐渐的沉睡……

落叶

署名：玲玲

初刊长春《大同报》
1936 年 9 月 30 日

仿佛有人在门前投下了一个脚步，又似乎有谁在幽幽地当月微叹，萧飒一声随着西风飘起，在深秋夜畔，寂寞无人的门前。

西风起了。

第二天早晨，走过庭院，槐叶打在身上，一阵秋凉，骤然觉得罗衫的单薄，低首猛然看到庭前聚散的叶子，于是心头浮起一点恐怖，一点恐怖意味的感觉。

果真秋又重布大地了吗，如水的年光啊！轻轻恻然地太息着。

秋的季节，对于它的来临，不仅在日历上已经看到，即便在每个人心上的恐怖也都有特殊的表征。那高卷的白云，猩红的枫叶，冷澈的流水，在于我，这些景物，却是个悠远的抑郁。

秋天，我想她是个新嫠的寡妇，她虽然有"徐娘半老"的风韵，然而季节一转她便如孀妇一样转瞬便到暮年的苍老和憔悴。有人以为，秋日的恐怖，应把它放在冬日，因为正如在睡梦中散步，和黄昏夕阳里打桨，虽然它也有可爱处，然而它却不值得留恋，也没有留恋的余地罢了。

我最怕听秋日的捣砧声，它那悠长的节律，正像敲着丧板，死固的，愁凝的，悲惨的腔调，怪古老的。在夜间，我尝独步于田野，那静静的河流，古旧的屋顶，闪着不同样光辉的星儿，我听不惯那捣衣女的笑语，因为这更增助了我对于秋天的莫名的哀思。

在白天，我虽然在忙碌的日子里打滚，然而这些忙碌，这些流汗都会骗得我的青春高兴，可是等到秋天来了，我的抑郁也跟着来了，许多事情就变成了许多悲哀在我心中堆积着，我恐惧着每个秋天的镜子里会把我的白发多照出一点。于是我有一堆一堆辫不开来的悲哀，我也还贮满了满腔一滴一点凑拢来的眼泪。秋天是无须乎怀疑，修道院的诗歌和圣礼拜堂的钟声，都表示它一种忧郁在碑上，这更显出它一种中年的绅士风味。虽然当每一两个秋天来去的时候，心头总是那样畸零的颤抖。

蜘蛛的网上挂着一钩残月，仿佛西风投进的暗号，树叶哀泣，好像哀悼着蔷薇色的梦。苍老的虫声，高薄的卷云，猩红的枫叶，冷澈的泉流，在于我，仅是一片悠远的抑郁，踟蹰地用足戏拨着纷落的叶子，仿佛温着二年前的旧梦。

黄金穗子

署名：玲玲

初刊长春《大同报》

1936 年 10 月 9 日

　　稻田中的黄色的穗子，累累垂垂地在晚风中摇摆，会使一个胼手胝足的农夫作天真的微笑。这不是因为他在欣赏那田野的初秋风景所得来的安慰，乃是一个在他的理想上已经憧憬了很久的丰年与收获的幻想。一旦实现了的喜悦，农夫是不会有诗人的情调的。他不知道从一枝稻穗上去想一句适合于他的灵感或趣味的谚语，他只知道他的汗珠，能够如何去培养那些在泥土中的种子，使它很快地生长起来，开花结实，来完成他的一个很圆满的收获工作。田舍翁一年辛苦的最后代价，便是在这短短的收获期间。他们望着那黄金色的垂下头的穗子笑，并不是笑那穗子不久便能够割下，送到打禾场去，倒入谷场的扇风机去……制成一担一担的白米，载到城里来换一笔中银钞票。因为他们在开始看见那穗子成熟的时候，还不会很快地就想起这种功利主义的观念。那只是像一个著作家完成了他的一部自觉得意的作品一般那种笑，只是一种天真的微笑，没有包藏着一点杂念在里面。仿佛是一湾静穆的小河上，偶然飘来一瓣落花似的，使水面微微地展开一圈晕纹，那笑是多么神圣啊！

　　当他们站在田塍上的时候，用眼睛去向每一枝稻穗接吻，手指会时刻打哆嗦去轻轻摩抚或扶持那因为结实过重快要弯到地面上去的一枝。他们像一群身体健旺的保姆，在料理那些在晚风中小睡的婴孩。

此时，年老的农夫，那三五成群地在自己的田亩的四周巡逻着、察看从天空中飞过去的雀子，或一只响着羽翼的昆虫，他们担心着那些野鸽子、禾花雀、竹鸡、蝗虫……来搅扰或侵害他们的孩子们的好睡。他们时时用粗大的手掌合拢起来，鼓拍出一种像小炮弹似的声音，来驱逐、预防那些能大伙闯入田亩中的一切动物。

壮年的农夫，忙得更起劲了。他们的腰上除了打火石与烟袋以外，更插上一把雪亮的尖刀。他们时时跳上距离自己的田亩不远的一座高岗上，去瞭望有没有偷禾贼进来。因为偷禾贼是他们最痛恨的，比恨一群蝗虫或偷番薯的野猪还要厉害。而偷禾贼在平常农忙的时候，只知道整天躲在镇上的小酒店中醉得打盹，或摇着扇子在街坊上唱小曲，和人家看守门户的年轻姑娘们调情……浑身的骨头，秤起来不会上四两。他唯一的希望就是收获期的到来，他可以施展他的神妙的手段，闪入稻丛里面去，窃取别人血汗的结晶。

黄昏将夜色盖满了田野，稻田的四周都燃上了火把与纸灯，像一群萤火虫在阴暗中飞动，与幽穹的星斗争辉。一阵冷风吹过，使许多田亩中的稻叶子都瑟瑟地响了起来。这响声，使那些不住地在田塍上巡逻着的人，耳朵都特别的机警起来。他们努力地去使听觉从风声中搜索一个另外的声音，像一匹凶悍的猫，藏躲在洞穴旁边偷伺着鼠群出来。

稻叶子底下有人私语着，那是两个年老的女人的声音。是那样低微地、模糊不清地，像两个不可捉摸的幽灵似的。但终于被夜风吹出了一句"老天爷，保佑保佑我们庄稼人吧！这两天却不要落雨"。

触物伤情，往事不堪回首！
奉姑育儿，现今茹苦含辛

——纪阜华女士访问记

署名：莲江

初刊长春《大同报》

1936 年 10 月 15、22 日

暝色浸入了纱帘。我抛了手中的工作，拉了小妹妹跑向院中去。院中装满了天真的呼声。于是在嬉笑里，我跳到那欢愉的群中去。

"安宁！"一个慈祥的声音在喊。我知道是住在下屋的纪先生在喊着她的爱儿。

果然，安宁向我投了一个笑脸后，便急急地奔向妈妈底怀里去。妈妈在紧抱着孩子，孩子在依偎着妈妈。这至上的爱动荡了我底心。我默然地看着那母子底身形消失在门里，心上却不自主地扫过了一丝轻微的惆怅。

我常听家人对我讲，下屋的纪先生真难得，打字去一天很累，回家待婆婆还那样孝敬，对孩子又是那样教导有方，赚的钱不多还要补助本家，就是男人中这样的都很少……看了今晚的情形我更相信了。因为纪先生清瘦的脸上，描着超乎寻常女人的刚毅。访问的念头便也油然而生。

礼拜天，我知道纪先生是闲暇的日子。然而望着耀在头上的秋日的朝阳，我却总觉得有些冒昧，脚步在迟疑着。恰好这时大孩——纪先生底长子——跑了出来，我欣喜地迎上去。

"大孩！妈妈在家吗？"小手在握，我轻快地问。

"在家！"

"有客吗？"

"没有。"

"那我去玩玩好不？"

"好！"

无邪的笑容，安定了我犹疑的心。偕了大孩，走进那朴素而又清洁的屋中去。

"好久便想来和纪先生谈谈，只是没有一个合适的时候，又怕太冒昧，所以……"坐在小桌旁的椅子上，我在笑着说。

"那您是太客气了。不过我现在不比以前了，说前一句忘后一句，也不足以谈呢。"替孩子擦着脸，纪先生在谦虚地答。

"既然纪先生喜欢，我们就说些闲话吧。本来我们的访问记也不是什么很规律的东西！"

"对了！你们说点闲话，还可以解闷，左右星期日大家都没事！"正在照顾安宁吃饭的老太太，也微笑地插进话来。

"我记得在长春县立女子小学校时，曾见过纪先生似的。不过因为那时候太小，现在记不大清楚了。"端相着纪先生底脸，我在思索着说。

"是的。我在女小曾给魏先生代理过一个多月。你还是在初级吧！往事真不堪回首。那时候，我刚从北平回来，前程像一朵盛开的花儿，人精神也好，那像现在这样。也不怪你记不清呢。"怪凄然的纪先生的脸色有些黯淡了。

"纪先生从前都是在北平读书来的吗？"

"不是！我先是在黑龙江师范，毕业后才到北平培艺去的！"

"纪先生结婚的经过，和您先生去世以后的情形可以告诉我吗？"

"可以的！不过这些事情使我太伤心了，恐怕更要说得乱七八糟的。他原先在南满中学，后来官费入旅顺工大。人是没有一点缺欠，无论是在学业上、性情上，以及服务的精神上。那时我底家境很好，我简直就不知道'资产'是怎么一回事。因为看他那样都好，便毅然和他结合了。他本身也很孤苦，三岁的时候死了爸爸。我们老太太也是费尽了心血，才把他扶养成人的。婚后的生活倒很圆满，感情异常浓厚。他先后在奉天、天津等处作事，九一八后才调到'财政部'来。他本来弱，工科又是苦事，所以人便这样断送了。现在，过去的事，我简直不敢想，想起来便一丝'生的乐趣'都没有。他什么也没留给我，除了大批的书籍和重大的责任外，便只有埋在我心里的永远磨不掉的凄伤了。"

"现在家里的收入够消费吗？"

"现在倒还好。在'财政部'虽然每月仅仅有五十多块钱收入，一来因为有老太太帮助我，二来孩子又小，没什么太费钱的地方，所以生活还可以维持。我们有一位本家的侄子，也在这。每月挣廿块钱，养活一大群人，几乎连饭都吃不上。我虽然苦，可是还没有挨饿，所以每月我还补助他一些。不过，将来却难说了。老太太更老，孩子大了，教育费都难筹呢。"泪转在眼里，声音已有些哽咽。这含着血泪的自白，充分地描绘了身世的凄凉。这凄凉绾住了我还荡着稚气的心，我忘了说话，只默默地望着那瘦瘦的脸！

"不过！无论怎样难，我也要生活下去。他生前处处要好，我绝不能违反了他的心。怎样也叫老的安适的生活下去，把孩子教育起来！"泪流在脸上，然而声音是坚决的。

"对了。只要想生活，天总无绝人之路的。"被那坚决、那声调所感动，我也毅然地说。

"也只好那么想了。"拭了泪，纪先生凄然地笑了。

沉默……

"妈妈！"安宁急快地跑进来。看见妈妈的脸色有些不对，眼睛注视着妈妈底脸，声音含着天真的祈求："妈妈怎么啦！"

"没什么。"头俯在孩子的头上，妈妈碎了的心在孩子的祈求声中渐渐完整起来……

生之迷津

署名：玲玲

初刊长春《大同报》

1936 年 10 月 23 日

　　展开在一个青年人的脚下的，是一座用美丽的油彩所筑造的迷津。一切的欢笑之梦与金色的幻想，都暗藏在那迷津的核心。那些目不暇接的像风车似的转动着的光与影，你时时要想用战栗着的热情之手去追捕它，但是它比大雨的闪电还快，比隐在山岩下的野兔的眼睛还要锐利，使你在虚空的情绪上无法识别它溜走的方向。

　　倘使你见过潜水夫在海水底下摸取珊瑚树与蚌中珍珠，也许你能够联想到一个青年在捕捉他自己的梦想的时候一种可笑的态度。但这格外会使你在苦闷中挣扎，你将被造物者收入命运的囚牢，不能自拔。因为你还年青，热情常常在驱逐那弱得可怜的理智，它给你安排些不可思议的游戏，在生之迷津的核心。

　　所谓游戏，在这里的方式也许略微带一点伤感的情调，也许是喜剧的开头，悲剧的终结。但青年人是有骑士风的，仅凭你的热情与勇敢你就能够克服一切。但这热情与勇敢是没有凭借的，像一阵狂风，吹落满树花朵，结果你将变成一个伤感的人儿，哭倒在花树之下。

　　生命如一只爬虫，攀援着一条梦幻的绳索。这世界从你的眼睛中看来是那样伟大、不凡。你将挥着劳作的汗滴，努力地为你的前程在冒险——你完全是那样着想的。历史上的伟大人物，在你的手镜的背面，只要一举手你就能看不见他们。他们似乎都在鼓励你，指示你应该选择的事业与方向，因此你把自己看得过分重要了，同时把事业看得过分有把握了。在你没有开始前进之前，你便预支了一切人间的欢乐。你压根就没有想到一个人生的最正确的路线，是由黑暗到光明、由痛苦到甜蜜。大地上就不会生出不苦的黄连，即使用蜂蜜来浸黄连，黄连的苦味也不会因此就减少。伟大的是仰起脖子就吃，发挥那"我不入地狱，谁入地狱"的精神。结果黄连最后一滴苦味，便能够在舌尖上转为甜蜜。这差不多是宇宙间一切的因果律，是无法避免的。但是你却昧于此种原理，你把乐观去兑换现实的悲哀，于是你将比一般人更加悲哀。

你把一切的欢笑之梦与金色的幻想，当作养生之源，那是极端错误的。你把人生看得太狭隘了，只是一座美丽的迷津，并且这迷津只能够适合于你去探索。在智慧的人看来，是多么可笑的一件事呢？

青年人，保留着你那冒险的精神，去为现实的人群开辟一条幸运的康庄吧。空虚的迷津是没有什么可眷恋的，那只是科学家在实验室中，为试验鼠或荷兰猪的智力所安排的东西。

大众良母
——刘静娴女士访问记

署名：莲江

初刊长春《大同报》

1936 年 10 月 29 日

好久便有了访问育婴堂长刘先生的心愿，然而没有一个适合的机会容我去拜谒。礼拜天，请宋先生作陪，我欣然地走向所渴望的地方去。

由里女士的引导，转过了两道小门，走进了一个长方形的房间。室内的两旁整齐地排列着小床，小床上正甜甜地睡着纯洁的灵魂——一群无告的孩子。

地中央又一群刚刚会走的小孩，围绕着一位中年女人。孩子们白围裙、红毛衣，映着那女人的蓝旗袍，说不出一种和谐的美。呀呀的语声慈爱的抚慰，这情况突地使我记起了圣母在抚慰圣婴儿的景象。一股虔敬钻进了我底心，我觉得眼前迷离了。

"这是刘院长。"宋先生欣然地介绍着，那蓝衣的女人早已微笑的站起来。

高高的身材，清秀的面孔，脸上耀着慈爱的光辉。敬愉扼着我底喉咙，我只无言地鞠下躬去。

坐在雪白的台子旁，刘先生在为我们切着苹果，亲切诚恳，使我忘记了我是生客，也几乎使我忘记了我来的目的。我只默然地吃着苹果，心中装满了欣悦。

在榛子的必剥声中，谈话渐渐抬起头来。

"关于育婴堂的一切，报社里已经有人写过。我所要知道的，仅只是刘先生本身的生活。这可以告诉我一点吗？"

"可以的！只是无可记者。"刘先生在客气的答。

"刘先生是整日都在这里吧！"

"对了。差不多每天早晨七八点钟就来这。晚上八九点钟才回去。"

"刘先生家就在附近住吗？"

"我家就在四马路住。家里虽然比较清静，多少总有事缠着我。不然我倒可以致全力于这事业哩！"刘先生像有点遗憾似地说。

"刘先生家里有多少人？"

"人倒不多，只是我和外子，还有小孩。外子现在在卍字会那方面服务。"

"刘先生有时也出去吗？"

"我倒是有些闲忙的，常常出去开会，也许为育婴堂内的事务出去奔走，添衣季节，便在家里带着护士们做小孩的衣裳。"

"育婴堂的费用怎样筹划呢？"

"育婴堂的经常费用，现在简直就没有，只是靠一些捐助。"

"刘先生也煞费苦心呢。"我说了这句话，刘先生未加可否的笑了。过一会却说：

"苦是苦，不过精神是很愉快的。"

说着话，刘先生又为我们切开了苹果，送到我底面前。拈起一块甜甜的苹果，我突然像记起了什么似的说：

"您每天都在这儿，如果家里有什么事情怎办呢？"

"家里有事，我和外子之间总是用信来往的！"案上果然放着两个白信封，上面写着怪清秀的五个字："刘静娴女士"。

"你们倒是很科学化！"

宋先生打趣似的说，大家都笑了。

"以后，如果不嫌恶，和秋兰（指里女士）常来玩吧！我是非常欢迎的。"刘先生在诚恳地向着我说。

"我一定常来请刘先生指教！"我欣悦地笑了。

"指教可不敢当！"刘先生又谦虚地说。

这时，门开了。里女士带了一个婴儿进来。白围裙，红毛衣，圆圆的脸上耀着快乐的光。

"来，秋给客行礼！"

那刚刚站得住的身子，灵巧地弯下去。

"哟！真乖！几岁了？"我欢悦地摸着那娇嫩脸。"两岁不到呢！"刘先生答。

门又开了，又是一个白裙红衣的孩子进来。于是在和孩子们笑语中，在吃着甜甜的苹果里，谈话渐渐沉寂下去。

编后

（《妇女》副刊第六期）

原刊长春《大同报》
1936 年 10 月 29 日

翻阅着案上的妇女刊，当我发现她已经穿了五次简陋的衣裳出来的时候，说不出地惭愧绕上了我底心，我知道自己是笨的缝手，虽然每次为了质的选择和裁剪的方式，我都惶急得流汗甚至于哭泣，然而终于还是无可奈何的让她带着我底不安而赧然地走出来。

姊妹们，别再沉寂了，来帮我设计一下让我们把这还孱弱的姑娘，装扮得像样一点吧。

自序①

署名：敏子

初刊《小姐集》长春益智书店
1936 年 12 月 11 日出版

《小姐集》能这样端立地走出来。

我便要深深的谢谢宋先生②，在这本小册子里，除了是由我拿材料外，其余一切繁杂的工作，都是由宋先生代做的。

我要谢谢何先生③和孙先生④。为了他们的鼓励和督促，我才有勇气来整理这些凌乱的东西。

这两份厚意才是《小姐集》出世的原动力呢！

我现在很高兴——自然的，然而这高兴中却掺着羞愧，掀开封

---

① 《小姐集》单行本 1936 年 12 月 11 日由益智书店出版发行，此文为该书之自序。
② 宋先生系指益智书店出版人宋星五先生。
③ 何先生系指吉林省立女子师范学校教师何霭人先生。
④ 孙先生系指吉林省立女子师范学校教师孙晓野先生。

面，除了字印的精美外，质和量——在我自己都感到空洞和贫乏，这空洞和贫乏曾使我几度踟蹰，然而宋先生说，"让他作你努力的开始吧！"，好！让《小姐集》来做我努力的开始！

这里边所有的二十篇，除了《陶娘》《秋》《暮》及《天枰》等四篇是今年八月间写的外，其余的都是一年半来的课内作文，《天枰》和《暮》是一种尝试。

孙晓野先生为作封面，何霭人先生为题字及赐序言，均此致谢。

1936 年 10 月

海底反应

署名：敏子

初刊《小姐集》长春益智书店
1936 年 12 月 11 日出版

　　海有的只是温静的灵魂和永恒的爱，它绝不会使投在它怀中的木片漂浮；除非木片先刺伤了她。

　　海现在所希望的来客，用不着知道水性，更用不着驾着坚固的船。她只愿意她底来客有一条永固的心之桨，她将允许那桨，轻悄地，温柔地，也许锋利地划进她底心之门去。

　　当晚风徐来，星儿媚笑在天上的时候，海会握着温静，踏着轻幽在等待着航海的人。

　　当晓霞初现，太阳灿笑在天上的时候，海又会带着鼓舞，披着坚毅，去勉励那航海的人。

　　真的，海有的只是温静的灵魂和永恒的爱呢！

　　末了，我要告诉你，在松水白山之间有一个海的灵魂在等待着你，她以待你于伟丽的码头上呢！

　　还要声明的，海底灵魂（这是提到的）不是作者自己呢。

雨点

署名：敏子

初刊《小姐集》长春益智书店
1936 年 12 月 11 日出版

雨滴在檐上的声音渐渐小了，我懒懒地从床上起来，披了大衣，开开门，悄悄地走出去，

院子里已积满了水，刚刚长得两寸多高的两棵凤仙花，满身挂着水珠，在那儿微微地打颤，小妹妹底大皮球。也无声地漂在水上，雨依旧在一丝丝地落。

静静地，踏着小弟弟早上抛的砖头，一步步地，走到含苞的杏树下去。

"啪！"一个大雨点，落在头上，顺着额前的短发，滚到睫毛上，一种涩涩地感觉迅速地钻到心里！我觉得眼前模糊了。

恍惚地，手是被妈妈握着了。我们正一步步地，踏着泥泞的山路，走回家去。

"妈！还要下雨呢！我们别回去吧！"望着阴的乌黑的天，我担心地问着妈妈，"不要紧！乖乖一会儿就到家了，不回家爸爸不该急了么？"妈妈抚摸着我打湿的头发。在安慰着我。

突然，一个急雷叫了，"呀！"的一声，我钻到妈妈底怀里去。接着大雨拍拍地落下来。妈妈拉着我，跑到路旁的老杏树下去躲避。

"嘤！"的一声！一个小石子从我的耳边擦过，不由自主地抬起头来，天不知什么时候晴了，鲜红的日头夹着半天的晚霞正在西墙上跳，弟妹们也正拍着手向我笑。

抚了抚打湿的头发，擦去额前的水，睁大了眼睛，睫毛上停着的大水珠里，我又看见了妈妈慈祥的脸！

"快来呀！三姐！"小妹妹在加劲地喊，转过身子，拿出手帕来，擦着眼睛，迷蒙中妈妈穿着白白的衣裳，踏着美丽的虹桥，冉冉地走向西方去。

春之夜

署名：敏子

初刊《小姐集》长春益智书店
1936 年 12 月 11 日出版

春风摆着腰，步子是轻快地，悄悄地踏上了新京的夜之街头。

这丝丝的沁人心脾的愉快的风啊，动荡了女儿们底心，时代的姑娘们底骨子里都流着摩登的血，谁还肯躲在深闺里吟断肠词呢。於是，西公园里的绿草在女儿们底脚下唱着哀歌，诅咒那轻悄的，飘然地踏过头上的莽夫——鞋底。

春风爱娇地吻着大同公园里披散着长发的新柳，更吻着那立在池旁的小栏杆的弯弯的心，小栏杆弯弯的心里映着那逍遥在水中的人，春风更爱娇笑了，人也更亲的玩起来。于是一双青春的凝视描在相对的两个人底眸子里，水底漪纹还载着声底浪："妹妹！我爱你！——永远的。"

春风，有些儿懒洋洋地，哟！前面有着这样炫目的光。

绯色的幕前站着绯色的人，人的手里握着绯色的杯，杯影里跳着一对！两对……那舞在青春里的人们。

空中飞着梵雅玲的弓，披霞娜的剑，还有那老的壮的，青年们底桃色的心，酒从瓶里激动地流出来，流进了立体式的杯，把握在肥美的手里而送向那挂着媚笑的唇边去，于是那轻飘飘的裹在纱里灵魂在被醉眼解剖着。

春风也有些眩然了，拉着时光，在那水银般的途上划过去，耳边还绕着那阴郁的高加索姑娘们底轻颤的歌声。

春风拥抱了纱帘上静静张着的花底心，花底心里耀着灯底笑，灯儿喜孜孜地笼着那敷着巴黎香粉的脸上的春，这浓郁的春光里动荡着女人们娇俏的声音，"三筒""碰""满了，满了！""该是三百六？太太！"，于是在笑语纷然中另一座方方的城被那纤纤玉手堆起来。

有些儿乏，春风觉得惘然地。

生之寂静，浸蚀着那排低低的房屋，浸蚀着弄口俏然立着的五支光的灯，也浸蚀了春风还带着"享乐气氛的"身，更淹冷了那坐在低低的房子前面的老的，少的，脸上涂着廉价的雪花膏的女人底心。

不是为爱，也不是为本能的冲动，没有思索，也不知道为什么每夜每夜地在出卖着青春——待青春在猛兽般的拥抱里死去时，人也悄悄地被压在黄沙下，于是另一批，被那饥寒缠着的，浪一样地涌上来，填上那刚刚空起来的空间，不知道为什么，没有思索，用着同样的方式出卖青春。

春风倦了，曳着残花，背着下弦的月，衿上挂着生命的叹息，走向黑暗去。

落花

署名：敏子

初刊《小姐集》长春益智书店
1936 年 12 月 11 日出版

下了一天雨，好容易晴了，却已是黄昏时候。弟弟们又都去睡了。我独自站在窗前，拿着相册，心里只是犹豫着："出去玩儿不呢？"

窗外又复飘起细雨来。坐在桌旁，心里装满了说不出地空洞，像难过？不是！出去玩儿吧！望着脚上新换的皮鞋，却又没有走出去的勇气。长长地吁了口气，重新地看起相册来。

纹、珍、兰。呀！琳，又是揖，渐渐的离愁钻到心里，又跑到指尖上，又跳到相册上去。不知名地烦躁突然包围了我，掷了相册，两步并一步地跳出门去。

台阶上堆满了大小的粉白相间的花瓣，像有仇似的，我重重地踏过它们，走到杏树下去。

烦闷再狠狠地啮着我的心，离愁更紧紧的拴着烦闷。望着树梢上站着的两瓣残花，和那将要飞去的一瓣，离愁更缚得紧了，烦闷也更狠狠地啮着心。真的是："花落人亡两不知"呢！

蹲下来，看着那刚被蹂躏的花瓣上的污泥，深深的同情立刻地跳到心上。离愁又一丝丝地缚起来。

一瓣圆圆的淡粉色的花瓣上，虽然左角上沾了一大块黑泥，然而还掩不了本来的妩媚，惋惜地拿起来，更珍重地放在掌上。渐渐地掌上现出来纹底圆圆的粉白的脸，两颗晶莹的泪珠挂在颊上，又悄悄地从后边走来了兰，妩媚的笑描在脸上，圆圆的笑涡深深地陷落在左脸中。又跑出来活泼的揖，两条短辫子在脑后跳，接着珍，琳，我只看见不同的脸在手中笑。（也在脑中晃）。

一阵剧雨突然淋下来，下意识地站起来。天晴得好好地。一个黑色的鸟儿正展翼飞去，星儿也在天空中眨着眼睛，迷惘地，踏着泥泞走向屋中去，眼前仍跳着纹美丽的脸。

瓶花

署名：敏子

初刊《小姐集》长春益智书店
1936 年 12 月 11 日出版

　　阳光又带了昨日的微笑来访我，可是我却依然依旧懒洋洋地没有爬起来的勇气，虽然我知道已经到了四点——晚饭时候。

　　读着纹姐底来信，突然感到床前玫瑰的香气没有昨天那样浓郁了。翻身看，她们虽然还都站在瓶中，然而身上都带着萎靡，脸上也都画满了憔悴，那一朵最美的——披着红纱的更低低地垂下头去。雪样的台布上已经躺着两位娇媚的来客——花瓣。

　　转过身子依旧拿起那长白的信笺来，那不整齐而秀美的字也立刻射到眼里来。

　　"芳，他们不但不给我营养生命的滋料，并且还毫不顾惜地吸取我生命的源泉，我已经失去我应得的一切，不过芳，我要警告你，小心那后面不期然袭来的剪刀，它要断你底生路呢……"

　　呀！我是忘了给花换水吧！不然怎么会谢得这样快呢？我突然地想起来，于是推开盖在身上的被单，拖了鞋，匆匆地跳下床去。

　　花瓶里果然没水了，那以往傲然站在水里的花梗已经失去了绿色，哀怨地靠着瓶壁。抽出花来，一股糜乱的草味，冲了出来。说不出地一种烦闷袭击了我，拿着花，快步地走向门口去，我预备掷掉了它们——那两天前带着青春的笑站在我床边的美丽的花。

一种滑腻而湿润的感觉迅速地由手上钻到心里，我不自主地举起手来，那一朵红红的花身上挂满了水珠，哀伤的倚着我底手，两个最宽的花瓣凄怨地躺在手上。

惋惜绾住了我底心，我轻轻地把花送向唇边去，一种湿冷的感觉伴着怅惘跑到心里来，我觉得眼睛湿润了。

迷茫中凝视着花，花心里跳出来纹姐绯红的脸，那脸一点点地在我面前憔悴下去，渐渐地那儿只剩了一堆雪白骷髅，骷髅的上面踏着纹姐夫擦得耀眼的穿着皮鞋的脚，手中握着明晃晃的剪刀，脸上挂着狞笑，纹姐的青春在剪刀上还在无力地跳。

"缺德！"我举起左手来，重重地向那花儿打下去。

跳在眼前的依旧是那朵憔悴的花，水珠溅了满脸，右手上布满了玫瑰的泪，擦擦脸，举起花来，哽咽塞着了的咽喉，转过身子，望着挂在墙上纹姐灿笑的照片，我不禁呜咽起来。

初会

署名：敏子

初刊《小姐集》长春益智书店
1936 年 12 月 11 日出版

　　妈妈屋里的钟已经敲了十下，可是答应来的君和芬还没有影儿。我是这样的焦灼和盼望！推开窗子，窗上喧闹的声音立刻送了上来。凭窗下望，看见的依旧是奔驰的车辆和完全陌生的人们。

　　惘怅中。离开了窗帘，便斜靠在沙发上。脑中不由得记起了半年来在信中芬所给我的印象。更不自主地幻想着芬底容貌和见她后的情状。

　　门铃响了。院子里装满了少女底清脆的笑声。我两步并一步的跳下楼去。

　　刚到门口，她们已迎上来，拘谨而又欣悦地，我握着君和芬的手，而走上楼去。

　　她们一起坐在沙发上，我坐在他们底对面，君笑着拉着我谈到别后的事，并告诉我关于芬底一切。

　　望着芬浓密的黑发下耀着光耀的眼睛，我底心竟因喜悦而微跳，虽然心中是堆满了话，然而我却一句也说不出来。

君底话暂时停住。屋里立刻的静了。我们俩也漠然的，任空中散满了友情。忽然芬抬起头来，像是要说话，我也注意的望着她，视线不期然地相遇。芬微笑了，我更赧颜的低下头去。

"芳！"君底清朗的声音又跳了起来，"为什么不和芬说话呢？"我更觉得不好意思！可是却怀着欣喜而情怯的心情走向芬底身边去。

渐渐地我们谈了起来，过去的和未来的一切，于是在甜蜜中渡过了我和芬的初会。

信

署名：敏子

初刊《小姐集》长春益智书店
1936 年 12 月 11 日出版

　　我接得一封信，从遥远的东京来的。是黎丽写来的。黎丽是我底朋友，一年前结束了高中的生活，到日本去的。

　　只短短的四行，白色的纸上轻悄地描着蓝色的字。看去是那样温婉，那样轻盈，然而这温婉，这轻盈却含着铁铮铮的力量。

　　开头是家，末尾还是家。丽正从前一个家走向后一个家去，前一个家是爸爸底，后一个家是女儿底。路并不长，是真的，路并不长，丽也说过，"不过，难走呢！"丽在笑着说。这笑是——是背着辛酸。

　　爸爸在起码的地方画好了线，要把已经快跑到终点的女儿拉回来。这是爸爸底爱，因为在爸爸的成绩薄里，这条路程是兜着顺风的。虽然女儿就要握着希望的焦点。而且爸爸底顺风在女儿是感不到温馨的。

　　爸爸画的线是对的。不走，是自讨苦吃。爸爸掮着经济的枪，装着爸爸和爸爸间共同制造的社会弹，不留情地射向女儿去，于是懦怯地在烟雾里溜回来，忍受着苦痛，照着爸爸底路线重走下去——世界锁在爸爸底时代里。稍强一点的，被射死在路上。坚定地冲过了弹子，背着时代，走出去。爸爸在笑望着回来的！在叹息，看着死去的！在诅咒，对着逃去的！

丽正在走，正在设法地冲过爸爸的弹子。

是！信是只短短的四行，这四行却描给我"家"；描着给我"社会"。也描给我力量。

提起笔来，向丽底大眼睛在看着我，那眼睛里耀着坚定，无畏，无边的爱和未来的春光。抽出纸，我毫不犹豫地写下去：

"丽，祝福你，祝福他，更祝福你们未来的家！"

母亲

署名：敏子

初刊《小姐集》长春益智书店
1936 年 12 月 16 日出版

支着颐，望着桌上凌乱的书籍，伊只是呆呆地坐着。"哎真是！没有一星星看书的心绪呢！"

翻开日记本。"哟！怎么空了这些日子？！"于是拿起笔来，在半烦躁的心情下，任笔蛇一样地爬在那画着格子的纸上。

突然，楼下一个细碎的骂声起了，伊停了笔，在细细地听着。

"那么大了，还什么也不懂。跟老妈子叫什么大娘，装小姐还不会，不装给我拿出去。"声音渐渐的小了。

伊知道，伊对老妈子底同情，又惹起了母亲底猜忌。伊掷笔，站起来，预备下去和她理论。又一转念"她没有大声说，还得惹父亲生气。"这样想了，刚站起来的身子不由地又坐下去。

手紧按着跳起来的心，头斜躺在桌子上。下意识地眼睛又跳向那画着格子底纸上去。

格子上溅满了蓝色的点。看着像跳跃在漆黑的天上的小星儿，眼睛一眨一眨地。在下角上，一个圆圆的大墨点在骄傲地站着，笔哀怨地躺在它身旁，绕着金线的帽子已经摔到地下去。

依旧拿起笔来，注意地写着，然而这注意中却含了无限的辛酸。

渐渐地笔头掉了方向，在引着大墨点里的蓝水湾湾地围成了两个不同底脸。一个怒气冲冲的太太，一个含着苦笑的吴妈。

心上猛地被刺了一下，伊迅速地推开日记本，笔掼到桌子上。随手摸起一本小说来，伊到沙发上，颓然地躺下。

书儿展开了，一行妩媚的小字射到伊底眼里来。

"仅送给我们底小妹妹，愿你永远包围在温柔、慈母和爱的中。你底小姐姐霖，"伊惘然了。

头昏沉得要命，里边还嘤嘤地叫着，心冷得发颤。手和脚放在什么地方都不舒服，伊转过身去，面向着墙，手和脚都卷在一块儿躺着。

雪白的墙壁，正舞着淡蓝、浅黄、桃红、翠绿等美丽的夕阳。茫然地伊底目光落在那活跃的光儿上。

渐渐地颜色光辉的地方，露出来一些微笑的脸，那脸一点点地长大，更慢慢地向伊走来。

慈爱的爸爸，死去的妈妈，玲姐，老师，同学，都安慰似地望着伊。伊欣悦地伸出手儿去。

突然，一个挂着冷笑的后母底脸，闪电样地跳出来。怒冲破了胸，泻到腕上，又滚到手中去。几天来地委屈也突地横上心来。伊握紧了拳头，咬着牙，狠狠地向那脸儿打下去。

眼前仍然是雪白的墙壁，舞着淡淡蓝，浅黄淡桃红，翠绿等美丽底色，手儿还隐隐地痛着。掠掠头发，无力地坐起来。脚下像有东西绊着，低着头，深绿的地毯上，一本黄白相间的书皮中间，写着两个血红的大字"母亲"。

我底朋友们

署名：敏子

初刊《小姐集》长春益智书店
1936 年 12 月 11 日出版

　　光阴轻轻地偷进我们的教室里来，又悄悄地把高中带了去，留给我们底只是一个尾巴——毕业。握着它，离愁伴着彷徨浸透了的心。惜别无主的情绪描在每个人底脸上，离开学校后的寂寞又紧紧地扼住现在的心，三年来，印在心上的只有这束宝贵的友情，我要把它珍重地描出，贴在吉林底画册上。

　　小姐姐！她有两打以上的妹妹，她有着温存体贴地像母亲一样地爱。她系着每个妹妹无主的心，她帮助每个妹妹解决袭来的问题。她是妹妹们暴风雨中的屏障。当你正是从街上回来，或者是带着球场上疲乏归来的时候，找不到小姐姐。说不出地无主和空洞会抓住你底心，虽然她有时也冷——冷得像冰。可是她底热情与冷之比，是不折扣的十比一。

可可

　　一个秀丽的瓜子形的面孔，一个窈窕的身段，青春贴在秀丽的脸上灿笑。她还有一个黄莺似的歌喉。倚着她，听着那清幽地丝丝地跳起来的歌声，你会感到沁人心脾的愉快。仰起头来一个密笑会由那红润的唇边跳到你底心上。主宰她底是一颗玲珑的心，那玲珑的心里溶化了冷热的人情，她懂得处事，她知道怎样去接待那不同的人。她爱文学，还绣得一手好花。然而考算数的时候，会逼得她一身汗呢！

林檎

一个时代的女性，她能跑会跳，能写文章，还会帮助妈妈理家，又会做精美的点心，然而她是弱者——在感情上。她不会节制热情，苦闷是她底常客，虽然为时也会看到灿笑挂在那绯红的颊上，她怕听"离别"；怕说"摒弃"，更怕那飘起来的可可唱的骊歌，常常地当你一回头，你会看到含着无限凄怨的一双盈盈的泪眼，和那长长的湿了的睫毛，於是你的心上像网缠住了那样的透不过气来，"呀！烦闷又在撕着那少女青春的心。"

凤翠

那样一个纤细的身段里却藏着逼人的力量，样子像是弱不禁风，打起球来却猛的像虎。如果你是体育健将中高大少一流的人物，千万别跟她握手，她会使你痛得酥骨呢，她有时温柔体贴像长姐，玩起来的时候却又那样娇柔依人。没看见她看过书，然而每样功课都平稳的pass，虽然并不算好。

张哥

她是我最爱的一个，在这些朋友之中，她非常的爽直，爱和憎都形於面，所以爱她底人更爱她，而烦她底人却也烦到底。她不会藏起来真的自己而用虚假去应付人，她底喜和怒常合奏着交响曲，看她正在撅着嘴生气，一点小事情或是两声甜蜜的呼唤，会把笑再放到她底心上。她很性急，所以没有一件事她会从容地做到底，所以我们有时都不客气地称她毛愣，她是体育课中的上手，无论田赛径赛球术都精熟，这学期全校的大运动会里她得了全校第三，并且还为我们班上挣了那样美的一个网球锦标。

马弟

孩子底天真还住在她底身上，除了上课的课本子告诉我们她是高中的学生外，其余她完全过着孩子的生活，她爱小猫爱小狗一切小生物。然而却不怕虫子，她常常地拿着那红红绿绿的怪怕人的虫子去吓那些没有注意的而且怕虫子的同学们，当受吓的同学惊叫起来的时候，於是一个满足的笑会挂在那稚气的脸上。她很懒，十个自习会有九个半玩，不过到考试的时候却苦了她，当你听到那一声声地"小哥！我不会""小姐！我不会"地乞求似的语调，纵然想责备她，你也会不忍，於是，在惺急的恳求的眼色里，你会帮助她去温习那逼来的而且压得重重的功课。

阿文

一个似乎很倔强的然而却是可亲的女性，她认识人认识环境，可是她不知道在暴风雨中怎样去遮蔽自己。她底境遇是配着灰色的外衣，她的命运被拘在一个站在18世纪的世界上的老太太手里，可是她并不气馁，虽然她也知道自己的前程是寄放在渺茫的西南风里。她会打篮球，而且是排球国手呢！

渊子

去年的性格批评，先生这样说她："活力大可为女型"。真的，她是时代女性底典型，她没有一切女人的缺点，她用功读书，她会做衣服，在割烹上可是上手。她还有一个温存的心，初识她，你会觉得她并不怎样的可爱，可是日久了，一个殷勤的心会激着你底，使你永远不想离开去。

金哥

　　这是我们班上的诗人，我底金哥。虽然曾一度流浪去，可是仅只在女师底舞台上稍留后，便又回到我们的园地里来，诗人有着一颗情深的心，一双常常会流下泪来的晶莹的眼，"爱"、"我爱你"是诗人常送人的礼物，诗人不仅长于诗且敏于歌。当你听着那圆润的轻颤的歌声慢慢地飞起来的时候，你会觉到你底灵魂经已轻飘飘地随着歌声飞去，诗人还喜于表情，无论喜怒哀乐，诗人都会马上表现出来。真的！假如她去演电影，我敢断定她一定是一颗光芒四射的星。

　　酸捉住了我底心，疲乏已经住在我底腕上，我已无力再写下去，虽然我底笔尖上还带着华子和杨姐底笑。

童年

初刊长春《大同报》
1937 年 8 月 28 日

每天，当太阳底第一条光线照到我心上的时候，我便记起了童年。

清晨——正是象征着生命的开端，那是一棵秀嫩的树，许多挺硬的枝干和肥美的叶子还在孕育着。这时我拉着记忆的索子，任心儿奔驰在逝去的国度里，我似乎感觉到自己在温习一个最隽永的故事一样。我微微地露着笑意，深念着几个淘气的小朋友，她们出了汗的手拉着我跑，手心碰着手心的那股滑腻的热，已在我现在粗糙的手心里永不再会再体味到了。玫瑰红的两颊压上了脂粉，在透明的玻璃窗里看见了反映的自己灰白色的面容，颊上的玫瑰早消失了，给遗落在童年的路程上。啊！童年！童年，远了，渺茫得如太阳的距离一样。但是，太阳的光辉照在我身上，我推开窗子，带着田野气味的新鲜空气立刻冲进我的鼻子，我愉快的仰视着东方艳红的太阳射出它的光芒，灿烂的阳光环绕着我，在我四周。以往的童年缠绕我在我心里。

孩子！孩子！你所有的不会再有，生命之河不能倒流，年老的人永远不会再年青了。妇人不会再是一个姑娘，重复获得她。从前所有的美丽与光泽，一个女人过着悲惨的生活，她能改换它，将不幸的丢开，但是她总不能将时代拉回去。男人也有着他"生命之花"的时期，那时快乐与满足都是他的，可是当黄昏开始的时候，青春的年华过去了，时光带了你飞。

　　整个的世界原是一座舞台，所有的男男女女不过是演员，有上场，有下场。一个人走到人生的末一段时，变成了一个老朽，腰弯到地上，预示着他从地上来，还得再回地下去。耳朵聋了，眼睛花了，牙齿落了，宏亮的声音，又变为儿童的细嗓。

　　这样的人到了生之尽头，因为活，所以死，曾经舒服地活，就舒服地死去。好活就好死，坏活也是一样地死去。要是生时作恶万端，死亡只换得别人的欢笑，但是灵魂却走进地狱之门。

　　黄昏沉没了下去，替代的是黑夜。我们须要睡眠。睡眠不正是死亡的幻想？一天的恣乐会赐你甜蜜的睡眠，善用的生命会带给你安逸的长眠。

　　太阳第二天又升起来了，但是时光蚕食了生命，它永远不会回绕。

职业

初刊长春《大同报》
1937 年 9 月 2 日

拣完了菜，当我正要把手中的一叠铜元给与卖菜者的时候，我听见一个低抑悲苦的啜泣声音，在我背后。

我不自主的回过身去。

是一位半老的男人，一身蓝布衫裤，脚上穿着一双崭新的水袜子。头上是一顶惯在乡人脑上所常见的尖起来一块的草帽。他眼睛睁得大大的，泪正一滴滴地沿着瘦削的颊流下来。

啜泣变成了呜咽。

人围上来，慈心的老太太底脸上画着怜恤。

"太太！"他开始用一种动人的悲哀声调向我开口了，当我正要提了菜向楼上走时。

"太太！我！我！求你老帮帮我吧！我不是要饭的！我儿子不学好，领着媳妇跑了，扔的我……我，我两垧多地的大照都……太太！帮我几个子，我好住个店，我是来找我儿子的呀……我——"

抽搐着，声音颤动得恰像他所述说的那样引人同情，泪更一串接一串地滚下来。

我细细地端相着那张淹在泪中的脸，脸上是一丝虚伪的痕迹都寻不出来，在那双睁得大大的眼睛里，更跃动着无限的焦灼和幽怨。

我把手中剩余的钱给了他。在感谢和唏嘘的音波里上了楼。

隔窗外望，人群依旧包围着他，有的正在摸索着口袋，他嘴在嚅动着，似乎仍在述说中。

隔了一会再瞧，人散了，他的身形蹒跚在车边的马路上。

我并没把我这件慈善的行为当作一回事，但不知怎的，那悲泣的面貌却网在我心上很久很久，而且我还曾幻想过那个扔了爸爸带着媳妇拐逃的儿子。

第三天，和哥去仲家，仲底门口堆着人，意外的我又在人群底中心发现了那身蓝布衫裤和那双惹眼的崭新的水袜子。

特意拿了一叠铜元在手里，我装着唏嘘的脸色挨进人群去。正是那个悲泣的脸，泪和三天一样的一串接一串地沿着瘦削的颊在流，唇在嚅动着，齿缝间描绘着忤逆的儿子。

一阵憎恨袭上心来，莫名的敌意横在我和他之间，我蹲下身去，"破坏"的意识在主宰着我。

"给你！"故意把钱擎得高高的。我和那浸在泪中的脸打了个照面，随即恶毒的，恰在那嘴唇在嚅动着谢谢的时候说"找到你儿子了吧！"

立刻的惊诧和惶急代替了悲苦的述说，瘦脸痉挛着，皱痕里耀上了忿恨。眼睛仔细地在看我摆在和三天前全然不同的衣饰上的面孔。

"呵！"交混着恨，急，和掩饰的一声长吁。

我恶意地然而严肃地绷着脸。

忽忽地拣着身边的行装，在我还没有说出第二句话以前，他脱却悲苦的假面从人隙中猛然的窜了出去。随即隐没在邻近的胡同里。

去了一件重荷样轻快地挽着哥走入了仲底家，遗下了猜疑和臆测在身后。

但不久那一种恶作剧的快意却带给了我一个沉重的困扰，那困扰久久地纠缠着我，直到现在还使我喘不过气来。

时间是一礼拜后，地址移在了姑妈的门前。是晚饭后，我们闲散地在门口消费着新秋的黄昏，又发现了他正哭泣着蹲在一个邻近的门口。

我很想避开他，我不愿意我们底视线再在这种情况下接触，但已经晚了，我们看见他的时候，他早已留心到我底出现了。

在我还没有想到接续着该怎样作去的时候，出乎我意料的，他迅速地倒到了我面前。

他底脸上没有了乡下人的憨直，而换上了在都市中蒸馏出来的狡猾，泪眼中满是抑制不住的愤恨，这些复杂的情绪却又都隐约地笼在生的挣扎里面。

"你！你！"他向着我开口了，牙咬得格格的，声调像一只刚被圈在笼中的猛兽底低吼，"你……我也是为了吃饭呀！"

那沉重的字句一个接一个地落在我底心上，心立刻像正被一个大锤子在猛力地击打着一样地陷了下去。我惘然地睁大了惊愕的眼睛。

"我……"他重复着，眼睛愤怒得要冒出火来，但跟着那愤怒就飞快地消失了，我找到了哀怨——在那双眼睛里面，一种无可奈何的生之哀怨。接着又是泪，一双晶莹的藏在眼角的而和他啜泣时完全不相同的泪珠，我立刻体味到了这双泪的真实和酸辛。

在我底惊愕和迷乱还没有恢复以前，他向我恶毒地掷了最后的一眼而在临近的拐角消失。

"我……我做了一件什么事呀！"抚着刚填满了美味的食物的肚子，我嗫嚅着，接着我迅急地跳向邻近的拐角去。

横在眼前的马路上，荡动着都市的喧嚣和纷乱，陌生的人一个跟着一个在走，但我已经搜寻不到那一身稔熟的蓝布衫裤了。就这样地我怀着忏悔的心意希望再看见他，两个星期无声息地滑过去，他再不在我底眼前出现。我开始被这满可丢下的事情困扰着了，我起始在饭碗中看到了那个瘦削的脸，接着在点心盒里，在茶杯里，我都看到了，似乎那脸还正在一天天的憔悴下去，所怕那一个半老的人会真的在挨饿了。

"饶恕我吧！我一向都是饱得很的呀！亲爱的不知名的朋友，但现在我相信我已经理解而且同情你的职业了！"

当一个黄昏在消失，我去追一个蓝衣的人而发觉他并不是我要寻找的人儿时，在暮色中，我这样虔诚的默念着。

煤油灯

初刊长春《大同报》
1937 年 10 月 9 日

　　数不清的夜都在电灯的光亮下溜走，我几乎忘记了那陪着妈妈度过了无边凄凉的静夜的煤油灯。谢谢多情的表姐，把这羁留在都市中的孩子重新拉到自然的怀抱里来，又在糊着粉连纸的窗子下面，替我点燃了一只擦得晶亮的小号美孚灯。这灯呵！这灯是妈唯一的伴侣呢，然而它也携去了妈毕生的暗夜里的岁月哪！

　　爸娶了姨，就睡到姨底房里去。于是妈底屋里只剩了妈底瘦瘦的影。奶妈走了，我便被叫到妈底房里去，妈说："三！你够大了，让奶妈走吧！也该陪妈睡了呢。"妈抚着我底头，声音轻得像夜风。凄凉得像秋天阶下的虫鸣。随即将我生得很高的八岁的身躯紧紧地搂在怀里。我抬头，在朦胧的灯影里，瞧见了妈闪着泪儿的眼。"妈！爸为什么不来和你睡呢？"妈不答我，替我脱了衣服，将灯火捻小。便把我拥在怀里睡了。

　　"妈！我要喝水！"梦把我惊醒来，睁眼看灯早又捻得亮亮的，妈正守着灯读《再生缘》呢。

　　"好！"妈爬起来，替我倒了一杯热热的开水。轻轻地放在我手里。

"热呀！妈？"

于是妈再端起碗来，放在嘴边慢慢地吹着。"妈，你为什么不睡呢？"瞧着妈底书，我惊奇地问。

"等着给你倒水呢！"妈微笑地答。

"妈！你真好，你真好呀！奶妈夜里是不管我的，妈！我永远跟你睡，爸来我也不走啦！啊妈！"我一下跳到妈怀里，搂了妈脖子在说。

"妈也不叫你走的，你永远跟妈一块睡。"妈用手帕替我擦着眼上的眼泪，慈爱地说，接着又凄然的："爸不会再来了呢！"

坐在妈底怀里，半杯水还没喝尽，我又入了梦。待清晨醒来，看自己躺在妈底枕上，枕旁摆着灯，灯里一滴油都没有了。妈正坐在壁炉前给我烘着衣裳。

"起来吧！宝！"妈把衣裳放到我身边，过来翻开我底被角，"妈你没睡吗？"

"我睡了，我是刚起来的！"妈做了一个笑脸的向着我，接着回过头去，眼睛凝然地停在那没有一滴油的灯上。

奶妈不再来，我夜夜伴着妈睡。每晚，灯一点上，妈便把我底小书包放在灯下，抽出书来，叫我温习了刚学过了的书，又帮我念了新的，温习到算数，妈伸出来手指慢慢地交给我算，墙上映出来妈底俏丽的手影，我底注意力转到了手影上。于是妈放下书，教给我做着手影玩。

"看！看！宝！小兔子要跑呢！"妈双手迭着，手指交握着，墙上就真的来了一个小兔子，竖着长长的耳朵。"看！宝！这只大鸟要回家啦！"妈两手交叉着，小兔子又变成鼓着两翼的大鸟了。

"妈！我也做！"于是妈帮我排着短而粗的手指，教我做着兔子做着鸟。

玩到相当的时候，妈替我收起来书，叫着我说："宝！睡吧！明天还得上早学呢！"

"嗳！"我答应妈，瞧灯里，油还有一多半。可是到第二天早起，灯又是干的了。

陪着妈，一直到小学毕业，每晚都和妈一齐坐在灯下，瞧妈做手影，听妈讲故事，妈精神渐渐好了，眼睛里不再闪着泪，也不凄然地说"爸不再会来呢！"的话了。

爸送我上吉林的中学去读书，到离开妈的时候了。妈在灯下替我拣着衣服，眼里又有了泪光。

"宝！衣服都在这，被、衣服在这一边呢，"妈开开箱盖，一样一样地指给我，"天凉，记着换上，夜里起来，想着……"妈底眼睛望着灯，话不自然地停住，泪滴滴地沿着两颊流下来。

"妈！我知道的。"我跑上前去拥着妈，瞧着妈清瘦的脸，我想到了妈以后的凄寂的暗夜。

在学校里，每次接到妈底信，脑中就浮出妈一个人在守着灯读《再生缘》的寂寞的影，因为妈底信都是夜里在灯下写的。也就更盼望着假期，盼望着回家去陪妈过着寂静的夜。

没到放假，我被爸叫回了家，到家看妈已经病得昏沉过几次了。

到底又陪妈在灯下过了几个夜，但这几个夜里妈已经没有精神叫我念书，教我做手影了，只间或低郁地唤着我底名字。也轻轻地不连续地吐露着对爸爸的哀怨。这次，每夜是泪闪在我底眼里了。

就这样落寞地妈离开了人世。在一个风狂雨骤的夏夜里。那时候妈身边只有我和灯。

重回到学校里去，到再回故乡，家已经装上亮晶晶的电灯了。于是，煤油灯在记忆中淡了下去。虽然也不时地想起妈，而且很苦地忆念着她，但映在脑里伴妈出现的不是擦得晶亮的灯，而是一团模糊的黄光了。

以后，身子缩在都市里，周围包着不断前进的物质文明，没有机会亲近灯，连对妈的忆念都飘然了。

谢谢多情的表姐，给我灯，又给我一个寂静的夜。此后灯下的夜不会再有妈妈相共了。年来奔波各地，自己也到了做妈妈的年纪，也许就有一个像妈妈那样凄凉的命运在等着我呢。但自己粗暴的性格，绝不会那样美丽地深刻地给孩子留下一条系念，装在孩子脑里一幅感人的画面，像妈妈所留给我底那样。

一次又一次

初刊长春《斯民》杂志
1938 年

吴郎飞函来。说："永远解不开的伤痕。雪笠在七月十五日于晚九时半长逝了。"当时我是拿着信在窗前立着，望着天上流动的云，木立良久。直到手中的信坠在地上，我才俯身去拾起来。我脑中只是一个情景在活动着。那就是雪笠最后一次从我家拿着两只酒杯迎着午夜的厉风走回去的姿态。那样兴奋地在黑暗中摇着手的，用着低缓的声音和我们道着珍重的朋友，我怎么也不能相信他是永远离开了我们。因为我幻想不出他临逝去的状态来，虽然吴郎曾很详细地写给我。

一只蛙在眼前的松枝上高唱着。正午我曾瞧见它一次、两次……地向松枝上飞跳。它到底上去了。望着逐渐逼近了的夜色，我替这个高唱的蛙耽心。我无端地对这蛙珍惜起来。因为我在想着我们底百折不回的朋友。雪笠曾这样努力过。一次接着一次。一次接着一次。但在高峰没有到达上前，他力竭而去。我掩着脸回到屋里来。我不敢再看那只在黑暗中依然唱着的蛙。我怕因它而证实了我底虚诞的幻想。

夜静。有别的蛙开始在应和着。似乎又有开始飞跳的。我听见了连续的跳跃的声音。让我们努力吧。为着雪笠！一次又一次地连续着。

拜伦的一生

初刊【日】《华文大阪每日》第 5 卷第 10 期
1940 年 11 月 15 日

拜伦（George Gordon Noel-Byron）是十九世纪初叶在英国出生的最大的诗人，他底文学的业绩，辉耀于世界文坛，是英国自从莎翁以来的最伟大的天才诗人。他不但在英国文学史上留下了不朽的盛名，并且他以他那彗星似的光芒万丈绚烂无比的诗歌，那奔放的生命，那激越的热情，使得世界的文坛为之动摇的热况是自古稀有的。

拜伦出生的十九世纪初叶，世界正是还延续着十八世纪末叶的混乱与动摇的时候，法国大革命，拿破仑的兴起及其没落，因为封建的贵族主义和新兴自由主义的对立，所以无论是在政治上在思想上都被称作暴风雨的时代的。

在文学的世界中，大陆上泛滥着革命的学术文艺，像德国"大暴风雨时代"，因于法国的嚣俄的创作的成功的刺激而起的那种罗曼蒂克的运动，达到了泛滥的高潮点，拜伦正是这浪漫主义运动的先驱者，德国的海涅，法国的嚣俄，缪塞，马尔丁，俄国的普希金，莱蒙托夫等名家巨匠辈出，才突破了当时窘屈的文学世界，高扬起来新鲜的，自由的，不羁的拜伦的浪漫主义的旗帜。这位卓越的英国诗人，如一般天才似的，有着奇特的个性，又因为仪容美丽，心里充满了自体矛盾，一方舍弃不了贵族的烟士披理纯，一方又持着进步的自由主义的意识，有着革命的先驱者的灵魂，又有着耽于皮肉之美的极端逸乐的身体。他底诗中充满由于这种矛盾相处所生出的青春的情热，忧闷，憧憬，矜持，悲哀，不满，绝望与怀疑，是建设与破坏的双奏曲，因此，当时的世人和批评家对他底批评也是极端的毁誉参半的。拜伦用最大的器量接受了这一切的好与坏的评语，这也许就是他底作品能给与人间以那样深刻的魅力的缘故之一吧！拜伦的作品是不为时代好尚所动摇的，渗透了人间性的，最富有高深的魅力的诗篇。

拜伦一七八八年生于伦敦，是英国的最有来历的名门之一，因为父亲底放荡，父死后家境颇窘，母亲带了他住在一所小小的房子里，勤俭地但仍保持着贵族的仪式过着日子。不幸的小小的拜伦生来就是跛足，虽然经过种种的治疗，但也不好，跛足给与了诗人拜伦的性格以相当的影响，他底忧郁，他底愤然，他底阴郁，他底否定面，多少是由于这个反应而起的。

拜伦诗生活从十三岁开始，第一篇的主题是追悼在前一年死去的拜伦最爱的堂姊，玛格丽特·巴克的。以后在哈劳学园中为失恋而作了哀情的诗，一八〇六年十一月自费出版了题名《即兴诗》的诗集，因为其中一篇叫作《访玛丽去》的诗歌，被牧师贝加忠告，而中止了诗集的出版。第二年即一八〇七年的一月，除去了《访玛丽去》再以自费题名为《随笔的诗》而出版后，博得友人的好评。为此，拜伦重又增补订正，在同年三月以《懒惰的时候》为主题再出版，这可以说是拜伦的处女诗集。

一八〇九年六月作第一次的大陆旅行，一八一二年六月归国，后整理了诗作，在一八一二年的一月下旬，出刊了诗作《奇罗德·哈劳顿的巡游》的第一卷与第二卷。

诗集出版后，意外的成功连拜伦自己都为之惊愕，《奇罗德·哈劳顿的巡游》付梓后，呈一时洛阳纸贵的情况，仅四周间突破了七版。这诗集，得到了社交界的热烈的注视和赞美，年青的貌美的青年贵族拜伦，立刻成了社交界的宠儿，因为他底貌美，他底才能，得到了所有的人们敬慕与爱戴，他底一举一动，他底头发的样式，他底衣服的花纹与颜色，支配了人们底好尚，甚至连他跛足的走路时鸟似的一跳一跳的姿态，都成了人们模仿的标的。女人们都以一识拜伦为荣。这样被缠绕在花一样的女性群中的热情的拜伦，日夜地享乐着，浸蚀放纵游惰的生活里，这生活更活泼了他底诗笔，相继地发表了《异端者》（一八一三年五月），《阿庇道斯的新娘》（同年十二月），《拉拉》（一八一四年五月），《海贼》（同年十二月），《哥理顿的包围》《巴利西娜》（一八一五年的夏一秋）等。其中《拉拉》是从舞踏会回家后脱了衣服后立刻就写成的，《阿庇道斯的新娘》也不过用了四天的工夫。诗思涌来时一气呵成，诗笔恰如奔流，那词句配置的合致，那诗句的谐调，那旋韵的流畅，实在是再美也没有的。当时大陆上的最大诗人歌德极力地赞美拜伦，说："天才的诗人虽然很多，但像拜伦这样的天然的喷水似的滚滚而下的诗人实在是绝无仅有。"

一八一五年一月与安·依莎贝拉·密尔扎克女士结婚。新妻是一位受过高等教育的女性，但不是拜伦所期望的那种热情而又明朗的姑娘，婚后对拜伦的诗人性格的自由奔放的一语一句都加以限制，使拜伦非常窘苦。又因为新妻的财产都是不动产，在享受的第二义上也不能满足，因此拜伦郁郁不乐。

一八一六年六月夫妇仳离，家庭的丑闻成了当时社交界中的话柄，看重道德的英国人都以拜伦为无义而摒弃拜伦于社交界之外。新闻杂志相继施以恶毒的嘲骂，向往于意大利的碧空的自由人的拜伦，起了永久去国的决心。

一八一六年四月二十五日，拜伦满身疮痍，满腔伤痛地离开了故国，再踏上了放浪之途。

放浪中会见了亡命外国的英国诗坛巨匠雪莱，于是在日内瓦的湖畔留下了这卓越世纪的二大诗人同游同憩的踪迹。以后拜伦漫游意大利各地，因为加入了自由主义的政治团体，遭到法王厅以为是间谍的注视，政治活动因之全灭。又为受了最爱的女性蝶丽沙家加姆巴伯爵家驱逐，被放逐于拉宾娜。在这恋爱，政治运动，与漂泊的生活之间，拜伦依旧不倦于诗作，出版了《庸的囚人》，《奇罗德·哈劳顿的巡游》的第三、四卷，《史林丹的悼歌》，《梦》，《加齐尔之墓》，《罗曼湖之歌》，《曼佛兰特》，《顿·杰安》等不朽的杰作。

在毕生大作的《顿·杰安》出版后，拜伦由于内心的对于政治行动的热望，在一八二一年遂投身于希腊的独立运动。一八二四年一月，到希腊本土，进军于密索罗庚，当时拜伦穿了大红的军服，在枪炮与音乐声中，在全住民的欢呼声里上陆。这在爱好生活变化流动的，热情奔放的天才诗人的心里是如何快愉的事。

在希腊，拜伦因为是站在援助者的立场，被放在希腊独立军最高司令官的地位，受着全军的信望。但这多忙的生涯使得常年劳瘁的拜伦得了重病，一八二四年四月十九日夜病势恶化，遂客死于异乡的阵营之中，于是不朽的拜伦以三十七岁的壮年结束了伟大的一生。

佐藤太太

初刊【日】大阪外国语学校《支那及支那语》1941 年 4 月号
据北京《艺文杂志》第 1 卷第 3 期 1943 年 9 月文本编入

邻居的佐藤太太来说，想请我教她做一点什么。她说：

"中国菜真是最美味的东西，每次到中国饭馆去吃饭回来后，主人老是念念不忘，也许我太笨，做不了也不一定，但希望能教我一回，做一样菜就好。"

那一天恰好给我们送菜的菜车子上有鱼，她高兴地问我，"做鱼吃好吗？"

我多窘啊，我原本什么都不会做，平常时候只是胡乱做了便吃，自己吃什么都好，那种自己杜撰出来的既不好吃又不好看的东西怎好拿出来教人呢。

但我不能拒绝她，她脸上充溢着希望，那温柔又美丽的妻准备在上了一天班回来的疲乏的丈夫的菜桌上摆上她曾念念不忘的中国菜，疲乏的丈夫该是怎样的高兴啊！美丽的妻又该是怎样安慰啊！我不能，纵然我的烹调技术再糟，我也不忍拒绝她的。

我说："好吧！"

"那么买多少好呢？"她再问我，安心了地微笑着，在鱼筐中挑选着鱼。

做什么呢？我想着，在我知道的所有的鱼的做法中挑选着，太可怜了，我底全部烹调鱼的智识也不过三种，两种我都觉得不好吃，其余的一种我只听娘给我讲过，自己并没试做过一次。但我想那一定比我已做过的好吃，而且我可以在里面放一点糖，这样也许能更适合日本人底口味。

我们约定了晚上六点在我家做，佐藤谢了又谢才走回了自己的家。

六点钟到了，我底心忐忑着，我想先做一点试试，时间又到了，作也来不及，只好预备着佐料。

佐藤来的时候，六点刚过一点，她带给孩子们一大盒难买的珍贵的饼干。

这厚赐更使我不安，我像小学生临考一样地硬着头皮进了厨房。

先把油放在锅里，油开了炸鱼吧！娘说过，鱼是要先炸的。鱼在锅里呈现着可爱的黄颜色的时候，我的心安定了一点，

我想只要炸得好，我就算做成了一半，自己暗地捉摸着怎样浇汁，我去端那只装着浇汁用的葱和姜的盘子。

我嗅到了烧焦的气味，回头，佐藤正替我翻动着锅中的鱼，我是打算先把鱼翻过来再拿佐料的。因为脑中想着浇汁的事，把翻鱼的事疏忽了。

鱼底脊梁上有一条烧黑了。

我窘得红了脸，勉强取出鱼来，把汁放在锅里和好了，浇在那焦了的鱼上，这样我底菜算是做成了。

"这样简单吗？"

"是的！"我鼻里仍然留着焦鱼的气味。

"我想我可以做的。"佐藤很快地说，随即快乐地向我道了谢回去。

我晚饭的浇汁鱼并不可口，我闷闷地喝着茶吃了饭。

第二天很早地佐藤便跑来了，她说她家的主人觉得鱼这样做是再好吃也没有了，他们全家都加了饭，以至她因为饭不够而没吃饱。主人晚上还要亲自来道谢。于是她郑重地鞠着躬，再申着谢意，她又为孩子们带来了罕见的鸡子。

昨夜的闷意全飞了，望着佐藤底快乐得发光的脸，我说："鱼好吃，是因为你做得好的缘故。"

我想象着佐藤小心翼翼地在瓦斯火旁煎着鱼的样子，她绝不会把鱼烧焦的。

"哪儿的话！"佐藤客气着，笑了。

"真的！是那样，我底鱼不是都焦了吗？"我也笑着，拿起佐藤的鸡子我说："今晚作一次鸡子吧！"

"什么？作鸡子吗？"她惊喜得跳起来，脸上显示着求之不得的神情，"我底主人是最爱吃鸡子的。"

"一定！"我说，我愿意把我的粗陋的烹调法教给她，我知道聪明的细心的她，一定会用我的粗陋的作法做出好吃的东西来的。

几句话

初刊【日】《华文大阪每日》第 7 卷第 4 期
1941 年 8 月 15 日

　　去年夏天，我写了一篇题作《蚌》的中篇，我底几个朋友看了，他们说《蚌》中的女人是不应该死的，结果我把《蚌》里的姑娘带到《鱼》里，《鱼》也没能表示出我心上的郁结于万一——一种女人的郁结。

　　我开始想写另一篇，那就是《蟹》。

　　可是《蟹》完全离开了《蚌》和《鱼》，《蟹》的结局一点都不是我所想象的那样。我底心中蓄积着情感，我没能有条理地整理好，把它将我底初衷表现在纸上。

　　《蟹》就是在这样的情感下写就的。

　　如果读者能从《蟹》里找到了一点什么，即或是一点可憎的爱，就足可以使我安慰的。

1941 年 7 月 14 日在北京

本年的理想

初刊北京《中国文艺》第 5 卷第 5 期
1942 年 1 月

　　希望有真正的评文陪伴真正的创作。希望有一个给文笔人联络与能互相砥砺的组织。希望中国文艺加大。

　　我只有这个简单的希冀。愿意看见它们和新年一起来临。

孤女乐园仁慈堂巡礼

署名：孙敏子

初刊北京《妇女杂志》第 3 卷第 5 期
1942 年 5 月

有这样的历史

义和团后，圣公会的牧师费亚德（法人）先生，为了援救中国颠沛流离的小女儿，从皇家挪借了库房，改成合理的近代化的住室，从世界各处募集了丰富的基金，为我们无依无告的"国民之母"造了安静，清洁，舒适的"家"。一直到现在已经历经八十年的星霜，有多少我们的母亲是从孤女院出来的，你能想得出这个数目吗？

有这样的开销

全盘月需一万五千元（最少量）总括一切在内。

🍚 每人早晚粥一碗，午小米干饭一碗，菜汤一碗，午后窝头一个。

一月中需

面一百五十袋

玉米一百袋（一袋一五〇斤），自己磨成面粉，小米七十五袋（一袋一五〇斤）

衣 每人单裤褂一身需整完毕，一院修理费平均五千，全体便需五万。

人数 现有一千一百五十四人，每日增加，一日内进二三人不等，三岁下，在外边委托乳母喂养，四岁上收归院内，在院内学习一切家庭事务及读书，十八岁后，则由院长代为择配嫁人。

有这样的收入

基金利息——支出之六分之一。

女孩工资（缝袜口，打毛活，织窗帷，纱边等）——支出的六分之一。

圣公会捐助——现在无。原来占支出六分之四。总计，每月不足六分之四，急待资助。

到仁慈堂去的时候，初春的太阳温暖的照着那清洁的院子，庄严的圣母雕像发着纯洁的光辉。显得院子的空气温和又严肃。那时，孩子们在吃午饭，小小房（这是全院中最小的小妹妹，四岁到六岁，四岁以下的都在外边委托乳母代养）最先吃，和带我参观的李姑奶奶先到小小房的小饭厅去。

长的条桌嵌着白的瓷砖面，两旁排着长的和条桌一样红色的长凳，恰适合于孩子们坐的一尺多高的样子。

几个较大的孩子排队等着姑奶奶把饭盛在碗里后，捧到小桌上去，逐位排好，饭菜搅和在一起，盛在一只蓝瓷的碗里，每人一柄长勺。

其余的孩子们在休息室里，六岁的小姐姐给四岁的小妹妹在新的麻花布的围巾上面系上一个旧的，以防新的脏污了不好洗。新的围巾在进堂去的时候戴，上课的时候戴，玩的时候，吃饭的时候，都用旧的。她们的小围巾看去都是这样崭新，也就是这样节省的结果吧！姑奶奶带着微笑看着这天真的一群，我想她们至少有一百个以上。

一会，饭摆好了，一个小姐姐跑去送信。

隔窗我看见她们是那样兴奋地迅速地排好了小小的队伍。一个个鱼贯地走进饭厅来，向圣像画过十字，念了经坐下去吃起来。她们是怎样美味地吃着碗里的东西呀，有的把勺子放在嘴里含了又含，才珍贵地舀起来一点。有的在菜碗寻找白菜，找到了一块白菜叶后，先不吃，把它显示给同伴，同伴也在自己碗里找，她也找到了，两人幸福地对看着，一点一点地咬着那块小小的白菜，旁边的人用忌妒的眼睛看着她们。

但她们终于吃完了，一个人也没有说话，干干净净地吃完了干饭，六岁的小姐姐有十个人留下来洗碗，其余的都到院中去。吃完饭，是她们散心的时候，我立刻被围在中间了，数不清的小黑头在我身边旋转，听着愉快的细语，看着身边的绿柳，我觉得宛如在春的百鸟林中，听到清越的鸣声一样。

要照像了，每个孩子都愿意自己照，蜂拥着去找姑奶奶，希望派给她一个好地位。

山田先生和我一样意思，愿意尽量照入，但她们是何其多啊！

照了像片，我们要走了，孩子们在后面摇着小手说"再见！""再见！"有的追过来，牵着我底手，"我再来看你们啊！"我说，恋恋地分开那小小的手。走了很远回头，孩子们正围着姑奶奶，一位远涉重洋，把身子献给天主的修女（法籍），那样亲密的围着她，就像小鸡仔围绕着母亲那样依赖而又自然，多细心又体贴的看护呀，孩子们的母亲也未必能这样，这真是一个崇高的行为，她底灵魂纯洁得使人觉得自己的卑小，如果人真能修成神仙，我以为她才具有成神的条件，虽然她并未香花供奉过她底圣母。

小小房过去，隔开小小房的卧室，在另一个院子是大姐姐们作工的地方，大姐姐是十一岁以上的女孩子，不读书了。从六岁到十一岁间念的简单的文字和数学，已经足够一个小家庭主妇的应用，她们学挑花，做衣服，打毛活，服侍小妹妹整理屋子，是凡一个主妇必要的条件都学习，都预备，到将来，到豆蔻年华的时候，经过院长精心地给选了配偶后，嫁出去，一如我们平常人家嫁女儿一样，她在慈爱的姑奶奶们底指示和亲爱的离别里，到丈夫的家里去，开始做一个完美的妻子和母亲。

报馆里买了二百五十元的白线，我们把线拿到大姐姐底工作室里，她们正在织北京银店定制的窗帷，十四个人分两排坐在一个大木框前，木框里已经绷好了经纬线，差不多隔两分宽就有一条线，形成了许多的小四方格，在线格里再一针一针地缀好花朵。

另外一部分在做挑花手帕，一部分做纱边，一部分在给小妹织袜子。一个碧眼的姑奶奶在指导她们，她身上别满了大小不等的绣花针，她从这一角走到那一角，细心地耐性用心指导着那一群少女们。那真是太精巧的活计，一朵小小的花，在我看仿佛不算什么，其实甚至得几千针才能缝好，其间不幸缝错了一针，便全部都毁了。

这也就是我们买线的意思，一块钱的线经过了少女织手的缝缀，遇见慈心的主顾就能够卖到意想不到的价值。另外，她们用线做纱边，织自己的袜子、衣服上用的带子、洗脸手巾等等。

她们那样感激我们的赠物，如今，物价涨得太高，线也不好买了，就是因为太贵，而她们用线的地方又特别多。所以线在她们是如此珍贵，一小段落在地下后，立刻就被细心的小女儿拾起来，线头也留着，重纺了后织袜子。

在铺子里买的这样好线是舍不得自用的，她们要用它去织最好的纱边，自己用的线，自己用小纺车来纺，嘤！嘤！纺车唱着古老的歌，少女们憧憬着未来的生活，感谢着从苦难中救出自己来的仁慈院。

大姐姐们作的活计，可称得起集中西精华于一体，西方的美丽的跟随着时代的图案花样，用中国的细密的缝缀法去缝缀，再加上中国小女儿的慧心，多么细致，精巧的手工品啊！难怪盛世的时候，一支挑花的细纱手帕，美国太太情愿出十块钱买一条，委实是既精又巧的东西。

从大姐姐的工作室出来，相邻的院子里是八岁到十一岁的女孩，大家正在缝袜口，礼拜一有一批定活到期了，大家都愿意尽快做好，所以虽然在饭后的散心时间里，也不愿意放下活计。院里，树前，阶上，浴着温和的春日，少女们在缝着各色的袜子，明天是礼拜，是一个安息的日子，早晨，要进堂去感谢圣母。

再过去，是六岁到八岁的大妹妹，她们和八岁到十一岁的姐姐一样，念半天书作半天活，两班替换着，一班念书的时候，一班就作活，教室里是不能一次收容下这将近六百的少女的。

她们在读经，一部分在计算着三和五，十加八的算术，另一个屋子里在写着大字，我们进去，孩子们站起来，向我们鞠了躬，向正在教她们读经的姑奶奶道了歉意后，站在一边，看着她们念书，在她们读完了一页新书后，我问一个大眼睛的看去是那样聪明的孩子。

"这是什么？"

"我们的圣经。"孩子说，很虔诚严肃的样子。

"你会念吗？"

"你为什么生在世上，我生在世上为恭敬天主，救自己的灵魂。"孩子清楚地背诵出来。再问一个，也背得一样的流利，第三个笑了，瞧瞧自己的同伴。照像的时候，孩子们看着照像机，一如看着她们功课那样注意。

出了教室到宿舍去，宿舍栉比的床，铺着很厚的草垫子，每人都有两条一厚一薄的被，那样干净，明亮，太阳和空气从高大的窗子里进来，使得卧室热得这样舒适。从卧室过去是养病房，有七八个孩子躺着，一千个人中有七个病人，多么健康的孩子们啊！病着的或是发烧啦，小手烫了等小病，姑奶奶说她们是不常病的，院里几十年来也不过发了两次淋巴结炎（春季流行病，俗名痄腮）病，因为院里设备完全，看护热心，虽然略略使人忙乱，但并不算什么难事。最不好办的时候是饿，饿起来哭的时候，耳朵都震聋了。所以就得想法别叫孩子们饿着。

再回到客厅里的时候，有人送婴孩来，一个姑奶奶赶快从收婴箱里抱她进来，大家都来看她。一位姑奶奶去撞一下钟，孩子被抱在温暖的怀中，一个小得跟枕头一样的女婴儿，她们商量着给她找乳母。

"如果我有什么可以尽力的话，请告诉我。"我说，在我被送我出来的姑奶奶围着的时候。

"不怕您笑话，我们这儿什么都要，什么破烂的都用，人太多，什么都是好的，就是做鞋袼褙，就没法办，您想，一千双鞋的袼褙得用多少破布呢？"

"好吧！我说，我可以在杂志上问大家募集一下。我愿意尽我们的微力，只要能对贵院有益的事我们都可以去做。"

"那真是感恩不尽！"她们说，我惭愧地低下头，我们有什么可感谢的呢？可感谢的是她们那二十八位国籍不同的仁慈院中的修女，用毕生的精力，来替我们培育中国未来的母亲，从饥饿和死亡里救她们出来，而不要一丝酬报。

大学女生在古城

一 北京大学医学院

署名：孙敏子

初刊北京《妇女杂志》第 3 卷第 6 期
1942 年 6 月

"病"是人生最苦恼的事，也是最使人棘手的事，什么事情都能用努力来解决，"病"不行，只要它黏上你，你便无从摆脱开，除非你去请教医生。医生真是人间的救世主，有时医生不但可以医病，而且能拯救一个人的灵魂。甚至有人奉医生若神圣。那么，女医生的纤密温柔的心情能给予病人的同情与慰藉，一定会凌驾男医生的吧！我这样想。而且想要投入医界做一个现世的救世主的小姐们也一定大有人在，那么让我们把站在北京医学技术人才养成的顶点上的北京大学医学院来解剖一下，看看那些怀抱救民之心的未来女大夫们怎样学得那活人的技术。

当然，考医学院，尤其是今年夏季预备入医学院的姊妹们，不努力于物理、化学、以及数学，而在最短期间内把所学过的都得到完全的理解是不行的，医学院的投考人额向来拥挤。今年，学医只有唯一的北大医学院了，去年投考人数和录取人数是六人中取一个，今年想像还得超过这个比例，就是在这个比例数中，幸运的时候，小姐们也不过能占到录取人数中的二分之一或者三分之一，现在是六月，考期八月，拼两个月的时间来努力吧！如果你是抱着济世拯人的宏愿。

入学考试第一次是笔试，笔试有生物、物理、化学、算术、国文、外国文：中德日文中任选一种。笔试的时候，在投考人数中取一百二十名，这一百二十人要经过口试及身体检查后，合格者取六十人，这比较幸运的一百二十人有二分之一的机会，好像两人抢一个座位，不是你就是我，总得有一个人被挤得没有地方。

口试有时就生物学上发问，涉及于思想诸问题。

身体检查是很严肃的，有糖尿病、淋病、肺病、心脏病以及重沙眼的人是绝对不取的。就是身体柔弱，在主试者看你不能支撑这四年间的功课的烦累时也不取。做医生的人，当然要有一个好身体，不然，到传染病流行的时候就没法子办了。

北京大学医学院的地址在交通上是一个不算好的地方，但在研究上实在是最合适的，深的院落，空气清新的庭院，院子里静得可以听见鸟语，有小水池养着供解剖的蛙，铁笼子里养着狗、兔，那些小动物都是预备供这些医学上未来的宠儿，怎样由它们躯体组织里看到人体的奥妙，由它们的躯体里看到病是怎样侵入而且成长的。

有很大的运动场，场上有一个通细菌培养室的露天桥，桥上，有小姐在念德文，念日文，承受着艳阳在恢复着细菌室中疲乏了的脑神经，彼此互相地谈着课业上的小问题。在医学院中上课时课程固定没有所谓选科，在时间上也特别长，这比起别的大学是不自由的，而且课程进行得很快，教授时常在讲义或课本之外讲些实际的经验，所以如果有缺席的时候，那便是一个无从弥补的损失，医学院中的小姐们是一定要按时赶到学院去，不管是多么坏的天气。

在男女同学间也保持着一团和气的情绪，念书在一起，学习在一起，解剖在一起，其至课外的活动都在一起，大家都非常熟习了，没有隔膜，也无从隔膜起，一直要在一起过四年共同的生活后才分开，如果职业还能被分配到相同的医院去，或者被留在本校，生活依旧可以留在一个圈里子里。接近的机会多，情感当然容易增进，恋爱的事情有，不过不很多，因为小姐们时常解剖尸体，把人身的组织知道得太清楚了，对人本身失去神秘感，因之感情也不容易冲动。但纯洁友谊的存在，却较任何学校都多，在比例上，常常有一对年青的男儿和妙龄的小姐在实习室里一起研究一个病态的形成和成长，继续至一年之久，而一点都不涉及儿女之私。

三年级以上，教室挪到大家都知道的附属医院去，时间一半消费在临床的实习里，大家都把全体的精神放在功课和记忆上，记着每一个病征的反应特征，记着每一个药的特性，用精密的技术和精密的心思配合起来，把病从身体中移开，把苦恼从人间推出去。

医学院中的学费并不多，仅仅有十三块钱（第一学期，有保证金十五元）加上每学期的书籍费一季有三十块，就足够了。车费比较多，一到二年级，便要到附属医院去上半天课，从西单的背阴胡同到和平门外的后孙公园，就是坐一段电车和公共汽车下来之后，洋车也要两毛以上，那么，合起来，得要多少车钱呢？所以在医学院中，在时间和经济的双重条件上，小姐们都愿意有一辆自己的车——自转车。

在本科四年之外，有预备班，这是今年新添的，为了燕京协和医学校转来的同学们新设置的一班，由暑假起，这一班正式入本科，算作一年级，另外，有特别班，是燕京一二三年的混合班，再就是六年级了，是从前七年制遗留下的产物，就要毕业了。另外还有护士班，都是小姐们，而且有友邦的小姐也这里面读书，在一起读书，在一个境遇里学得济人的技术，将来护士班中的小姐去辅佐本科中的女医士，一定更能相得益彰吧！

在学期间是不分内科外科的，学校愿意造成全才的医生，有一半时间实习外科一半时间实习内科。另外，还有法医系，专门替社会分析惨杀案，毒杀案以及疑难的伤害案，在医学上作出诊断书帮助案件的解决。普通来说，小姐们是柔弱的，甚至打死一条小虫都不敢，看见一点血便心跳，而惊惶得无以复加。那么，我们的女大夫呢，她们能那样自然地在病人身上敏捷地放下她底手术刀，一点都不恋恋于病人苦痛的呼唤而从容地完成她底手术，这不是奇迹吗？当然我们免不了这样想。为了解决这个问题，让我们随着小姐们从入学时候看起。

一年级先学生物，胎生，器官组织。用模型、挂图把人体的组织都看得很清楚，各部分都在脑子里留了极清晰的印象。像我们熟视一个新奇的玩具，把它研究到甚至某一块是几个材料组成的都记得很真切，拆开了很容易而且很快地就能把它重装好。这样当然我们不会觉得它有什么神秘，有什么可怪了。大夫对于人体也是一样。

二年级学科有生理实习，病理实习，把一个器官画成立体的纸片后，把它裁成很多碎块，一点一点把它重新组织好，病理实习也是一样，把一个已成的病态也画成纸块裁好，再重组织，看它怎样在人体上成长起来。

这样，人体在小姐们眼中就如同一个新奇的玩具被拆开后在我们眼中一样，一点不珍奇，一点不神秘，当然也就无从可怕起了。所以，医学院中的小姐们是比一般小姐不同的，在一年级，在人体器官组织刚念完，便要派到解剖室中去做试验。

第一次当她们被派到解剖室中去解剖死尸的时候，是有一点不自然，神经有一点昂奋，但立刻精神便被这珍奇的试验所占用，而把注意力移到先生的讲解上去了。

有的时候，她们用蛙或兔甚至狗来作试验，一次试验中有时要杀害二十头蛙才能完成，才能使大家都明白。

这样做，有人或者要说"多损！""多残忍"这一类无知识的慈悲话，其实，最残忍，最狠的是病菌，一次能杀几十万几百万人于无形的是病菌。把这种杀人不见血的魔王注射到蛙身上，狗身上，从它们的受害程度来研究扑灭，抵御这魔王的方法，就是杀害几万支蛙、几万支狗也是值得的吧！

这也就是小姐们能那样从容地放下她底手术刀的原因，她们的心里是唯有病的可怖，唯有研究的专心的。

另外，在出路上，医学院中的同学们是不愁没有职业的，甚至大学的课程还没有修完已经有人预聘，医学士是供不应求的。去年，据说，毕业同学全部就聘外，尚不足三十人之多。

学好了技术去作医生吧，用少数的学费学得最高的本领，把生命和精力供献给大众，在人生的过程里，做一个不朽的过客。

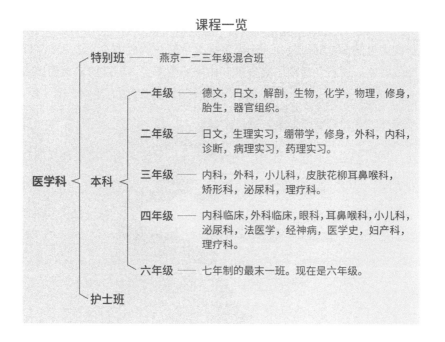

课程一览

特别班 —— 燕京一二三年级混合班

医学科 —— 本科

一年级 —— 德文，日文，解剖，生物，化学，物理，修身，胎生，器官组织。

二年级 —— 日文，生理实习，绷带学，修身，外科，内科，诊断，病理实习，药理实习。

三年级 —— 内科，外科，小儿科，皮肤花柳耳鼻喉科，矫形科，泌尿科，理疗科。

四年级 —— 内科临床，外科临床，眼科，耳鼻喉科，小儿科，泌尿科，法医学，经神病，医学史，妇产科，理疗科。

六年级 —— 七年制的最末一班。现在是六年级。

护士班

暑假来的时候，在拿到高中毕业证书的同时，除了准备就职的同学外，一定要考虑到入大学的问题吧！也许在高中末季的开学，就已经想过了。家里有姊妹在大学，或者有哥哥在大学的当然在问询上方便，对大学的状况也容易知道。可是，无从问询的同学当然也还有，为了替同学们解决这个小困难，我们从本期起把各大学简略地介绍一下。但介绍内容限于女同学，举凡女同学的生活习惯，在校内的情况都有。本期本来预备刊入北京大学的文医两院，后来因为稿件拥挤，把文学院移入下期。

北京大学在目前北京的大学中，占首座的事是没人否认的，另外在入学的种种便利条件上，想入北京大学的同学一定比想入旁的大学多。介绍文学只写文医两院，因为预定要在八月前将北京的大学校做一次完全的巡礼的缘故，而不得不把女生较少的北大农，法，工，理四院省略，还有在性质的相近上，如果愿意考工，理院的功课大概和医院同。考法，农的大约和文院同，至于经管营理的方法则各院一致。

下期预备稿有文学院及辅仁大学女院。

同学们如果有什么希望，或者关于入大学的问询，请不客气地提出来，让我们一块来研究。

二　北大文学院　·　辅大女院

署名：孙敏子

初刊北京《妇女杂志》第 3 卷第 7 期
1942 年 7 月

走进沙滩，最引人注目的就是北京大学文学院了。在栉比的砖房群中，那高大的洋灰门，矗立的洋灰楼，实在使你感到与众不同的风味，而联想到大学生活的可羡慕与其优越性。

这是一个使人向往的地方，多少从高中出来的女孩子们曾在这巍然的门前作过绮丽的遐想啊！

结束了中学，也像结束了少女时代，一切都离现实近了，是该想怎样跨进生活里去的时候了。这中间，在从少女——到社会之间还有一个驻足的地方这就是大学。在那里还可以把自己关在"书"里做一支吃书的虫子，也可以把自己投在爱情里，做一个好爱情小说的主角，一切都自由，都随意，只要健康允许。

那么，考大学很容易吗？

至少，在北大文学院里是比较不算是太难的。入学考试有作文，史地，和外国文（外国文中有日、英二种）。

作文有二题任择其一。

史地当然有题必答。

外国文，如果投英文组，英文一定是比日文好，投考日文反之。

笔试过后，有体格检查，口试，这一次并不比笔试容易。身体不好，自然要落选，口试，有时遇见促狭的试官，在你本是投考英文的时候偏要问你两句日文，藉此劝劝你对日文下点工夫。

考试过去，如果被录取，入学是没问题的。北大比较在大学中（师范大学除外）学费是最少的一处，甚至比市立的中学还少。中学高中的学费一期有十四元，北大则仅有十二元（经常），这十二元是十元学费和二元体育费。另外有五元预备费，这是预备损坏了校内的器具时的赔偿费，不损坏时发还。其实这等于没有一样，都是很大而且是知道爱惜东西的人了，当然不会轻易弄坏一件什么的。

念的书有讲义，讲义由学校发，分文不取。参考书有图书馆，非常安静，明朗而又藏书丰富。什么时候都在等待着你去坐，一个人嫌闷，可以和女友一块去，不然，有一个温柔的男同学相伴，在恋爱不忘读书的情况下，也自另有一番风味。

投考中国文学系的姊妹们，如果想进了国文系后，能得到怎样创作和怎样在新文学上有所得的话，那你猜想全错了。新文学可以自己去由参考书里领会，创作是要从自己逐渐写起来的作品中去找经验的。

国文系的教室里有这样的课程：文字学二小时，音韵学二小时，文学概论二小时，国文、英文各四小时。日文六小时，学术思想，中国通史各二小时，文学史三小时，一共二十九个钟点。

上课的时候，教务系的人来点名，点名后教授或讲师才来，这中间，如果不想上这一点钟课或者是不喜欢讲授的先生，可以偷堂。偷堂也没人管，教授多半不认得学生，学生和教授之间保持几乎相等于学术上的朋友那样平常的，也可以说是疏远的关系。中学里的师生一体的亲密气氛一点都没有了，大学中的学生是学生中最自由的人。

和教授之间的关系除外，同学间也各不相乱，遇见的时候，点头一笑便代替了会面时的全部语言。当然有一位小姐在被一位热情的男士追逐的时候除外。小姐们都是自尊心重而且比较腼腆的，在一年时中学的气质多少还遗留着。同班中的男女同学们时常融洽地聚在一起，慢慢年级高了，年龄大了，心思多了的时候，无形中便疏远了。但课程中的竞争却是永不休止地。当然，谁都愿意高出异性一点，一年级的女同学永远比男同学的成绩好，一直到毕业，好胜的小姐是保持着优等的荣誉的。

学校里，小姐们依旧保持着中学时代的情绪，有两个很要好的姊妹永远在一起。一起去吃饭，一起上课，一起回家。在那庄严的洋灰楼里，从二楼到三楼去听讲，在那长长的幽暗的而且有着很大回音的甬道里，愉快地穿行。空堂的时候，到地下层中的游艺室里打打乒乓，再不然下一盘棋，北大文学院的游艺室中的棋是应有尽有的，随便你要什么棋都有：围棋、跳棋、象棋……。虽然那小小的游艺室不算大，但小姐们是爱来的。

太阳好的时候，在春初，在秋末，倚在高大楼墙向阳的一面，织着毛活，两个人、三个人静静地谈着恋爱，出路，以致于结婚诸问题把现实从大学的门外拉进来，大家解剖着。

住校在北大文学院中的同学又可以说是比较委曲的，一年级以上的同学三十几个人合住在校楼旁院的一排房内，床排列着，有四个幸运的同学占到了一间屋，其余的大家分住在两间屋内。虽然比较喧闹，但大家的感情也因之调和了不少，有一个殷勤的女仆替大家料理杂事，宿费是不收分文的。吃，愿意的话，可以包饭，不高兴受那样的拘束，随便出去吃。理学院前面就是一个小饭馆，是既价廉又味美的。而且在行动上，也不受什么限制，每晚只要在十一点以前回来，赶得及宿舍先生点名就好。

一年级的女同学现在暂住在腊库内的一所民房中。幸而离学校还不算远，大家都在盼着宽敞的合理的宿舍赶快出现。

国文学系之外，有日本文学系，西洋文学系，史学系和哲学系。比较哲学系中的女同学是最少了，除去今年新转来的燕京同学之外，只有八位。女孩子们是不愿由难解的哲理来束缚困锁着年青的情感的。

西洋文学系中的小姐用全力学英文。史学系中的同学的课程多一半是史学，全校中有一样必修课是日文，大家都来学，都念，在中日的邦交上，将来加入一批大学出身的小姐们，用生动的语调说着音节娓娓的日语，一定能生色不少吧！

课程一览

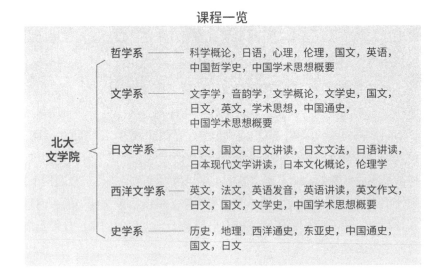

北大文学院

哲学系 —— 科学概论，日语，心理，伦理，国文，英语，中国哲学史，中国学术思想概要

文学系 —— 文字学，音韵学，文学概论，文学史，国文，日文，英文，学术思想，中国通史，中国学术思想概要

日文学系 —— 日文，国文，日文讲读，日文文法，日语讲读，日本现代文学讲读，日本文化概论，伦理学

西洋文学系 —— 英文，法文，英语发音，英语讲读，英文作文，日文，国文，文学史，中国学术思想概要

史学系 —— 历史，地理，西洋通史，东亚史，中国通史，国文，日文

一个公教背景的大学，它是……

想象中辅仁女院是一个最美丽最引人而又颇具神秘性的一个北京城内的女子最高学府。那么在远涉重洋把一生的精力奉献给上帝的修女的管理下的辅仁女院，是有着一个怎样的内幕呢？要去投考辅仁的人一定要这样想。

介绍辅仁生活的书籍比起别的大学来是比较容易寻到的，像辅仁生活，辅仁文苑，虽然这两册书在市上都买不到，但是，由同学的哥哥和姐姐处，寻觅一本来看，是很轻而易举的吧。

那两本书也只能增加辅仁的美丽和更加使人憧憬，尤其由于文苑在文坛上的地位能使敏感的小姐们联想到将来怎样由于在文苑上的写作，而成为有名的作家的事也不一定吧！

更有一件使大家都对辅仁发生好感而感到兴趣的是辅仁的一年一度的校友返校节。从只有十三个毕业生的第一班辅仁毕业生算起，如今已经十二载星霜，今年更第一次有了小姐的女学士从辅仁走出去。如今辅仁是弟子三千，想明年返校节再来的时候，欢愉兴奋的情况将与中国的至圣孔夫子的聚三千学生于一堂的盛况相媲美吧！

今年有志上燕京的女同学也把目标转到辅仁身上。好在，辅仁是这样一个比官立大学自由的地方，就是录取的学生额没有限制，只要投考的人成绩够水准就取，不像官立大学过了定额的时候，任你有多好的成绩也是白费。

考试的时候并不难算，辅仁的教授们是有着超人的风摩力的，听说辅仁的投考者，一半是因为愿意听受某教授的课程而来，像史学系的陈垣校长；西洋文学系的国内有数的翻译家李霁野先生；与鲁迅先生同时在中国文学史上留下奋斗史话的沈兼士先生；讲诗，词，曲，有独到的顾随先生；都有着非常的吸引力，如果女同学也正在私慕着这几位先生，那么到辅仁去吧！把四年的时光，交给那壮丽的恭王府，让那深深的庭院里的好学的空气，浸蚀着，暂时作一支吃书的虫子。

考试的课程有三种是必定的，国文，英文，术学(几何，代数，三角)。理科，另外考物理化学，文科另外考历史地理。

在考试之前，还有一样必须预先打好主意的是选系，系一经选定了，在辅仁，再改系是不能通融的。要改，不管你是上到几年级再改系的时候，也得前功尽弃地从一年级学起。所以，选系的时候一定要慎重，选了之后，硬要一直读到毕业的。

在设备上说，辅仁的化学系是比北京的任何一个大学都完备的，其中有一支液体空气机据说是北京仅有，有一位辅仁的女同学顽皮地告诉我，那是一架冰棍机，有一次，她曾投入一支海棠，拿出来的时候，那海棠坚硬地跟一个固体的东西一样，碰也碰不坏。当然，把冰棍的原料放入，一定也会变成固体一样的。

化学系中的女同学之多在理学院中是首届一指的，盼望那些把精神埋在各种奇怪的气体中的小姐们，将来给我们被压抑的女同胞出一口气，做社会上还太少见的女子技术师，做得比男技师还令人满意。

社会系在北京，辅仁也是颇有地位，去年社经系的女同学投考额高速度的超过了以往，好像社经系毕业后的出路比较宽泛，而且令人满意，银行，邮局，这不但是社经系的出路，焦点，一般求职者也都以之为最益就职的理想地吧！

如果考试被录取了，（口试和体格检查都不能算是太难），在榜上看到了自己的名字，第一步便要预备十块钱的注册费去注册，这一步的手续过去，就开始交费上课了。

辅仁女院的全体行政权是在修女的手里，她们都生活得很严肃，因为事情多，也都生活得很忙碌，在比较上说，信奉公教的同学在某种方面是比较优越，因为修女们对信教的小姐们都有偏爱，譬如可以住到好的宿舍，可以……。

学费说起来，是太贵了，学费八十，杂费十元，有实验学科的同学像"物理，化学，心理"等还要另外交一科十五元的实验费。住校，吃之外，有五十元的住宿费。那么，让我们合起来算一算看，九十元的学杂费，四十五元的实验费（姑以三种论），五十元的宿费，二百元的饭费（假定每月四十元），三十元的书费，（假定，因为校里的讲义是很少的），合在一起，有四百五十元。零用穿衣裳还在外，一个辅仁的住校小姐一年没有一千元是不行的，如此，得要一个有怎样收入的父亲才能供得起女儿这一笔庞大的学费呢？憧憬着辅仁，而家里经济状况窘困的同学们一定要灰心了，不过，还有一点补救，除了家里特别贫苦能够得到修女们的俯允整个豁免学费外，还有用功的一条路：在辅仁，各科平均八十五分以上，不管家境如何，为表示奖励，学费也是全部豁免的。

入校之后，男女分院上课，有人戏呼女院为尼姑庵，也许由于此，近来，在校方，在同学间，风气都不像从前那样固执了。女生有到男校去合班上课的时候，女同学可以直接到男校去找其中的一位，到宿舍去也没限制。可是，女禁还没开，男同学是只能在女校门房内等待所要会见的人，除了一年一度的返校节，男生是没机会到女院的内部去的。由于合班，憧憬中的对象能设法打听而进行追逐了，虽然小姐们都是时代中的骄子，为了避免单个人的被包围和被窘，到男校合班去的时候，小姐们都有一个知心的女友相伴，或者几个人聚在一起去上课，上了课立刻回到女院来，其余差不多和在高中时的生活一样，只是上课的钟点略少一些，但是教务课的点名却和中学一样严厉而认真。

总之，一般的说起来，辅仁女院是合乎大学水准的，是读书的最好的地方，校舍是颇负盛名的恭王府，地址的定阜大街也是离开闹市远而非常安静的。

现在辅仁有三院十系，其中生物系拒收女生，以外，随便投考那一系都可以，只要你是性之所近。

今年，在外埠，辅仁也招生：济南，青岛，上海，南京，都在当地招考，这对外埠的小姐预备投考古城中的辅仁来的实在是一件最方便的事，小姐们可以省去一路跋涉之苦而在当地考好了再来上学，现在的辅仁女院的系别如下：

课程一览

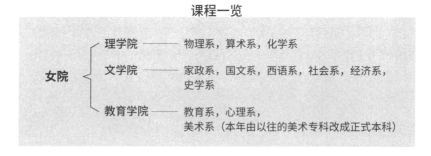

女师学院

说到女师学院，仿佛立刻便要联想到在体育界为华北女性奠定了不朽的声名，以垒球连续二次突破全国纪录的陆惠瑾小姐和以铁饼突破全国纪录的张敏小姐。还有，音乐系的马译庭小姐也在人们的记忆里留下了鲜明的痕迹。使人不时回忆着马小姐的可爱的动人的歌唱。另外，女师学院在的小姐们以朴素端庄的美德为人所称道。在北京目前的大学女学生中，显露着特有的质朴无华的可爱风度。

如果你现在正想进大学，而还在踌躇的话，我劝你去进女师学院，女师学院不但兼有各大学的优点，且保留着中学的团结热情与精勤气质，除开女师学院，你曾听说过那一个大学是要在清晨八点集合起来做早操，而在早操之后还要加上一段关于时局的讲演？之后才能吃早点上课呢？

　　并且早操的出席是非常严厉的，一到八点，校里的大铁门便关闭了，即或是晚一分钟到校门前，也有被关在外面的危险，关在外面，这一天便算是旷课了，而你也丢失了这一天的用功机会。

　　早操后的讲演，有时候是教育署派人去，有时候特请军报导部的人，最近学生也参加讲演了，讲题以目前时事为基准，俾一般为功课忙碌的诸小姐，之后把一天的精神全部用在课本上，而不必担心着时事的演变。

　　早操后，八点半吃早点（指住校生而言），在女师学院中，通校生是太少了，一班里也不过有几个人，通校生也实在是不方便，譬如家住在东城吧，得要几点钟起来，才能从容地吃过早点而在八点以前赶到学校去呢？

　　九点开始上课，到下午一点休息，吃午饭，两点再开始，差不多总要在下午六点以后才能回家，才算一天功课完毕。这之间，也许中间有空堂，差不多小姐们都把那些时间消磨在图书馆里，图书馆里的书籍是应有尽有的，简直是包罗万象，随便你找那一种参考书都有。女师学院的图书馆是集旧东北大学，旧女子文理学院，女师学院的菁华于一堂的。

　　课间，学校方面规定有礼仪周，勤劳周，整洁周，游艺周，讲演周，及运动周。

　　礼仪周中大家都对礼貌特别讲求，每人都彬彬有礼，把在课程以外的精力全放在礼仪上，讲求怎样才能把礼仪做得恰好，使人觉得既不烦琐又不缺礼，而企图由于礼仪周中的训练，使大家都养成有礼貌的人，以备将来为人师的时候，能以身做则，领导诸生。

勤劳周中自然是以劳动为第一义，大家都去做平常不做的勤劳工作，大扫除，拔草，等等，自然其中有人从来没作过这样辛苦的工作，也许觉得太苦。但是，强健的身体一定是要经过不断的精勤的训练才能获得，饱满的精神也一定要在有了强健的身体后才能存在。而且，在目前举世烽烟的情况里，我们一定要有勤俭的习惯，才能做狂澜中的砥柱，为大众造福吧！女师学院的教育当局，抱着这样的意念，在课外的活动周中加入了精勤，愿意小姐们一生都保有精勤的好习惯。

整洁周实质上仿佛不需要，这是勉励大家更加整洁的意思，自然小姐们都是既整且洁的，虽然女师学院中的小姐们一定要穿上规定的蓝布衫，而不许在身上及鞋上加任何装饰。但她们都保有着令人醒目的风姿。

最使人兴奋的是游艺周，这是严肃的学生生活中惟一的调剂，在游艺周里，到向来几乎没有什么关联而实质上是一家的师大男院去，在那里合起来男院的同学一块来演一场话剧，表演一场跳舞，唱两出昆曲与旧戏，把蓬勃的青春力投在动人的剧本里，把剧中人可歌可泣的故事用最生动最逼真的姿势显现出来，博得掌声和眼泪，在台下赢得同学们的赞许，在记忆中留下一段甜美兴奋的痕迹，留下一段可爱的回味的资料。

讲演周自然是为了训练小姐们会说话，能在多人面前讲演为主要目的，但讲演的利益却不只止于能在人前说话，讲演更能促成头脑清晰，敏捷，心地镇静种种好习惯的养成，讲演过，聪明小姐们对讲演热也不稍减。

这是一个再次跟男院同学打成一片的机会。运动周中，女院的小姐们要到男院去开本校的小规模竞技会，前面说过，女师学院体育系中的小姐们在体育成绩上是超人一等的，当然，在本校的小竞争中小姐们是表现了她们最好的技术与精神。

课间有这么些团体活动的什么周，功课又是从早到晚地一天比一天紧，但小姐们却不止于读书和受团体训练，在课外，有书画研究会，有歌咏队，有昆曲班，有话剧团。喜欢书画可以加入书画研究会，互相鼓励，互相批评，以作品互相赠与，当然进步是可以预卜的。将来书画研究会里的小姐们都以书画之美好知名于北京。歌咏队中把所有爱好唱歌的同志们集合在一起，按照嗓音的高低来唱着高低音部。把丰盛的感情灌在圆润的歌唱里，汇成悦耳的音流，再送到年青的心中去。

昆曲班的教授是北京昆曲界的闻人，昆曲一向曲高和寡，我们盼待着这古老的中国歌唱能由小姐们的清润的喉中唱出来，而且用敏慧的头脑帮助它发扬光大。

话剧本来就是引人入胜而最能震撼人心的一种艺术，年轻的心未尝为它感动过的可以说没有，没有一个年轻的心是不爱话剧的，又何况女师学院中的话剧班是由执北京剧坛牛耳的张鸣琦张先生指导呢？为了爱好话剧去参加话剧班，为了景仰张先生参加话剧班的也有。张先生是剧坛名宿，指导方法也不同凡俗，张先生是按着戏剧原理加上舞台实地经验而来指导女师院的话剧的。

投考师大女院——从前的女师学院，实质上并不困难，让我们把招生简章要一份来看一看：考文学院的同学们考国文，外国文（日文系限日文，西文系限西文），普通数学，中外历史，中外地理。

考理学院，（有国文，外国文按照投考系别而定），数学，理化，生物学（限生物系），中外地理（限地学系）。考教育学院的有国文，外国文（按照投考系别而定），普通数学，中外历史（限教育家事两系），中外地理（限教育家事两系），生理卫生（限体育系），体能测验（限体育系），乐理（限音乐系），唱歌（限音乐系），化学（限工艺系），绘图（限工艺系）。在以往，事变的前几年里，全国被理科热笼罩着，许多人都对师范不齿，而不屑到师大来上学，师大一时间中学生锐减，投考水准降得很低，甚至考试课程及三十分就有被录取的希望。但晚近不是这样了，师大同学不但在量上与日俱增，就是质也提高到普遍水平以上，最近更因为投考人额的拥挤，好像向来容易考进的师大女院也有落选的恐怖。今年听说取的女生额尤其少了，全院也不过五十人，其中家事系的人多一点，有十五名，其余的各系也不过两三人而已。

今年师大女院的同学，一年级新生要到男院和男生一块合班上课了，不久，女师学院便成了历史上的名字，现在李阁老胡同的校舍和教育部街的校舍将逐渐地寂寞起来了吧！

投考之完，也和别的大学一样要选定了要入的系别，入学后，系别便不能更改了，一直要读到毕业。在师大女院，因为和别的大学不同，是以造就未来的中学教员为第一目的，所以无论在文学院或理学院，教育学院当然更不用说了，都有将来做教员的最基本课程，像心理，伦理，教育史，东亚史等等都是必修科目。

说起来，师大最使人向往的，还是那低廉的费用吧！如果是走读生，每季不但不交学费，每月还可以从学校方面领八元津贴，在师大女院对走读生是相当严厉的，除了每天必须在八点前到校来以外，另外还有一个通校书，通校书拿来，交到教务课，教务课在来了的那一天上盖上图章后，晚上再带回家去，当然，想骗骗家里伪说是到学校里来上课是不行了，通学书上没有教务课的图章就是最好的证据，小姐们一定是要从家里出来就把一天的光阴关在学校里的。

住校，说起来是太便宜了，在八元津贴之外，只要再交八元饭费就可以了，宿费没有。用十六元，在目前的北京便解决了一月的食住，这简直是奇迹，十六元也不过刚刚够买一袋官面（在普通商店里还不行）的数目。一袋面在食量小的人一月中也许恰好够吃，但使面粉变成食物的过程中所需要的其他条件的费用呢？话说回来的时候，得明白这是在师大女院，是在全华北唯一的国立师范大学里，国家为了殷殷盼待完美的师资早日被教养完成，早日能在社会中领导未来的小国民，走向正直，诚实，勇敢之路，担负起未来的中国大业，所以不惜用大量的金钱在各方面与学生以津贴与补助，使学生没有一切内忧，尽量把精神用在课程上，修成最好的学士。

书籍方面，几年全部是讲义，讲义由学校颁发，分文不取，课外用的参考书，图书馆里应有尽有，除了文具外，差不多是不用花什么钱的。

课程好，能占本班里的第一把交椅的时候，还可以领一笔奖学金，一年一百二十元，分月给，每月给十元，这样加上原有的津贴八元，通校的话，每月就可以领到十八元的补助金了，简省一点，身边用的琐物和零碎文具有十八元已经足够了吧！那么，便可以一钱不费地读完大学，安静快乐地把四年光阴交给那些为国为民的大道理，求得一身的智识来为社会造福。

师大女师	甲 文学院	—— 国文系，日文系，西文系，史学系
	乙 理学院	—— 数学系，物理系，化学系，生物系，地学系
	丙 教育学院	—— 教育系，家事系，体育系，音乐系，工艺系

中国大学

署名：孙敏子

初刊北京《妇女杂志》第 3 卷第 8 期
1942 年 8 月

投考的时期，报名时有两元报名费，当然一定还得有一张高中毕业文凭才算合格。报名后考试，之后和别的大学一样有口试及体格检查。被录取后，交十五元保证金，保证金毕业时发还，中途退学时没收。

现在的师大女师即昔日女师学院有三院十四系，列表如下：

在燕都，现在仅有的私立大学，除去前次介绍的有着公教背景的辅仁外，只有中国学院了。中国学院这名称似乎不如中国大学响亮，其实这实为一个肢体的学府，所以后称较前称更闻名，恐怕还是中大历史悠久的原故吧。

根据燕都繁华，三大牌楼之最荣盛一角的中大，是怎样的一个好读书地方啊！位西单牌楼，傍西单商场，附近有菜市，也有名胜可观的所在——太平湖。你不要以为这是多么烦躁不堪的读书地方，实话，只要你不十分呆，你可以领略中大的幽美与四邻烦躁的可贵，不信试看北京学校最多的地方，为什么业聚于西单？

中大是有着幽静的风格的。她不是什么出风头的大学，但是，人人皆知的中大化学系与政经系，就可以代表中大在社会上的名声了。在这两系里比较人数最多，（或说一般同学都有着慕教授名而来深求的心）。近年来女生也已比已往增多了。在中大有一种普遍的感觉，那就是说国学系的女生像修女，她们走到什么地方都不易被人注意，常常是隐藏在后面的。化学系生物学系的女生像学者，不修边幅，走路常是那幅严肃的风度，何况她们并不常常往外跑，在试验室会消磨她们大部时光。法科的政经系和法律系的女生是最活跃的，一部时间消磨在图书馆，另一部时间对外交际，她们都活泼大方，于功课对外联络都不甘示弱的。

中大对于师范毕业生有着优越待遇，它为一般刻苦青年的不得机会探求辟一条新径，只要你有一年以上的服务证明，那末你就可以毫无问题的就读。即便你半攻半读做得好，校方也不干涉的。原来这不就是青年应有的好作为吗？在中大过着这种双重生活的男女并不在少数。

本年各大学新生招考大都在七月中旬举行，但是中大却有两个机会，八月中还要举行第二次新生入学测验，当此大学缺乏的时候，真是一个福音！小姐们都好好准备一下吧，说不定这最后一个机会就能救你不失学！

以往一般人印象，中大是个买卖学府，只要交费，四年后就能换一纸文凭，传说当然不免为谣言，但事实根据也未尝无有。不过近年来，校长何其鞏氏有鉴燕都大学缺少，求学无所从的现象，已厉行整顿了，考试绝无舞弊的卑鄙行为，收生标准也提高了。未来的中大真是不堪限量。

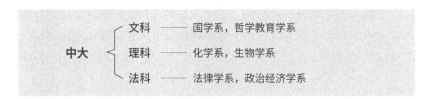

入中大的费用当然不如入国立院校便宜，如果入文科法科约在九十元就够了，入理科要多加三十元的试验费，较比辅仁相差无多。对于外埠同学如果偏爱自由，又有富裕的钱，随你便去住附近林立的公寓，不然寄宿学校也可以，每学期有二十五元的宿费就够了。

至于你投考各系，应注意的功课是和普通一般投考一样的。中大今年是充其量的收编级生，前燕京的同学很可利用一下。

总之，入大学不是侥幸的事，也绝不是难事，真正懂得求学的人不怕考也不存幸念，他们会很容易的度过这测验关的。同学们，日子一天天近了，这是最后机宜，中大不能录取也不要灰心，自学方法也能造就自己，待到明年再招新生的时候，定会通过的。努力！

齐耀珠小姐介绍

初刊北京《国民杂志》第 2 卷第 8 期画刊
1942 年 8 月

　　不久以前，耀珠病了，大家颇替她担心，因为她的病恰好是需要长期休息的病的一种，年轻，正是喜爱活动与阳光的时期，谁能耐下心去在床上不动地躺一年呢？耀珠做了，她在域外的医疗院中安静地躺了一年，病好了，而且得了异常健康的身体。她就是这样一位有恒心有耐性而又心地温柔的人。

　　父亲曾任前清的主考官，哥哥做省长，做铁路局长，做矿山督办，但她却没一点阔小姐的靡奢气，非常和蔼大方，间又热心，无论对那一个朋友，她都付出了她最真挚的友爱。她是学经济的，出身于财商专门学校。

徐凌影女士访问记

署名：孙敏子

初刊北京《妇女杂志》第 3 卷第 9 期
1942 年 9 月

使《妇女杂志》的座谈会谈笑生风的是徐凌影先生，诱起《妇女杂志》座谈会上热烈讨论的也是徐凌影先生。在座谈会的三小时中，徐先生代表了天津女性给与《妇女杂志》以进步、不屈的感觉，使《妇女杂志》与天津妇女消除了一向的隔阂，像老朋友一样的亲密地交谈了而且殷殷地订了后会。

座谈会后，在平安茶厅的静美的大厅的一角，在大叶树遮蔽的舒适的座位上，和徐先生谈了约十分钟。在座谈会之外，我再次接近了徐先生，领会了徐先生前进的，诱人的，独具一格的风味。在奢华浮动的天津妇女群中，徐先生表示了质朴安详的态度。

徐先生现在是天津耀华中学高二的级任，和她丈夫吴秋尘先生共同为教育献身，没到耀华来之前，曾任《商报》文艺版编辑，南开女中的教员等等，投身教育界已有十四年历史，是最受学生爱戴而又为当局器重的一位先生。

关于教学，徐先生这样说：

"在教学方面，女先生是比较方便的，男先生教男学生还好，教女学生时常常觉得为难。女孩子普通是娇嫩的，好强的，而且是神经质的，男先生常常有深了不是浅了不是的感觉。女先生则不然，在我本身，女孩子的安静纤细的心情是我所爱，男子的勇敢甚至鲁莽的心情我也爱，多么讨厌顽皮的孩子我都爱教，常常最顽皮的学生是最好的学生。在学校里，当局爱把大家都头疼的一班分给我。至于我底教法，就是把我底生活和学生的生活打在一起，使我底精神和学生的精神一致，努力地理解他们，并且在我和学生之间，保持着好朋友一样浓厚的友情，所以他们是愿意听我的话而听从我底劝告的。

"我不主张督促学生用什么手段压制，为人师能作到良好程度在形式上还是师徒，在精神上却是融融一片。这正如母亲抚育儿童一样，有力的奏实效的向上指导，唯有真挚的情谊维系。初犯，不可苛责，反婉言规劝，寻出一二件美好的行为奖励一番。再次，可以引证因前次的努力显见进步。不伤孩子的自尊心，更鼓励他的向上行为，在鼓励学生进取上是最有效的办法，这多是我对付顽皮学生督促他们用功的方法。"

关于家庭，徐先生说：

"家里的事情烦琐，需要主妇负责，而又有需要母亲照料的孩子的时候，母亲最好是在家庭，如果情形相反，当然母亲可以到社会上去服务，不过要量自己的能力。家里事情固然也是需要相当的智识才能应付，但家里的需要是缓和的长久的，可以逐渐地学习。社会上则不然，若是没有相当的能力是没办法的。'花瓶'之所由来，也就是因为一部分女性本来没有作事的能力，徒以装饰招摇，出出风头，争要作新时代下的职业妇女，所希求的只是名誉地位，而不屑认清责任，这不但是目前女性应彻悟的问题，同时也是社会问题，也未尝不是教育问题。

"我以为女人整家并不难，难的是在'教育'。调剂生活，安排生活，都可由书本经验者学来，但是，亲身施教稍一不妥即能左右授者，尤其是儿童的一切问题，教育如无充实准备和相当知识，是难以做个良好母亲的。"

"我底家庭很简单，只有外子，小女孩和我，外子曾任《益世报》编辑职，现在在耀华教书，和我出身《商报》而到耀华是同一个途径，工作相同，嗜好思想一致，所以我们彼此很了解而且感情很好。我们结婚后十二年方有小孩，这也可以说是使我献身于教育的最大的原因之一。现在，我底小孩从培育的幼稚园毕业出来了，下半季预备入小学，每天从九点起，孩子去上学，我们也去上学，家里有一位多年的女佣在我到学校里去的时候替我们照料一切，四点钟下课以后，差不多都是和小孩子打在一起，带小孩子到市场里去买点菜，整理整理家事，三个人一起来快乐地吃顿饭，晚饭后，带小孩子散步睡觉，便算一天结束了。

"我底家虽然还够不上理想，但我自信我没有浪费过一分钟，我在家里一样地作事情。

"如果女人们都把家里的光阴合理地消费，中国才算有真正完美的家庭。"

关于天津妇女，徐先生说：

"天津妇女提起来真是一个使人惭愧的存在，说起天津妇女马上便会联想到骄佚，奢侈，嗜赌等等不好的习惯来。固然我们不能说天津妇女个个都如此，但至少天津妇女界，有一半是浸润在这样的气氛中，这可以说是英美的享乐主义的遗毒所致。

"譬如，在目前的天津社会里，女性可分作三个阶级来说，第一是穷苦人家的妇女，穷苦人家的妇女还比较好，有自己操作，甚至去作女工为家里生产，但他们都缺乏智识，一天一天地不知为何而生，一辈子也就胡里胡涂地过去，这智识女性是要负责任的，尤其是我们在教育界作事的人更是责无旁贷，教育他们，使他们得到智识才是我们最大的任务。

"一般中等阶级的妇女呢？情形说起来就比下层的差多了，有的人甚至以操作家事为可耻，尽量模仿有钱人，在一切生活习惯上都力求舒适，以至经济弄得很拮据，在一局麻将中输了身边所有的钱的也有，弄得负债终身，一筹莫展，在这样妇女主持的家庭中，怎么能有好的儿童呢。

"至于上层的人，奢侈，安逸是不必说了，更是赌得利害，今天你家，明天我家，八圈之后上跳舞场，跑跑回力球，丈夫怎样不知道，孩子长得如何也不管，一天唯有消费，消费，家里的事有老妈子，孩子，有奶妈子，有的是钱，有钱还有什么困难呢？

"结果家不像家，孩子不像孩子，弄得一塌糊涂。

　　"所以今后唯望天津妇女能幡然醒悟，铲除以往的恶习，竭力向四次治运中所提的几大要领之一的勤俭增产迈进，务使家齐，然后才能有益于我们的新中国。"

　　正说得高兴的时候，徐先生的爱女小缦小姐牵着宋姐姐的手来迎接妈妈，多么美丽的孩子啊！大眼睛，小嘴，红润的脸，脸上带着可爱的爱娇的表情。

　　我们的编辑长赵先生立刻叫了点心和橘子汁来招待我们的小小的不速之客。六岁的缦小姐替我画了一张画，宋姐姐教给她标记年月日，小缦不喜欢罗马字的2，"看看，一个鸭子浮水，一个鸭子洗澡，一个太大一个太小了。"但是小缦不灰心地说："一个写十回就得一般大了。"签完自己底名字了，宋姐姐说："给妈妈签一个吧。"她小手一挥，写完吴太太三个字，大家都笑了，多有趣的孩子，妈妈的朋友不都是呼妈妈"吴太太"吗？

　　如此，我们结束了谈话，徐先生携了小缦离去的时候，小缦到楼梯的拐角处还向我们摇着小手说"再见！"

张忠娴女士访问记

署名：孙敏子

初刊北京《妇女杂志》第 3 卷第 9 期
1942 年 9 月

　　七年前，伴着在幼稚园中的小妹妹，我曾在慈惠学校停留过两个礼拜的光景。那时候，慈惠的校风是蓬勃的、向上的，虽然学生并不算多，可是显得异常活泼而有生气，当然这期间我认识了慈惠的几位教员和校长。张忠娴先生便是那时的相识之一。

　　慈惠的教员中，有一个小小篮球队的组织，张先生约我加入，我本来正闷在家里，便很欣然地加入了。在那小小的篮球队里，在张勋原来作小戏台的敞厅，而被慈惠改成室内球场的洋灰地上奔跑着，和那几位身负国民教育重责的女先生们合在一起，玩着愉快的球戏。

　　那时候，张先生是最忙碌的一位，要上课，管训育，管教务，校长不在的时候要代理校长，而且，球队中的对外联络与比赛也由张先生负责。张先生的球艺很好，超过我们队的任何一个，所以常常为了张先生有一点教务上的事情脱不开身，我们便只好坐在球场中等待着，等待张先生来这里的时候再开始比赛。那时候，在我十七岁的心里，我觉得张先生是那样的不凡，那样的诱人亲近而又精明能干。

　　《妇女杂志》准备开天津座谈会的时候，在王朱先生代约的出席人名单里，我又看到了张先生的名字，我是怎样高兴能在这样不意场合里看到旧日的同伴啊！

座谈会后，我迫不及待地随了张先生到阔别七年的慈惠去，虽然是课后，但慈惠显然是与以前不同了，她看去是这样丰盛而严肃，充溢着生活力，可爱的活泼的孩子正在院子里追逐着，浴着落日的余晖，孩子们显示了在慈惠校中育成的我们的第二代是这样健康、有兴致而又生气勃勃。

在会客室里，相谈着往事，我开始了我小小的访问。

"从十七岁到慈惠来，那时候慈惠只有四间平房，两班复式班（一年级到四年级，五年级到六级）。教员方面余校长之外，有两位助手，那时候，完全是为了兴趣，而抱着希望在余校长的领导下，日以继夜地计划着，劳动着，为了使学生人数增加，在正课之外有平民班，平民班的学生毕业后入正班，全校合起来也不过七十人的样子。想起来，梦一样的就过来了，本来，我的家里是愿意我升学的，因为我是那样年轻地完成了我底师范阶级，可是我，十七岁的心理却有着孔夫子的信念，得天下英才而教育之，我觉得我底师范教育已经足够完成我的心愿的，所以到慈惠，几乎可以说是拼上了性命那样地做，想法子招徕学生，想法子改善内部，想法子筹出经费，为了经费，自己上了妆去串演旧剧……"

张先生说，不胜感慨地笑了。

"那么，现在呢？"

"现在总算是作出相当的成绩来了，中学之外，小学部有一千五百人，二十班，教员有四十八位。另外，有四班幼稚园，我本身，也不像从前那样连踢带打的又教书又打杂，现在专管教务，至于中学，我因为自己是师范毕业，对中学的处理不能尽善尽美，所以中学和小学是分立的，我只对小学部分负全责。

"现在固然在形式上是清闲了，但责任重了的时候，心却怎样也不能轻闲，我得要怎样努力才能使这一千五百个孩子，能受到追随着时代而又完美的教育呢，真的，我无时不在这样谴责着自己，每天怎样忙迫也要留出一点钟来读书，一三五的下午去学日文。"

张先生重又笑着，在那秀丽的笑靥里，七年的时光并未烙上任何痕迹，她看去和我初见她时一样的年轻而美丽。

"也许冒昧一点，"我说："慈惠的经费是……"

"经费当然是以学费为主，每个私立的学校都是这样吧！慈惠的学费，现在差堪维持了，托慈惠董事长，齐燮元督办的福，现在，这所慈惠校址的辫帅张勋故宅总算是慈惠校产了，这样，我们少了不少担负，从前，仅仅校址的房费就是一笔不得了的数目呢！现在倒缺不了多少了，可是年终一定得唱一场义务戏，才能维持下去。唱戏的时候，迫不得已我怎样也得上台，因为这样学校都愿意买票。"

张先生的旧戏在天津是颇负盛名的，想象张先生也一定是一位最好的作戏者，看透了人生能理解人生的人，在作戏上无论技术如何也会惟妙惟肖的吧！又何况张先生本来很精于此道的呢！

"还有，您别嫌我唐突，您贵庚……"

"刚刚三十，慈惠带走我十三年的光阴，十三年中，眼前、心里只有孩子，成群的孩子们从我底看护教育中成长起来，这是我最快乐而最觉得安慰的事！"张先生说。脸上露出来特别有所安慰的神气。

"那么，婚姻问题……"

"也许您觉得我过于理想也不一定，我要献身于慈惠，我觉得，结婚了，有了自己的家之后，精神便不能完全集中在事业上了，我是最爱小孩子的人，无论怎样脏怎样讨厌，怎样为人所厌恶的孩子我都爱，我愿意把他带过来，由于我的指导和看护使他变成一个每个人都喜欢都爱的孩子，这样，我便觉得有了最高的报酬和最大的安慰。也因为在这样忙碌的生活中，每天和孩子们混在一起不知不觉地，一天过去了，一星期过去了，一月过去了，一年又过去了，光阴在我是何其迅速而又快乐的东西啊！也许因为我觉不到寂寞，所以对爱情不热心了也不一定，我可以这样说，如果我的生活不变，那么，慈惠便是我永恒的家，我要把我毕生的精力奉献给她，作她的新娘。"

这真是一段好的自述，这里显示了女性爱的最伟大的一面，只有身为世界之母的女性才能有这样动人真挚的爱情吧！在不相识的孩子身上寄放了纯真的爱，寄放了整个的精神，抛掉女人应该享有的两性的缠绵的爱，和温柔的家，完全献身于教育，纵然说，得天下英才而教育之是一乐，但是，没有一个伟大的崇高的心也不能有这样高洁的表现吧！我这么想，不由自己地被着那一位我们曾一起奔跑在篮球场上张先生撼动，她带着可爱的微笑，正在为我斟起一杯茶，我惭愧着我对生活的态度，在那样对生活严肃珍重生活的女伴前，我觉得我渺小起来，渺小得几乎失去了存在，我是怎样地浪费着我底青春和精力啊！

"总之，我是相信事在人为的！"张先生继续着说："像慈惠的余宗毅校长，以一弱女子，能平空创立一所学校，使学生由七十人增加到一千五百人，使校舍由四间平房换成一所巍巍的邸宅，虽然付上了心血，付上了精神，但是没有不屈挠作事的精神也是不行的吧！所以，只要去作，没有不成功的事的，我这样想。"

"我该结束我底访问记了，我现在所能说出来的话，只有我以《妇女杂志》的记者的资格代表北京妇女界向您致敬，您是我所见到的最伟大的女人。"

张先生的和蔼的笑脸，使我只能忸怩地说了这样的话算作我访问记的尾声，笨拙的话是不能表现出我当时一方面觉得惭愧一方面又感佩的两重心理于万一的。

从慈惠辞别出来，天已经昏黑了，薄纱一样的暮霭汇流着，在头上做成了透明的天幕。远处，霓虹灯亮起来，大天津的繁华的夜开始代替了白日，奏出来更喧嚣的进行曲。

天津一日记

署名：孙敏子

初刊北京《妇女杂志》第 3 卷第 9 期
1942 年 9 月

清晨的梨栈

新钟九点，我们在梨栈散步，领略大天津早晨的风味。有许多装潢很美丽尤其洋字很多的商店，还静悄悄地闭着铁门，静得一点声音也没有，至少我想它一定得要两个钟头后才能开始营业，因为它充分地显示了：不但没起来而且还没有起来的准备，高楼的隙空间，卖煎饼油条的人支着锅，锅被油浸蚀得黑亮，还没有主顾，胶皮团员是没资格享受那两毛一套的高级点心的，掌柜的在细心地考察篮里的鸡子，拿起来，迎着从楼角落下来的一丝朝阳，看，摇后再放回篮里去，再拿起一个来。

在一个敞开的大铁门里，巡捕们在喝着大碗的早茶，有的哈欠着系着腰里的皮带，互相用惺忪的声音笑谑。铁门的暗角里，遗留着夜暗，太阳是难以透过那几丈高的楼房而把光亮投下来的。

街上来往着人，其中没有一个穿西装的追逐着时代的青年男人，更没有女人，在宽阔的人行道里，只有我和我底同伴两个女性。从半开的铁门里出来的学徒，在我们身上投下了惊异的双眼。

偶尔，有一辆车拖过来，车上年青的女客蓬乱着头发，带着贫血的脸，很快地就消失在大饭店的回廊里。

小弄堂间，孩子们哭着，卖东西的人发着奇怪的单纯的声音，夹杂着狗吠，猫叫，大人的咒骂，倒马桶的声音，成了一种不能叙述的音乐。我们曾试验着听听卖东西的人在招呼什么，但结果徒然，从高楼的小窗下听的时候，只能看见剃光或是带着头发的头顶，和邻家还没折起来的凌乱的被。

手不知怎样就黑了

手不知怎样老是黑的，刚洗完，一转眼又黑了。床单上，桌上，椅上洒满了小粒的煤烟，一不留心，衣服脏了一片，刚扫完，又黑了，那个三尺见方的纱窗仿佛只会放煤烟进来似的。屋里热得透不过气，一会衬裙便湿透了。想喝一杯清凉的自来水也没有，从水管里流出来的水混浊的，而且苦，和刚刚没有热气的开水一样，温暖得一丝凉意也没有。

漂亮的女人群

晚十点钟过，在中原公司门前，看见一联漂亮的女人。她们是六位，也许是七位，也许是五位，穿着五光十色的衣服，带着晶亮的臂饰。美丽的脸上带着可爱的微笑，有两条微颦着的双眉。

我底天津一天的常识不能使我断定她们究竟是怎样的人，她们仿佛是在等人，又仿佛不是，像要买东西，又不看背后的窗饰。总之，那是一联漂亮的女人。在北京，我还不曾见过有几个女人，年青的女人纠结在一起，在最热闹的街头伫立。

旅青杂记

署名：孙敏子

初刊北京《妇女杂志》第 3 卷第 10 期
1942 年 10 月

晨起，朦朦地听见晓钟的声音，拉开窗帘，彩霞正照着玻璃，霞后，天主堂的尖屋顶，剪贴画一样精巧地贴在蓝天上。晨风带着可爱的海的气味吹过来。一夜的郁热都吹跑了，那样地觉得清爽而愉快。

喝一杯牛乳权当早茶，怎样醇厚的乳呀，那样香，我像第一次喝着牛奶似的一点点怪舍不得地把余沥喝干。幸福的青岛人，就这一杯牛奶，已经使我羡慕你们了，在北京，乳质是稀薄得和水差不许多的，再用一倍钱，也买不了一杯青岛的牛奶，可爱的清晨的海风，令人留恋的清晨的一杯奶啊！

九点钟到市公署去，为了座谈会的事去找社会局的夏小姐，夏小姐在青岛的女子职业阵线上，是一位差不多领袖一样的人物。当然，夏小姐对青岛市妇女界是再熟习也没有的。很快地我们便拟好了欲请的人名单，把她拿去呈给教育局尹局长看。尹局长对我们的座谈会非常热心，一见就答应做我们的后援，并且为了使座客不寂寞起见，按照青岛当地的情形替我们添加了两个话题。随后又见了其余的教育局长，社会局姚局长也愿意后援我们，这真是一个圆满的收获，座谈会的事只待发请客信定座位就行了，被请的客人夏小姐又用电话邀了一遍，托夏小姐的福，大都允许出席。这真是我们的幸福，想起来在北京和夏小姐的匆匆一会竟在青岛得到了这样令人满意的收获，那匆匆一面的四十分钟是多么珍贵哟！

从市公署出来，心里轻快得几乎欲乘风飞去。市公署恰好是在一条丘路的顶点上，前临碧海，后倚青松，加上不知名的红的花树，把市署的壮丽的前门越发显得好看。走下坡来，向上回望，真像是从那一个外国画报里剪下来的一角，美丽得令人发生像在梦里一样的迷离的情感。

回到住处的中国旅行社招待所，殷勤的侍者开上了又清洁又可口的饭，吃着，遥望楼窗耸立着的各式各样的屋顶，谈着青岛的可爱处，不觉吃下了好多。饭后，才发觉胃不好受。完全忘掉了刚才究竟吃了几碗。

晚上，三六九画报社青岛支社的陈先生来，在旅行社的屋顶花园里，替我们照了几页像，请陈先生坐在屋顶的藤椅中，谈着青岛的一切，遥望着夕日落，晚霞起，承受着晚潮的凉爽的海风。吃着大西瓜，心情欢愉得像是特意来作消夏旅行，恐怕真的消夏旅行也没有这样愉悦的情致。青岛的清洁的天就给予人明快的感觉，景致是使人快乐而兴奋，尤其是伟大一望无际的海，使人留恋，敬畏而又亲切。

夜来，陈先生归去，数着繁星，踏着清洁的砂子路，送着陈先生曼长的身影印在绿树丛上，灯安静地照着，前路摇着婆娑的树影。无端地想起来一个电影中的场面，曾为那场面中的安静的绮丽的夜色所诱惑，而憧憬了好久。青岛的夜会嗅出了那安静的绮丽的气息。我只想在那株白色的珍珠梅下坐一刻，看看是不是有一匹骏马急驶而来，带着那美丽的小姐去会她的爱人；像那个影片里所表演的一样。

海滨的细语

初刊北京《妇女杂志》第 3 卷第 11 期
1942 年 11 月

你不是要听关于海底故事吗？那么，你坐好，让我讲给你。你刚才还称赞过眼前的景致，你说她沁入了你的肺腑，使你忘却了一切忧郁与难堪，觉得心灵澄清了似的静美。假如，换一个人，不是你，不是从城市中背负着尘埃与年轻的忧郁，企图到海滨来冲洗这重荷，有着美丽的家庭而刚被爱情无意地刺伤了的你，而是……

你瞧，你不见那被落日的余晖沐浴着的，下临着海的一块庞大的岩石了吗？你该赞美它长的虽大而颇玲珑有致了吧！尤其近海的岩脚上那株红色的杜鹃，真是红得令人瞧去有说不出的喜爱的情感。这里，我底故事里的主角要出场了。

你先别惊异她底褴褛，她虽褴褛而清洁，她披着她长长的黑色的发丝，如海一样深邃的双眸凝望着远处的蓝天与碧水，慢慢地踏着细沙，向岩石来。

一只掠水的白鸥惹去她底视线，她用她苍白的脸追随着它，直到它在水面上活泼地翻滚了一阵飞去后，她长叹了一声地垂了她软弱的颈，轻轻地躺在岩石上。

一会，她用她音乐一样的声音开始呼唤了，唤着一个响亮而通俗的名字。那呼声夹杂在晚潮里，使你听了不由得要哭，那样幽伤的如一支最美丽的乐器奏出来的悲歌。一会，呼唤停止后，她哭泣且述诉着，说她怎样在人海里，像一条深海的鱼一样地被压抑着，被欺骗着，被蹂躏着，过着呼吸不着空气，看不见日光的生活。一次，她被一个老迈的男人带到海滩上来，伴他消磨垂死的岁月，她找到一个机会，在午夜里脱开仆人们底监视而把自己投在洪流里。

但，她被救起了，被一个刚刚知道爱情的少年渔夫救起。那少年渔夫是诚朴纯真得这样可爱，而他又是这样惊奇于这女郎的美丽，他把她当天神一样地供在他底心上，用他底小小的渔舟，载了她逐波而去。

那之后，十三天（这个不幸的数字），女郎单独地在岩石下出现了，她疯狂地奔来，敏捷地爬到岩石上去，用她底心声唤着那个响亮的通俗的名字，说海怎样无情地在夜的暴风中把她攫去又撕碎了她底船只。

每天，在这时候，她都爬到岩石上来，呼唤且幽泣，没人知道她在哪儿住，也没人知道她怎样生活。

把我底故事拉回来，在太阳从岩石上撤回去最后的一条光线，而把仅有的余光停留在那株红得滴点的杜鹃上时，我底身边不是你，是那一位，是那一位披着长发的女郎。我不知道她什么时候走到我底身后来，从我底身边奔过去，叫着那个响亮的名字，奔过去从岩上滑到岩脚，抱吻着那株红色的杜鹃。

听说，她底爱人是有着一双红得魅的嘴唇的。

但，她滑得太急，在她刚刚捉住了杜鹃的一刹那，那倾斜的岩石已经使她的下半身落在海里，立刻，那带着风声的海潮拥去了她，在我看见还没来得及喊出来的一分钟间。

我狂喊着，沙滩上的人们迅速地集拢了，但夜掩埋了我们和脚下的海，那位在海上住了五十年的老渔夫说，岩石下面怪石错综，就是不是夜，坠下去的人也是无法援救的，她在水害之先一定先触及石头。……

怎么，你哭了，让我截止我底故事。夜来了，你听见了那恶意地唱着的潮声了吧！讨厌的，今夜又有风，让我带你走吧！我怕那潮水的声音，我想它也许更刺激着多感的你，明天，来看海上的日出吧！我会拣一个美丽的故事告诉你，原谅我今天的饶舌吧。

读后随笔

初刊北京《妇女杂志》第 4 卷第 7 期
1943 年 7 月

吴瑛底作品带着浓厚的乡土气，这气息使我怀恋又向往，这一篇《潜春》也是一样，住在酷热干燥的北京城里，我常常梦想我底家乡，梦想家乡里的人们，我不能不说《潜春》只是描出来一个模糊的轮廓，《潜春》里的人们没能把塞外人的慷慨激昂的情绪表现出来，且故事的重点不真，使情绪不能胶结在一起，以至失去了短篇的精彩，如果把《潜春》伸长，再加上细致的描写，我想那一定是一个很美好的长篇吧！

用信来表现对一个地方的怀念，这是聪明的手法，但有时失之于散漫，但娣底彩笔是有名的，文字华美细腻，如果把 XY 城的人们的故事写成一个故事，一定会更动人吧！我想。

大底作者是很谨慎的，题名也巧，但处理失于拘束，描写过长以至使整个的故事失去了那个题材应有的刺激性。

从两个名字的连缀上拉出来一个故事，正像彩幕前报告员双关地介绍了幕里的戏一样，这是有趣的描写法。

王老三，贾余，于老二围在王老三老婆身边的故事是为表现什么被作者写出来的呢？表现对传统观念不满吗？表现爱情上的忌妒吗？表现女人底不贞吗？作者没清楚地描写给我们。

哑

初刊北京《国民杂志》第 4 卷第 2 期
1944 年 2 月

我一个人到天津去，琛哥替我买了一张一等票，那是从北京到天津的直通列车，一等车里的客人，穿着适合这季节的豪奢的皮大衣，逐渐地进到车厢里来。

我坐在靠近车门的一个座位上，那车里只有我一个年青的女客。快开车，有一位四十岁左右穿着水獭皮大衣的太太进来坐在我的对面，她是这车厢里我的唯一的女伴。

车五点十分开，车窗外已经泛流着浓重的暮霭。车头吐出来的白烟，像许多出巢的猛兽一样，张牙舞爪地咆哮着，一批撞在地上消灭之后，一转眼，第二批又涌上来，烟后，村庄寂寞地蜷伏在衰老的大地上。

我把脸贴在玻璃上，瞧着窗外的枯萎的草，草梢动着，仿佛在飚着风，车里的暖汽管发着轻微的吱吱的声音。一只乌鸦不安地在灰色的天空里翅飞着。我觉到了寒意。

这真是一次异常寂寞的旅行，我很想和那位唯一的女伴谈谈，她也像要预备跟我说点什么似的，可是我们都保持缄默，没有一个人肯于先开口。

我们底邻座，有两位非常肥满而又精神十足的中年人。她们正互相谈得很热闹，她们底声音很低，说着连串的外人很不容易理解的术语，她们说什么看稳，又什么不妥，又什么该趁机出手等等的话，一会，似乎谈得倦了，一个人拿出她华贵的烟盒来让着她底同伴，她们同时燃着了一枝赭色的雪茄。

车僮来送茶，并且拉上了窗帘，我只好把贴在窗玻璃上的脸离开，坐正了我底身体，借着亮的灯，我开始打量我底同伴。

她穿着深红五彩锦缎旗袍，深红的带着白毛皮边缘的便鞋，头上卷了很多的发卷，一副翠绿的耳环很刺眼地垂在她底肩上，她擦了很多的粉，我嗅见了她底高贵的粉香。

我想如果要说点什么，我一定得要称赞她底衣饰或者是她怎样装束得入时才正适合她底脾胃。可是她底装饰实在没给我以好感，我不愿为了破除寂寞，还得颇费心计地先编两句好听的谎言。

出来的时候匆促，我连一本解闷的书也没带出来，我预备跟左近的同伴借一借。她们正有一部分人在雪茄的浓烟里，似乎在专心地读着手中的书籍。

那两位刚才热谈着的中年人，一位在看《二十年来官场现形记》，其她的一位拿着的是一本白地红字的《蜀山剑侠》。

隔座的年青的少爷在看《摩登男女》，还有一位和她底同伴在起劲地评论着童芷苓的面貌和她所唱的《大劈棺》，她们手里拿着一本《游艺画刊》，身边摆着一本《立言画刊》。

　　她们都在热心地耽读着她们的读物，我要去借的话，当然得先想好一句中听的话。她们看去都很矜持，露着不屑与人语的神气。虽然我底衣着并不比她们寒酸，可是我索然了。我犯不上为了一本《蜀山剑侠》或者《摩登男女》，去向一个陌生人进献我底委婉之辞。

　　我把我底头藏在挂着的大衣中间，我想假寐一会，天津已经不远了。

我与绘画

初刊北京《中华漫画》创刊号
1944 年 2 月 15 日

　　我是一个庸俗的写作者，常常一个很容易表现的意思，我不能把它完美简洁地表现出来。我嫌我写的废话太多，因之，我更羡慕能够拿起笔来就画的人。我时常为我底小朋友们所窘，她们要求我画一个可爱的小动物的时候，从我底手下画出来的东西，真是想不到的那样可笑，而且毫不相像，虽然在画的时候，我尽了我最大的能力。

　　我能在一幅画里读到一个动人的故事，我却时常对着一篇空洞的小说嗟叹，我想如果写文章的人都能给自己插画，或者用画代替文字，文章之于人生，一定还能有更大的贡献。

　　我现在最大的心愿，就是愿意我有一个富裕的时间，让我去学画，我相信我将是一个用功的学生。

我没看见过娘底笑脸

原刊北京《妇女杂志》第 5 卷第 11 期
1944 年 11 月

我的少女时代，是悲哀又寂寞的。虽然在我住到学校里去之后，我逐渐活泼愉快起来。可是，一直到现在，少女时代的忧郁还潜存在我的心里。不痛快的时候，我一天两天都不爱说一句话。

我很小失去了母亲，在后娘的手下养大。最初，我并不知道娘并不是亲生的，我抱着小的纯贞的女儿心去和娘亲近，娘总是不爱理我，跟我说话的时候板着脸，生气的时候就骂，我没看见过娘的笑脸。

用怎样的字才能形容出我的小小的心灵包藏着的迷茫和悲哀呢，我不知道为什么我的妈妈总是那样冷言冷语地没有一丝笑意。夜来的时候，我坐在我家的大门石阶上，一点也不愿意回家去睡，等着不知什么时候才能回来的爸爸。爸爸特别喜欢我，可是爸爸忙得很。有时候坐到深夜，听着马车一辆辆地从身边走过去，爸爸仍然没有回来的时候，自己穿过黑暗的差不多有一条胡同那样长的院子，含着眼泪去睡觉。有的时候，坐在大门石上睡着了，被老妈子硬给喊醒了抱回家去。

有一个深秋的夜晚，在门口睡着了，恰巧被爸爸看见，据爸爸说我蜷曲在石头上，仿佛一个小乞丐一样地睡着冷石头。爸爸抱我在怀里的时候，我高兴得流着眼泪。那一年我已经十二岁了，身量长得很高，爸爸从石头上抱起我来，一直抱着我走进屋去。第二天所有家里的人都被爸爸责斥了。

后来，她们都当心我，恐怕我跑出去给她们惹祸，她们守着我，不让我一个人出门，我气得哭，在她们那样假装着的爱护里，我十分不自在，那样反倒不如我一个人坐在大门石上好。

十二岁那年的夏季，进中学，我搬到学校里住宿去了。同学们大都比我大，在那些大姐姐的关心和爱护下，我的寒冷的小心灵苏生过来，我知道了女人和女人之间的浓厚的感情，我的小脸上开始有了笑意。甚至礼拜日我都不愿意回家去。

在女孩子们的无邪的笑声里，我长大起来，带着蓬勃的青春，带着愉快的心绪。

我底随想与日本

初刊【日】《华文大阪每日》第 135 号第 25-26 页
1944 年 11 月 1 日

在我过去的生活里，在日本的两年，最美丽最恬静。那盛开着的花，点缀了我底庭院，且点缀了我底精神。春天的蔷薇，栀子，樱，秋天的桂花，冬天的山茶，那些花生长在大自然中，愉悦又美丽，正如那时我底心境一样。

回到北京之后，这绿色的都市虽然有槐花的香气，可是其余的三季却显得寂寞，榴花，藤萝也都是可爱的花，但那不普遍，不能到处都看到，像日本那样以花作墙更是没有。我常常不自主地记起来在微雨中推开窗，嗅见了桂花底甜香时的惊喜的心境。寒雨中的红红地开着的山茶也曾鼓舞过我，我曾在邻家的山茶墙旁，徘徊很久还不忍离去，在没见过茶花之前，我觉得茶花女那样热情的小说里的女主角，应该用另一种可爱的花来作她跟爱人之间的信号才合适，见过茶花之后，我为它底姿态所惊，在它身上我体味到了和别的花枝迥异的风格。茶花恰恰说明了那个纯情的女人的心。在花底陪伴里，我底琐碎的家庭工作使我自然而然地生了喜爱的感情，家里有花，正如水里面有糖，那甜意深深地侵入身内，消除了所有的倦怠。

水也曾安慰过我，在日本，我时常惊讶水之清，无论是河，是海，是小溪，水都清澈见底。那样澄清得像玻璃砖一样清洁的水流到处都是。街上，家中，有微风的时候，一人独在，往往能听见淙淙的流水的声音。很轻，但听来却声声入耳，清越得仿佛可爱的小精灵在摇着它底小银铃一样。有一次，我试叫我五岁的小女儿听，她安心地听了两分钟，问我说："谁在唱歌呢，唱得这样好听。"

不过在我刚刚到日本的时候，却烦闷了很久。那些男孩子，九、十岁左右的男孩子非常地蔑视我们，他们在我们底身后追逐，叫骂，有一次把一条很长的大蜥蜴扔在我底脖子上，气得我哭出来。那些小野马似的孩子们简直没有办法，他们嚷"支那人，支那人。"那样仇视我们的态度，仿佛像对待一个不共戴天的仇人一样。孩子们也不敢到外面去玩，出去就被他们打得哭着回来。

这样的情形当然得想办法，我就去找我们那一区里的世话系，世话系的太太再三向我道歉，说男孩子们总是淘气，妈妈即使说了也不肯听，她要找一下小学校里的先生来替我想一个最安全的办法。

两天之后，我底身边突然安静下来，那些小武土连影也看不见了，当然那些诽骂和侮辱我们的事情也没有了。我想一定是小学先生底话发生了效力。我就去向世话系道谢，并且想听一听先生用怎样的好方法立刻就制止了孩子们底顽皮行为。

我刚刚推开我底后门，看见两个穿白衬衫的小光头正在我底门前捣鬼。我想不是往我底牛奶瓶子里塞死老鼠，就是往门前摆死蜥蜴了，我憎恶地皱起来眉头。

意外地那两个小东西并没有像往日看见我时那样一边咒骂着一边逃走，他们立直了身子，红着脸向我鞠躬之后，扭捏地跑了。

就在我底门前，一个小石头底下，压着一封信，我拾起来，立刻拆开了。信都是汉字，每个有核桃大小，写得很周正，很用心，原文是这样：

> "你蒋系不是，是新中国国民，日本之敌人不是。我等乃兄弟，我等亲善。
>
> 昭和十五年 × 月 × 日"

原来那些小东西真的受了高明的先生的教诲了。在那时日本国内正一心一意地往大陆上派遣军队，男孩子都是以将来的国家干城自任的，歧视被误认为日本敌人的我，正是一种自然的心理现象吧。

之后，我们底一家也和其余的邻人们一样安适地呼吸在芬芳的带着海底潮湿的空气中了。那些侮辱我的男孩子们，也像对待别的邻人们一样地对待着我们。走在街上，看见我抱着孩子又提着菜蓝子的时候，替我提过菜蓝子去一直送我回家的事也常有了。孩子在外面玩的时候，被虫子或者青蛙吓得哭了的时候，他们都去保护他。

我去向世话系道谢，并且买了一盒花炮托世话系分给他们。这样的男孩子正是我所爱的，勇敢，诚实而且驯顺。第二天那些孩子都来向我道谢。望着那些被太阳晒得红红的脸，我觉到了一种超越了国别的亲爱的感觉。

日本的女人真是世界上最好的女人，我底邻居的太太小姐们，显示了所有的女人底优点，她们都温文，热情，娴雅而且勤劳。在中国，普通总是爱用女仆来做家里的琐事的。日本的家庭就不一样，总是主妇自己去做，甚至有三个五个小孩也自己做。忙是忙，但不乱，那样有条有理地处理着家事的裕然的样子，真使人佩服。我在日本的时候，就显得忙得不得了，总是做了这件忘那件，事情仿佛永远也做不清似的。中国女人处理家事实在还逊于日本女人。

不过，我有时嫌日本女性太温顺了，在夫和妻的关系上。中国差不多是相对的，互相尊敬，两方平等。日本女人总把自己底丈夫捧得很高，有时日本丈夫真是被自己底太太捧得骄坏了，仿佛说话都带着三分气一样。我想，在这样有着被尊敬和自卑的情感里的夫妇的爱情，总不免有些做作吧。

我底家里差不多成了一个小小的私塾了。我站在窗前，在一只小学生用的黑板上写着炖白菜，材料，白菜，豚肉，作法等等的字样，我底几位邻居太太俯在叠蓆上抄录着。我底作业法成了邻居们的日课之一了。她们都爱看我做，并且学。其实说起来惭愧，在国内，我从没有做过菜，别说是招待别人，教给别人，就是日常吃的家常菜，我也做不好，仿佛菜根本不听我调动一样，做出来总是不好吃。在日本，正如那句俗话一样"鳥無き里の蝙蝠。①"因为要吃，每天不得不作，渐渐地有点顺手了似的，再加上邻居太太们一夸奖，好像自己已经精于烹调了一样。居然作了先生，写笔记，想起来自己就忍不住暗笑。

那些位日本太太们在跟我学作所谓的"中国菜"的时候，都付了最大的细心。当她们说到怎样因为"中国菜"的可口而使主人加餐了的时候，脸上的愉悦的微笑真使人感动。我想，那决不是我底粗陋的

---

① 日本谚语，意思是：河里无鱼虾也贵，山中无虎猴称王。

烹调法成功，而是她们细心的所得。设如，能因为我底"菜"，而获得主人底称赞，因之，家庭的空气更显得融洽，美满，妻觉得在妻道上有所获得的话，我在日本的时光，总算没有白白地浪费过去。

日本的女孩子也使我觉得奇怪，在学校里的时候，非常黑，非常茁壮。腿胖得跟小圆柱子一样。可是一从女学校里毕业，立刻就窈窕起来，皮肤也白润了。安详得像是中国锁在深闺里的从没见过天日的秀女一样。每逢看见在长长的花衫的背上系着蝴蝶结的少女的时候，我总爱问一问她是不是在上学，是不是曾经上过学。把活泼变为安详，在从未修饰过的脸上加上白粉，我觉得决不是一天两天就可以习惯的事。中国底女学生也有这样的时期，从学校到家庭，其间有一个过渡的时期，衣服和装饰总是又学生味又家庭味，脸也得很长的时间才能习惯白粉。之间，擦了口红不好意思见人的时候也常有。口红是渐渐地加深的。日本底女孩子作学生时候完全是活泼、快乐的学生，回到家里立刻抛开了学校的一切。这样是什么，像什么的态度就是使日本底家庭有轨道的原因之一吧！

也许因为我是妈妈，使我渴望的是日本游园中的那些为孩子们的设备。那些有趣味的小飞机，小汽车，小划艇，有轨道有山洞的小火车，真令人羡慕。在图画一样的风景中，伴着孩子在很小的洞口买了门票走近阪神パーク（公园）的积木式的大门时的孩子底喜悦的表情，永远印在我底心上。在日本的孩子真是幸福，说不尽的有价值的玩具，数不清的舒适的游戏场，孩子们像含苞的花蕾一样，在愉快的心境的培育里，恣意地成长开放了，这样的花朵自然是美丽的。每逢在孩子们为了等候一架几乎破了的秋千，在中央公园的褪色的栅栏前，渴望地注视着那秋千，像冬眠的虫子一样地蠕动着的时候，我不自已地想起日本底游戏场来，在从破了的压板上抱下来兴致勃勃的孩子的时候，我觉得孩子在北京，真是太委屈了，什么时候北京能像日本国内一样的为孩子们建筑一个合适的游戏场呢。

回北京之后，和在日本相反，我所接触的都是被日本女人尊敬的"主人"们了，他们都是我丈夫的朋友们。也许因为都是读了很多书的大人先生们，好像并不是太骄气，说起话来的时候很温文。不过，在对女人的态度上，我觉得不惯，日本底先生们总爱连串地哈哈大笑，这会使女人窘而且觉得唐突的。习惯上，中国的客人对女主人，老是非常客气的。

在日本，从来没见过醉鬼。在北京，却时常看见日本男人醉得泥一样地摊在地上。醉了的男人本来就讨厌可怕，日本人再加上语言的隔阂，仿佛一见，身体就止不住地战栗一样。我曾在深夜时，和女友在电影院的门前被日本的醉鬼追逐。现在那惊悸还残存在心上，一看见了脸上被酒晕红了的日本男人时就要心跳，犹如刚到日本去的时候，看见那些不讲理的男孩子一样。

编辑后记

（《第一线》创刊号）

署名：瑞

初刊吉林市《第一线》第 1 卷第 1 期
1946 年 7 月 16 日

本期创刊号由集稿到出版，不过十几天，编后看一看里面，七拼八凑地很不整齐。只好想法子去充实二期。谁都不乏稿友，请就近多帮忙。

十四年的残酷压迫并没有使东北人"奴化"，敌人的思想统制是徒劳的。但这并非说东北今日在思想学术上有了成就，东北需要普遍的自由民主文化运动。这就要看我们东北同胞今后的努力了。

我们希望由东北人的笔老老实实写出点为国家为民族，为人民大众，有骨头，有力量，有待建设，明白是非的文字，能代替我们"介绍"的时论。但内地刊物上特写通讯的稿件，我们还是要转载的。

从第二期开设"信箱"栏，为读者服务解答问题。包含"社会现象""□□常识"和"两性生活"各方面。欢迎读者来信。

欢迎热心的读者，批评和建议。

还我河山、收复主权

——光荣将士新十四军访问记

署名：孙嘉瑞

初刊吉林市《第一线》第1卷第1期
1946年7月16日

"七·七"这一天，正是个意义深长的日子。九年前的今天，我们全中华民族对侵略我们的敌人，英勇地开始了应战，全国组成了统一战线，团结一致，不屈不挠的对那深入腹心的强敌，誓死抵抗，终于和我们的盟邦又组成了联合战线，一战到底，才得到最后胜利的光荣的果实。还我河山，收回主权，不但湔雪了"七·七"以来的八年，九一八以来的十四年，甲午以来的五十二年累积的国耻，而且更获得开明友邦的同情和理解，逐渐摆脱了百余年来鸦片战争之后，我们所受着的列强对我们不平等条约的束缚。

"七·七"真是一个可纪念的日子，纪念"七·七"，我们不会忘了八年间我们全民族无论后方与前线，在那种含辛茹苦的日子里发扬的民族精神和不屈的斗志。我们更不会忘了的是为国流血，壮烈牺牲的武装同志们。所以在这一天，我和本刊的编辑的同人，怀着兴奋的心，去访问经过了远征印缅威震中外现在来到东北驻防的新十四军。

新十四军的司令部在口前的惟一的一所小学校里，武装的卫士守着门，里边安静地偃卧着红色的砖房，穿着美式反领军服的人，静静地通过了甬路，消逝在白色的房门里，空气肃穆得很。

我们一行承受了热烈的招待，在龙天武军长屋子里，会到了副军长许颖参谋主任，汪源燮几位将领和高级军佐。像见到了自己底家人或者最亲密的朋友一样，初次走进军营时候稍稍带点不知所以的未能十分镇静的心绪都消失了。他们底谈话是那样出乎我们意料之外的和蔼而且周到。当我把预备要问的问题拿出来的时候，龙军长看了一下左右之后，谦虚而幽默地说：我作一次学生，答复你底试卷吧！

这样，他用着很洪亮的声音和带着微笑的脸，稍稍地思索了一下，就滔滔地讲起来：

龙军长和记者的一问一答

问：九年前"七·七"当时，我国军备的状况和各级将领守土卫民的决心？

答："七·七"当时，我国军备的状况是很简陋的。在那时候的整军计划里预备新装六十个师，不过在抗战开始，仅仅才装备好了十个师。所以在军备的情况上想起来，我国胜利的希望是很渺茫的。但是，我们全民族同仇敌忾的决心是惊人的。主座颁布了应战的命令之后，每个将领，每个士兵的心里都燃烧着"誓死为国"的烈火，响应着主座在外交方针中所说的"和平未到绝望时期绝不放弃和平，牺牲未到最后关头，绝不轻言牺牲"。抱着大无畏的精神把自己在祖国自由的空气中长成的宝贵的生命送到火线上去。

问："七·七"以来，您以为哪一次作战最为激烈？

答："七·七"以来，每一次作战都可以说是很激烈的。抗战初期常有仅仅一个团开出去跟日本人对敌的时候。在政治上有意义，实际作战情形最激烈的，还是以八一三淞沪之战为最。

那时候，日本是企图以发动上海战争来威胁国都，威胁我国民政府的。他们底条件是，只要承认伪"满"，日本就可以无条件地从中国关内撤兵。

我们不能放弃我们底领土，我们不能屈服于暴敌，所以立刻出动了海陆空军，尽全力去向日本作战。

淞沪之战，中国的应战和作战能力完全出乎日本底意料之外，日本一旅人败退到黄浦江边，造成了日本势成骑虎的局面，日本立刻把当时作指挥的大将调换了。我们底空军也给了日本海军很大的打击。当时参加的军队有十个师，其中有十四军的一师，我（龙军长自称）当时作营长。

那时候，每个据点的争夺战都是很激烈的，像罗店（地名）据点的争夺战就可以作例。我们的军队据守罗店的竹林里面，日本人用猛烈的炮火攻击所有的竹子，全打断了。每个据点都是这样几次得而复失之后，才退却转进的。

此外像台儿庄大战，武汉外围的包围战，三次湘北会战，桂林，柳州，南宁之战以及日本投降前最后一次的湘西战，都是非常激烈的战斗。至于游击战的激烈更是不能胜记的了。

问：抗战中最使您记忆不忘的一件事是什么，军民需要更进一步合作的是什么？

答：在我底记忆中印象最深的一件事就是我作团长时候，接受了广东省主席李汉魂夫人底一碗粥的事。那时候日本人从距广州六十里的新街发动攻势，经翁源县向韶关进逼，人民都避难搬走了，空气非常的恐怖紧张。当时十四军向粤北增援，第一线已经溃退下来了。李夫人追到了军队，亲自烧好了糯米稀饭，一碗碗地盛了分给士兵。在那样凄惨悲壮的空气里，兵士们的誓死灭敌的决心响应着李夫人劳军的无畏的精神，跟着粥的热度递到每个人的心里去。每个人都是这样想，要不能把敌人打跑，连李夫人的这一碗粥也对不起。于是一鼓破敌打到广州，把敌人打跑了。其次日本人屠杀同胞的事也是使人永远不能忘记的。南京的大屠杀，国人是都知道的。在湘战后日本一连人在永丰被游击队打散，反过来日本人报复的时候，把永丰全境的人都杀了，真是杀得鸡犬不留。还有，在上海战争中，战地百姓逃难的时候，有的因为婴儿没有法子带走，只好忍痛放在一个小篮子里挂在水车的横梁上，希望万一有一个人把他救走，也好留下那条可怜的小生命。可是日军进来之后，把那些小生命屠杀之后尸体挂在树上，情形真是惨不忍睹。

至于军民合作，以往好像只是一句口号。譬如在上海战里，我并不是说上海的老百姓不好，他们的热情是很使我们感动的。给我们送茶送水，小姐们去作义务看护。可是后方的秩序太坏了，到处都有奸细也可以说到处是敌人。所以军民合作的第一要义，就是希望老百姓把后方的秩序维持好，不要使在前方的军队担心。

问：您怎样纪念着那些壮烈阵亡的战友？

答：最主要的就是完成他们壮烈的遗志，现在虽然因为日本底投降表面上我们的抗战是胜利的完成了，可是实际抗战时的收复失土，保护人民，收回主权三原则还没有彻底完成。政府并没有完全接收东北，也可以说是他们底遗志没有完成。

问：缅甸远征，我国共有几支军队，您在那里作战，期间多久，缅人对我军的感情怎样？

答：缅甸远征，中国方面共有三支军队参加，就是第五军，第六军和第五十三军。第一次英人退出，中国军队也随着退回。其中二十二师三十八师被隔在缅甸，由另一路线退守印度，接受美式装备与新式训练，在印缅初期反攻，经大洛孟关深入缅境。继续国内又运去十四军，五十军参加作战，另外有特种炮兵团一团，美备的工兵团二团，战车营七营，其他尚有辎重汽车各两团。

另外还有五千学生参加军队，编成学生队。作战期间是从四月到十二月的八个月之间。缅甸内的华侨对军队的感情是很好的。缅北作战的初期，因为日本的间谍工作深入缅甸民间，他们利用英国以往压迫缅甸的实情来宣传，说中国人是帮助英国人来压迫他们的，这样来挑拨中缅的感情。所以当我们底军队开到罗瓦地（缅地名）的时候，缅甸的百姓都搬光了，以后因为我们军队的纪律严明，感情才慢慢好转的。

问：在缅甸和盟军配合作战，您所得到的宝贵的体验是什么？

答：这可分几项来说的

一、在外国是前线第一，用一句简单的话来说就是吃什么，有什么；我国是后方第一，前线是有什么，吃什么，这样的情形我想是应该改正的。

二、英美是物资丰富的国家，牺牲物资在所不惜，军队的生命是很宝贵的，这样一来，士气就差得多了。

三、盟军军队里，负责人少，作事迅速，我国军队中军佐军属太多，作事迟缓。

此外附带还有一句，就是盟军批评我们底话，他们说除了日本之外，我国军人的素质是最好的，缺少的只是装备。我们要有好的装备，胜利绝对是我们的。

问：敌人投降后，收复沦陷区，您都经过了那些地方，什么时候到东北来的？

答：我在敌人投降后，坐飞机到南京，参加九九投降签字典礼之后到上海，乘兵舰经秦皇岛到东北来，到东北后先到锦州，之后到沟帮子，大虎山，和新民，二月又到辽阳，本溪，开原，四平，西丰，伊通，长春，双阳，吉林，桦甸，其中保护小丰满的战争是比较最有价值的。

问：到东北后的感想，和东北今后前途的亲测？

答：以军人的立场来说，我们既不好战，也不厌战。以国民的立场上来说，我们希望的是和平。至于前途如何要看共产党的措置如何，共产党的措置，是很难叫人相信的，譬如政协协定和整军方案吧，共产党同意而又签字了，可是至今并不照所议定的实行，照这样看起来，前途是不可乐观的。

龙军长真是位健谈的人，他底说话的姿态和声音都有一种引人的力量，我不知道外面什么时候落下了雨，就在他结束了他底话的时候，雨转骤了，粗大的雨放肆的透过了纱窗落在我底袖子上，龙军长亲自过来关上了玻璃窗，并且问，我的答案你们还满意吗，我们都笑了，表示了深深的谢意。我们觉得今天的收获，不但是龙军长告诉了我们抗战宝贵的知识，而且是他谈话里所表现的国军的精神。

（孙嘉瑞记）

编辑后记

（《第一线》第1卷第2期）

署名：瑞

原刊吉林市《第一线》第1卷第2期
1946年8月1日

发完了第二期的稿子，我们仍在盼望稿友们认真写出来的有力量的文章。

《第一线》是个综合杂志，这两期的表现可以说明。同时它是个"报告杂志"，尽力使读者多知道一点各方面的事情。但这并非说自己没有立场，它是为文化服务的，为社会服务的，为国家民族服务的。所以决非一个小集团所能私有。愿所有的读者爱护它，培植它，鞭策它，一块向汰旧革新的大道上走。

本版每期出版即付稿酬。已发表之作者请来本社取走。

这都是我们的换班人

署名：**孙翔**

初刊上海《亦报》
1952 年 4 月 27 日

北京市的小学生集体打四联防疫预防针，打的那天，我跟着卫生队的工作同志一块到了一所市立小学。

她们已是第二次注射了，四联针要连续打三次，每隔一星期注射一次。

这对小学生们来说，是个很沉重的负担，因为小孩子大多数都是怕打针的，并且四联针打了之后，又可能发现头痛发烧等反应。我猜想，孩子们一定不愿意打，也许有很多孩子在哭着。

其实，跟我猜想的完全不同，孩子们很有秩序地在先生的照顾之下，鱼贯地走进了卫生室，把挽起了袖子的小胳膊举得高高的等候注射。

一个梳着辫子的小姑娘，在打针时皱了下眉头，我问她："痛吧！"她很坚决地说："痛点有啥要紧，比得传染病强。"

一个只有七岁的男孩，向医生说："第一次注射后我发烧了，妈妈怕我病，我睡了一天就好了，您说我棒不棒！"

医生微笑着回答她："是，你真棒！"

一个十三岁的少年队员向医生说："您能不能叫胳膊痛的时间短些。"

医生说："你怕痛了是不是？"

少年队员说："不是，五一那天，我要在游行队伍中打旗，怕先生说我胳膊痛，不让我去。"

一个七岁的小妹妹，打针的时候，刚刚要哭，立刻忍住了，并且说："打针就是打美帝！"

直到注射完，五百多个小学生中只有三个人哭了。卫生工作队长很顺利地完成了工作任务。

这就是我们的换班人，这就是将来建设新中国的能手，你看她们是多么勇敢！又多么明白事体。从学校中出来的时候，我不但完全改变了原来的想头，而且联想到自己又犯了经验主义的错误。今天新中国的儿童岂能用旧经验来衡量她们。

（自北京寄）

堵洞记

署名：孙翔

初刊上海《亦报》
1952 年 4 月 28 日

　　保姆病了，由她的老伴王老头到我家来照顾孩子们。王老头一向把自己关在家里，很少跟人来往，对新社会的认识当然是很不够的。

　　他来的第一天，区卫生管理委员会就号召大家翻盆倒罐垫坑堵洞来进行春季防疫工作。十岁的小青、九岁的小菱、八岁的小荫在学校里听了老师的报告，回家就积极地行动起来，两个人抬水，一个人涮盆洗罐，真的把家里的盆罐都洗刷清爽，而且盆口罐口向下摆在那里，完成了翻盆倒罐的任务。垫坑和堵洞，由小青殷殷嘱咐老王，务必在她们上学去之后做好。

　　老王认为这样的检查还是像日寇占领时代一样，只是应付衙门里的差事，就只把门前土坑垫平，把屋中容易被人发现的鼠洞堵了就算完事了。

　　当然，那天夜里老鼠仍旧闹得很凶，把小青吵醒了。

　　第二天早起，小青就问老王："你堵鼠洞是为了给检查组看的，还是为了防疫？"

　　老王说："防不防没关系，老鼠吃不了人。"

小青说："不是老鼠吃人，是老鼠带鼠疫病来害人。你以为是检查组给你添麻烦，想凑和过去就算了，是不是？"

这时小菱、小荫都穿好衣裳准备上学了。

小菱说："你欺骗检查组就是欺骗自己，政府怕大家闹传染病，才叫大家防疫，你真是不认好人。"

小荫说："老师说了，美帝撒细菌害咱们，咱们防疫就是打美帝。"

小青、小菱同声说："老王不防疫，老王思想有问题。"

晚上到我下班回家的时候，老王正跟三个孩子抬箱子搬床铺，进行堵鼠洞工作。地中间的一只破水桶里和了半桶石灰，石灰中还掺着碎玻璃片。旁边摆着一堆乱砖头，她们预备把老鼠洞填平，上边再用石灰砌好。

老王一见我就笑嘻嘻地说："三个小姑娘把我这老头子给说明白了，原来防疫是为了咱们大家不得病。日本鬼子在北京那当儿，防疫就是保护它们自己。我以为又是给衙门人办事呢。"

小青说："老王连现在的政府跟日本鬼子的衙门完全不同都弄不清，妈妈您看多可笑。"

小荫说："妈！我们都给老王讲明白了，现在政府是人民政府，跟老百姓一条心，听上政府的话没错。老王才跟我们一块来堵老鼠洞的。"

就这样，两个少年队员，一个小学生，给老王上了一次政治课。

（自北京寄）

东北农村旅行记

署名：**柳霞儿**

初刊上海《亦报》

1952 年 8 月 12 日—9 月 17 日

五月下旬，在华北、华东，大地里已经长满了绿油油的庄稼了。可是在东北，农民们刚刚播完种，有的地区还在赶着种地。原野上，到处都是翻转过来、犁好耙平的肥沃的黑土。翻身的农民在地里吆喝着牲畜，为今年的丰收做好第一阶段的生产工作。到处都可以听见热情的谈论，有人说："高岗主席号召咱们每亩地多打五升粮，咱们加把劲，叫它多打六升。"有人说："东北是新中国的宝库，咱们的宝库可不能叫它空着，粮垛一年比一年高才行。"也有人说："中央号召提高单位面积产量，我是共产党员，我要用实际行动来响应号召。一垧（十亩）高粱，保证打它五千斤，比去年增加一千斤。"

就在东北农民这样热火朝天地掀起春耕播种运动的时候，一直在都市中长大的我，得到了访问东北农村的机会。

我们有计划地从单干户一直到集体农庄，对前进着的新东北农业，进行了全面的访问。

一 单干户的苦恼

五月十九日我们到了黑龙江省纳河县十区兴隆村新民屯，全屯的农民百分之九十都参加了互助组织，只有百分之十的人还在单干。这些单干户中大部分都是旧地主富农，有两户旧中农，一户新中农。我们想，那一户新中农，既然是翻身后才富裕起来的，为什么还要走老路呢？我们就决定到这位新中农——刘德金家去作一次客。

新农村的翻身农民最怕人家说他不开脑筋，思想落后，我们要访问的这一家当然也是这样。我们先在思想上做好准备，切忌提起"不往社会主义走，而往资本主义走"的这些招农民们不高兴的话。

我们去的时候，是晚饭后，屯中的农民都欢欢喜喜地在自己的草房前喂鸡喂鸭，上年纪的老大爷正跟年轻的小伙子争论着地犁七寸好，还是犁八寸好。垅底子应该是一尺八，还是一尺五宽的问题。小学生们唱着歌，到处都洋溢着春耕期间的喜悦。

我们到了刘德金老大爷家，看见刘德金的老婆刘老大娘正在气吼吼地喂猪。猪是两口大猪，肥的肚皮都拖到地上了，一口猪旁边还围着一群小猪崽。刘二娘（刘德金老大爷的弟妹，一个卅四岁的壮健的女人，刘德金的弟弟刘德贵已死了十二年，刘二娘守了十二年寡）站在柴禾垛旁边生闷气。

屋子里刘宝同（刘德金的儿子）在磨锄地用的锄板，儿媳妇李桂兰在收拾碗筷。刘德金本人坐在窗台上，一只脚跨在外面，在吸旱烟。

刘德金和刘宝同我都是在村民大会上见过的，在动员妇女参加生产的县妇联召开的妇女生产会上，我也见过了刘二娘和李桂兰。所以，我虽然没到刘家来过，但和刘家的人都已相识了。

首先看见我们进院的是刘德金，他抛掉手中的旱烟管，慌里慌张地从窗台上跳起来，一边招呼着我们，一边赶开了凑到我们眼前来的大白鹅。

"吃饭了吧！"刘德金用东北农民表示亲近的这样话跟我们打招呼，并且让我们进屋去。又因为我们是两位女同志，就招呼着李桂兰说："工作同志来了。"他跟在我们后面进了屋。刘老大娘也抛下了手中喂猪的家什，跟进屋里来了。

李桂兰忙着让我们坐，又张罗着给我们去烧开水，全家人出乎寻常的殷勤使我们不安。我们一面拦阻了李桂兰，一面向刘德金老大爷说："老大爷！你忙着吧！我们来跟刘老大娘说说话，一屯子人都说老大娘猪养的好，我们也来学学好经验。"

听了我们的话，刘德金仍旧走过去坐在窗台上，磨锄板的刘宝同在我们进屋的时候本来也站起来了，这时又低下头去磨锄板。李桂兰搬着碗筷到灶间去，刘大娘用围裙擦了擦手，拉我们到炕沿上坐了。

这短短的一瞬间谁也没说话，屋中的空气不调和，刘大娘虽然装着笑，笑却掩盖不了刚生过气的痕迹。

我们就想办法打破这沉默，同去的小李扯了扯我的衣角，向窗外一努嘴。小李在县里搞妇女福利工作，在这一带已经工作将近一年了，屯里的大事小事都知道的很清楚。我顺着她的指示向外看，刘二娘正从柴禾堆旁转回身来，两只眼睛哭得红红的。

由于小李的指示，我也料到这家里刚才发生纠纷的主要原因了。白天，小李和我谈过，刘二娘要嫁给县模范张殿财的弟弟张殿文，准备脱离刘德金的家。刘宝同也因为屯中跟自己一般大年纪的青年都参加了张殿财互助组，单单自己甩在组外头，一天到晚随着爹爹单干，生产没劲头，技术是老一套；不但赞成二婶娘嫁到张家去，更想索性趁着这个机会加入张殿财联组。

老头子刘德金在这情形下完全没有办法了，他所以不参加互助组，是依靠家里劳动力多，有车有马。过去自己出去赶车拉脚，家里剩下儿子、媳妇、弟妹、老婆在家里看家望门，这五垧来地收拾得挺好。每年秋天，既可以搞副业拉脚赚钱，地又荒不了。今年老婆子喂的两口肥猪再一卖，添点钱又可以换头大骡子了。眼瞧着家道一年比一年兴旺，省得掺杂在互助组里头事事得顾大家，不由自己。

刘大爷头一个如意算盘今年就打错了，在往年，张殿财联组用的是旧式农具，刘大爷一家人，拼死拼活地卖力气，总算跟联组的成绩差不多。今年，张殿财组里添了新式的马拉农具。三个马工，两个人工，一天就种了六垧麦子。刘大爷、儿子、媳妇满家人的力量都使上了，两垧小麦种了四天。这还不算数，张殿财组的麦子，行距整齐，株距相等，满地里出满了整整齐齐的小苗。刘大爷地里的小苗稀疏稀疏的，有的出了一簇，有的很远的地方没一棵。人力总不能跟机器比，刘大爷嘴里不说，心里头也觉着新农具好。再加上老婆、儿子一抱怨，老头心里更不是滋味。

张殿财联组，因为地种的早，春耕播种完成的也早，现在听说已经计划如何锄地了。

刘大爷总算对付着把自己的几垧地种完了，心里想着，在夏锄间，一家人再加把劲，绝不能叫地荒了。今年保着个好收成，明年也买套新农具，反正不能叫张殿财组比下去。

如今，弟妹要改嫁，儿子要参加互助组，老头子的指望完全落空了，哪能不着急生气呢？

这一切我们虽然都知道得清清楚楚，但，在刘家人没提出这个话题之前，我们自然是不便讲的。

小李很快地就跟刘老大娘谈起养猪的问题来了，而且谈的头头是道，富有养猪经验的刘老大娘反倒心神不属，说东忘西的。

我一面听着小李她们说话，一面留神着窗外。刘大爷先还听了听小李她们的话，听了一会，觉得小李绝不是有所为而来的时候，安心地叹了一口气，一个人踌躇了半天，终于到仓库房，提了桶草料，喂牲口去了。

刘德金一走，躲在柴禾垛旁边的刘二娘，用衣襟擦了擦眼睛，照直走进屋里来了。

刘二娘一进屋，就挨在小李身边坐下，地下蹲着的刘宝同，灶间洗碗的李桂兰、正跟小李说话的刘大娘，都把眼睛紧紧盯着刘二娘。李桂兰索性用围裙擦了擦手，假装着要给婆装旱烟，走到屋中来了。

空气跟着就紧张起来了，刘大娘接过来儿媳妇装好的烟，却不往嘴里送，只眼睁睁瞧着刘二娘。又瞧着小李。

刘二娘说："李同志，你说，我要嫁给张殿文，别人管我，行不行？"

没等小李说话，刘大娘抢着说："她二婶，没人管你，你愿意嫁谁就嫁谁。宝同她爹说：你到刘家这么多年了，大大小小都待你不错，你不应该甩手就走。他的意思，可不是管你，叫你不嫁人。"

刘二娘说："一家人待我不错，我知道，我这也不算甩手就走。我知道，咱刘家没参加互助组，每年我也顶一个人干，我走，家里少个做活的人。还有，土改我分的那几亩地，我嫁人就要带走，家里又在那几亩地上种了麦子，我带走了，家里少一份收成，大哥（指刘德金）也是心痛。"

显然，刘二娘这些话都说到这一家人的心上了。拦阻刘二娘嫁人的真正原因，也就是这些。但刘大娘却假装起不在乎的口吻说："你分的地嘛，毛主席给你的，你应该带走么！不过，她二婶，人得有良心呀！你吃了刘家这么多年的饭，你想想吧！"

这时，站在地下的刘宝同却忍不住插嘴了，她说："娘！良心不良心是另一回事，二婶走，爹不赞成，爹说不出理由来，你老又是这么良心长良心短的，到底怎么办，说清楚不就完了吗？"

刘老大娘借着这个机会跟儿子发起火来了，丈夫刚才把不痛快发泄在她身上，她又把不痛快向儿子倾泻起来了。

刘大娘说："你有本事跟你那个不通气（意思是脾气执拗）的爹说理去，你不用冲我嚷。我知道，你一天到晚惦记着互助，互助，恨不得一时把家拆了。"

刘宝同也引上火来了，他把手中的锄板摔在地上，一转身就冲出门去走了。

李桂兰过来拾锄板，没拿住，锄板二次摔在地上，刘大娘又冲儿媳妇嚷起来了。

"早也要学习！晚也要学习，把家拆了，你们自己出去过小日子去，就省得我们这老顽固管你们了。"

李桂兰说："娘，你跟我生气，我并没哼一声呀！"

小李在旁边，作好作歹把刘大娘劝住了。我们起身往外走，刘二娘要拉着我们，小李悄悄拉了她一下，她就放了手，我们就出来了。

我们刚刚到了屯供销社，刘二娘就追来了，小李好好安慰了她，叫她先回家去，不要再跟刘家人吵，她的事很快就会解决的。村里的干部们详细研究了刘家的事，刘老大爷其实并不是坏人，只是对翻身农民应该走的道路没认清，这两年，刘大爷没参加互助，吃的苦头也不少了。今年夏天，屯里的人都参加了互助组，刘大爷家里的地，忙铲忙割的时候，想叫个短工都没地方叫去。所以他特别怕刘二娘改嫁。第二、村供销社跟互助组订了合同，互助组的车要去给合作社拉脚，刘大爷没在互助组，自然没有他的份。他单车单人，拉大批的运销力量不够，小运销，因为供销社也都联合起来了，根本没有。刘宝同本来可以参加在互助组里的年轻人中间，夏锄农闲的时候，可以上山去伐木。但他家不在互助组，他也没法参加。这一来，刘家的收入就完全靠在庄稼上了，所以，刘二娘和她的地也就更使刘老大爷动心了。

当然，刘二娘的改嫁是完全应该的，村里的人要支持她，究竟怎样才能更好地解决这个问题呢？

能够扭转刘老大爷心意的，只有使他往前看，认识到使用机器的富裕的农村生活，他对眼前的这点损失也就会看得不那么重了。同时，要使他参加互助组，他能跟大家联合起来跑跑运销，儿子再去给林垦部伐木，今年的收入也不会少于往年了。

村上的人首先说通了刘宝同，刘宝同原来赞成二婶改嫁，但一触及家里的麦子，就有点动摇，但他到底进一步认清了什么是正确的。

同时，能因此说通爹爹参加互助组，他立刻就完全同意了。

刘大娘原是个老实的老太太，心地善良，这么些年随着刘德金过日子，她习惯地总是遵从他的主意。她一知道参加互助组有好处，可以使新机器种地，而且张殿文要跟刘二娘一块来帮她家忙，她也就心满意足了。

对刘德金，村里布置了一个小诉苦会，大家都讲述了过去作长工的苦处。讲说了今天再用长工怎么不对，讲述怎样大家在一块好作活。

这些，特别是互助组使用新式农具以后的事实，刘德金已经认识到再单干是没有前途了，他欣然听从了大家的意见，参加了互助组，允许刘二娘改嫁。

我们离开屯子那天，吃了张殿文的喜酒，刘老大爷单干的苦恼也结束了。

二　互助组中的问题

六月中，我们到了吉林省蛟河县五区的杜家屯。这个屯子，在吉林省的互助组中，是个比较有名的联组，联组长是蛟河县一等劳模冯长青。全屯七十九户，经常下地的男女劳动力就有一百廿名，全屯种了二百十三垧地（一垧十亩）。联组下分四个长年互助组，都有坚强的党员骨干作领导，或是党员与屯中积极分子组成领导核心。四个组都组织得很坚固，组员对"组织起来"的认识也比较高。

是不是在这样坚强的互助组里就没有问题了呢？当然不是，互助组只是小农生产方式的自愿结合，是建筑在小农私有土地的基础之上。

伴随着小生产者的私有关系，不可能，也不能不在社会化的组织道路中碰到障碍，引起纠纷。我们到冯长青联组的时候，冯长青联组中的骨干分子，正在寻求解决这些纠纷的办法。

纠纷是多种多样的，冯长青联组以往组织大家的办法：一、是干部吃亏。二、是在翻身后的农民爱国热情上，让他认识到为长远的利益不计较眼前的利益。当然，这两种办法在实践中都还不能算是理想的办法。第一个办法，干部一般觉悟高，为了搞好互助组，自己情愿累在头里，享受在后面。但干部家人常常不能理解这样行动，为此，常造成干部家庭中的隔阂。第二，农民的爱国热情，在拥军优属、出建勤、战勤这些爱国行动中，是很容易燃起的，因而解决了一些问题。但，在日常生活的细节上，事事都要他们抛开自己切身的利益，为集体着想，就比较困难了。所以说，教育农民是严重的问题。

在干部吃亏的例子中，有这样一件事：冯长青联组中第四大组的韩桂发，自己是共产党员，又是村公安委员，所以，在组中，无论什么事，他总是牺牲自己让群众满意。像锄地吧，大家都愿意抢着在雨前把地锄好，省得雨后，草比小苗长的快，锄地时，既费工，苗又受草欺。可是，韩桂发的互助组，一共种了四十多垧地，锄地的农时很短，尤其是锄第一遍地，总共也不过十来天的光景，大家都想把地锄的正合时分，根本不可能，势必得有人先锄或后锄。这时候，韩桂发的地总是等别人都锄完了才锄，结果，常常是一场雨下过去，草就把苗欺住了。到锄完了地，同样的庄稼，同样的一垧地。别人用四个工锄一垧，韩桂发的地就用了七个工。韩桂发自己不讲什么，老婆、儿子，特别是七十岁的老娘，都跟韩桂发唠叨费了工，到找工还工的时候，要把多用的工时折粮还给人家，老太太真是心痛。她逢人就诉苦说：

"咱家委员（韩是村公安委员，老太太一向这样称呼自己的儿子）尽顾大家，不顾自己，一样的地，我们总是多出换工的粮食，这样的干部再干两年，一定会穷下去的。"

在换工、找工、还工的其他细小问题上，也常发生纠纷。给军属代耕地，只要一提到解放军怎样帮助大家翻身，志愿军怎样在朝鲜前线打击美帝，代耕劳动中，谁多作谁少作，大家都不争执。都说："饮水思源，咱们农民的好日子是靠解放军和志愿军才得到的，咱们给军属耕地，不能没良心。"可是，一到组员彼此互助换工，给你家做多了，给我家做少了，在你家地里休息的时候长了，在他家地里休息的时候短了，常常闹得不欢而散。在锄地的质量上，到别人地里，磨洋工，好歹对付一下就算完事的事在组里也常出现，特别是当两人有了意见，这样的矛盾就表现得更加尖锐了。

冯长青联组中的各大组长，经常碰到这些难题。组长们把心拴在互助组上，也免不了这些纠纷的存在。冯长青他们这些先进的农民，在爱国主义教育的启发下，在接受了工人阶级的集体主义思想教育之下，就想：农民们的自私，主要是因为把自己的土地看得过重，用怎样一个方法，能使每个组员都关心到全组的土地，纠纷也就自然失掉根据了。冯长青和村党支书反复研究，结合在生产实践中碰到的难题，就创造了"包工制"。

"包工制"定质定量，把全组的土地，都根据常年的情况，定出标准工，再把这些标准工加在一起，由组长统一调配劳力。根据作物生长的情况，决定先锄或后锄。锄地时不分先后，不管地界，也不论你我。根据作物生长情况，大家一齐干。到锄完地结账，就按自己土地的标准工，往出找工或者往进找工。

这是个很好的创造，我们了解了冯长青组的这个创造之后，详细地作了分析。我们都认为，这是农民由不自觉到自觉的一种改善劳动组织的创造。我们立刻参加了这个新劳动组织的推动工作，都盼望看看这个创作在劳动实践中的效果。

冯长青联组的组长们因为我们的赞助，实行包工制的信心更大了。各大组都进行了酝酿讨论的工作。农民们就是这样，他不能理解不相信的事，你强迫他他也不肯作。可是一旦在他晓得这件事好，对他对国家都有很大利益的时候，他就坚定执着地担负起这个担子来。

包工制要定质定量，就要在事先把准备的工作作好，作好准备工作，要大家满意，就要充分发扬民主，实行等价自愿两利政策。

冯长青联组中的各组长在这样讨论标准工的会议上，那样热心地解答大家的疑问，那样反复地说明定标准工实行包工制的好处，汗珠一颗颗地往下流，擦也顾不得擦一把。听到组员明白了包工的好处，并且表示愿意实行的时候，组长们表现的快乐的感情真是动人。

这样反复讨论，反复解释，包工制体现为大家的行动了。我们这些人也卷在这个热烈的改革运动之中，分享了组员们的喜悦。

组员们一块到地里去锄地，冯长青的一组人都到组员唐山的地里去。唐山的大豆地，根据就在村口，地势平，垅头整齐。过去锄的仔细，公议锄一垧地五个工。唐山非常满意，全组人也都认为公平合理。挨着唐山的地是富永的地，种的也是大豆，地势已经有些偏坡了，垅头也比较短。草比唐山的地略多些，大家公议富永的地锄一垧用六个工。富永认为不多，大家也满意。这样，锄地时就都不问谁家的地了，对谁的地都一样看待，没一点儿偏心。锄地时只怕自己锄的不好，或是锄的慢，叫别人赶过去，在评劳动工分的时候够不上十分，组里是规定好劳动以十分工作为最高标准。

包工制实行了两天之后，屯中一片喜欢声，不论到谁家去，都听见他们在谈论包工制。我们到韩桂发的家里去，韩桂发的一家人正吃晚饭。饭是白米加小米的两米饭，这种饭，在旧社会里，给地主作长工的农民连过年时分都吃不到。但在现在，东北的农民已经把两米饭作为日常的主食了。菜是咸鸭蛋和小葱、小白菜。碧绿的小葱和嫩绿色的小白菜，一看，就引起旺盛的食欲。他们一家人吃的挺香。韩桂发吃饭时也带有他下地工作时的豪爽，大口吃葱，大口吃酱。一个咸蛋几筷子就挖空吃净了。老太太则吃得很仔细，把新鲜的菜叶撕成一小片一小片地放进嘴里去，咸鸭蛋每次总是用筷子夹那样一点。韩桂发的老婆说着自己年迈的婆婆，她说："妈！你牙口不好，多吃点咸蛋吧！我煮了不少，锅里还有呢。"她这样说着，却把自己面前摆着的，刚刚吃了一点点的咸蛋，推给自己十六岁的儿子韩仲礼。韩桂发的娘听了媳妇的话，一边说"我吃！我吃。"一边真的在咸蛋里挖了一点蛋白送到嘴里。可是随手就把只吃掉了一点点蛋白的蛋给了韩桂发。

我们之中的张同志笑着说："自己的娘疼自己的儿子。"说的全屋人都笑了。韩桂发把娘送过来的咸蛋又给老太太送过去。韩仲礼则早已把娘给的咸蛋吃光了。听张同志一说，这个年青的小伙子，脸立刻羞红了，抢着把碗中的残饭吃光，抓着自己的帽子，从敞开着的窗户就跳到外面去了。

一家人都相继放下了饭碗，韩桂发的老婆收拾好了碗筷，我们就跟老太太一起扯家常。老太太装起一袋旱烟，一定要叫儿媳妇拿过纸片来，请我们也都卷一点她的烟叶吸吸。她的烟叶是她自己精心培植，又经过细致的加工晒成的，烟叶是好，带着可爱的黄赭色。吸起来的时候，冒着很白的烟，真辣。我这样不习惯吸烟的人，立刻就被浓烟呛得咳嗽了。会吸烟的同志都一致称赞老太太的烟叶是好，只是烟力太强，吸多了就要头晕。

话题自然而然地就扯到"包工"上去了。老太太跟我说："女同志，人家都说搞聚体（指的是农业生产合作社，和集体农庄）是大家归大堆（大家归在一起的意思）。地亩归大堆，房屋归大堆，锅碗瓢盆都归堆，穿衣裳也都穿一样的。可是委员（指韩桂发）告诉我，咱们屯子的'包工'也是搞聚体，还说等大家心思都对头了，就先把土地入股，一块种。你说，到底那样才算聚体呢？毛主席告诉咱们往聚体走，倒是那条路对呢？"

我说："你老人家看走那条路对呀！"

老太太吸了一口烟，咂咂嘴唇，看了看儿子，又看了看大家，想了半天，她才说："我说，还是咱委员走的这条路好。大家伙一块锄地，这块地应当用几个工就出几个工，谁都没偏心眼，干活卖力气，干的好的多挣工分，干的不好的少挣工分，勤快的就多得，懒人就少得；地里多下工夫就多打粮，少下工夫就少收成，打下粮食还个人归个人，吃饭自家吃，愿意吃点好的，就吃点好的，不愿意吃，也可以把钱积攒起来，留着自己用。这样，又自由又方便。"

我说："吃饭自家吃是自由、是方便，你老人家说，干活一家人，一家人单干行不行呢？"

老太太嘀嘀嘀地笑起来了，她说："我的好同志，你把我还当老顽固呢！你当我还不明白互助组的好处呢。单干不行，一家人，就拿我家来讲吧，就委员他们爷俩个顶事，我老了，什么也干不了，我媳妇身体不好，力气也跟不上去。一到忙锄忙割忙种，爷俩个顾了这个，顾不了那个，年年总是作好作歹地把粮食凑合到家里来。一打互助，大家你帮我我帮你，庄稼种的及时，锄的及时，粮食也打多了，再说你家缺牲口，他家缺犁杖，大家一互助，难处都走过去了，单干可是不行。"

张同志说："人家都说你老人家不愿意委员互助，不愿意委员作干部，怕作干部做穷了。"

显然，这句话触了老太太的痛处，老太太激动起来了。她说："不错，那些话都是我说的，当干部，大家选上了，应该给大家尽力。可是，不能老叫我们一家人吃亏。一次没关系，两次没关系，三次也没关系，长年叫一家人吃亏，谁也受不了。毛主席叫咱们组织互助，不能就往一边互助，不能有吃亏有占便宜的。那就不叫互助了，那叫，那叫……"

韩桂发的老婆在旁边悄悄地说："那叫剥削。"老太太一拍手说："对，那叫剥削。"

这句话又引得全屋都笑了，韩桂发想阻止老太太再说下去，我们都不许他这样作，老太太看大家都注视着她，有些觉得窘了，她看定了韩桂发的脸，不敢再往下讲了。

张同志和我都说："你老人家讲吧！"老太太只是用眼瞧定儿子。

韩桂发说："你老人家讲吧！错了也没关系，同志们不是外人，都是帮助咱们的。"

老太太迟疑了一会，终于又说了，她说："依我看：一边吃亏，一边占便宜的事，就不算真正互助。真的互助，就得像现在这样。谁家的地该用几个工，就出几个工，谁也别拐着谁，干活时你卖力气，我就比你干的还好。大家的心拧成绳，我给你往好里干，你也不亏着我。越在一起干，大家得的好处越多，得的好处越多，互助的劲头也越大，这才叫互助。同志们说对不对？"

我们大家又都笑了，老张拍着手说："老太太，你说的话，咱们人民政府早就照着你老人家的意思写下来了，叫大家都这样办。那就是：'自愿两利，等价互助'。"

老太太当然听不清老张的话，但是她知道他说的是好话，她很困惑地笑着，脸上跟孩子一样地表露着天真的感情，她问媳妇："这个同志说什么。"

那个老实的媳妇也只笑着不说话。

韩桂发说："他说你老人家说的话对，两厢情愿，互不吃亏才是真互助。"

这次老太太朗声笑起来了，她说："先我想，毛主席告诉咱们互助，不能叫一家吃亏，委员这么一包工，我才明白，不是毛主席告诉咱们的话不对，是咱们没照着他老人家的话做，自己把互助的路走歪了。"

说完，老太太紧接着就问我："女同志，这样办，将来就不用归大堆了吧！"

我说："你老人家不用怕，什么时候也是自家吃饭，自家做衣裳穿，你老人家应该收的粮食，也归自家用。搞聚体，就是大家一块种地，把小块的地联成大片，将来好用机器种。"

老太太说："对！那样才是，那样才是。"

这时候，窗外由韩仲礼领头，聚了七八个小伙子，他们手里都拿着自做的胡琴，有两个小姑娘，还带着口琴，韩仲礼红着脸招手叫着韩桂发。

韩桂发出去了，我们也想告辞出来的时候，韩桂发又转身进来了，他说："张同志，年轻人知道你会拉胡琴，要请你教教他们拉。"韩桂发又向我说："姑娘们也要请你教教唱歌。"

随后韩桂发又向老陈说："我们这些人，也想请陈同志去给大家说说苏联的事，究竟怎样才是社会主义，咱们就知道好，还说不详细，你们工作同志知道的多，都想听你们讲讲哩！"

老陈说："要讲社会主义老张行，他讲的又清楚又好。"老张说："我要跟小伙子拉胡琴去了。还是你讲吧！"

韩仲礼这一群人本来已经把老张围上了，这时，韩仲礼说："张同志会讲'社会'，咱们先不拉胡琴，先听张同志讲'社会'，赞成不赞成？"

小伙子们一连声地说："赞成！赞成！'社会'闹的越清楚，走起来，越带劲。听！"

其中一个人嚷开了，"到那儿讲去呀！"

有人说："到联组长的院子去，那儿宽敞。"

大家就往冯长青的院子走。韩家老太太也追出来了，她也要去听讲"社会"，她问我："同志！那个同志说的什么价？"

她的话把我问楞着了，想了一会我才回过味来。我说："自愿两利，等价互助。"

老太太满意地笑了，嘴里重复地说："自愿两利，等价互助。"

三 农业生产合作社

我们到全国有名的劳动模范韩恩的农业生产合作社去了。韩恩的农业生产合作社，是由小型的插犋换工组发展起来的。现在全社有四十三垧土地，十八头健壮的骡马，廿头耕牛，全套新式马拉农具，一亿多元的公共财产。更要紧的是，全社社员都有较高的政治觉悟，已经充分体认到了组织起来的好处，能够运用批评和自我批评，过着大家都满意的民主生活。

这些成就自然是依靠了党的领导，和全体社员的努力，但和韩恩的好领导也是分不开的。我们到了那里，虽然韩恩到苏联参观去了，没在家，但，使人感到，就是韩恩不在，他也仍旧在每一件工作中表现了他的领导力量。

关于韩恩深入的领导方法，有下面几个非常动人的例子：社员叶金，是一个劳动能手，过去给地主扛了二十五年大活，一直连件新布褂子也穿不上，土改后，分了地翻了身，又加入了互助组，生活水平一天一天上升，就自然而然地想要成家，找个伴侣。经韩恩帮他托人介绍，跟邻村一个地主家的被虐待的童养媳结了婚，那位童养媳叫张淑兰，也是解放才逃脱了虎口，今年刚刚廿三岁，人生得满漂亮。在地主家，烧饭、推磨、挑水、打柴，没一样重活没干过，只是不会种地。叶金四十岁了，第一次得到了这样知痛知热的伴侣，真是高兴得不得了，生活过的比蜜还甜。

他们结婚的时候，正是冬闲，农家本来是坐在家里话家常的时候，叶金也趁着这个时机，快快乐乐地度过了蜜月。春天来了，地还没开冻，组里（那时候还是互助组）就开始送粪、整地了。叶金每年都第一个参加春耕劳动，这一年虽然也参加了紧张的春耕工作，只是在工作中，总是不那么起劲。离开家一过三个钟点，叶金就显得焦躁和不安，组里的土地都在南山下面，登南山坡，可以望见村中的每家住房。别人休息，叶金就跑到山坡上去，手遮在额前向村中张望，后来，更常常在工作中就丢下农具去山坡上往村里眺望。一起工作的人就向叶金打趣，有的说："叶金！你回家看看去吧！丢人家一个人在家，孤零零的，好没意思。"有的说："叶金，你四十岁了，人家才二十三，你这个大老粗，人家那样漂亮，你真有点配不上人家。"有的更恶作剧地说："叶金，昨儿我回家拿锄头去，看见有个廿多岁的小伙子在你们家门口站着，那个人是谁呀！"

这些，无非是出自爱开玩笑人的戏谑，可是，对叶金却变成负担了。之后，他尽可能地缩短在外面的工作时间，找机会，找藉口留在家里，像只温顺的猫一样，蜷伏在他年轻妻子的身边。

当然，这些，韩恩都知道得清清楚楚。韩恩很理解叶金的心情，他不但没批评他。相反，反倒比平常对他更加倚重，组里的事总是跟叶金商量，又暗地嘱咐骨干分子选叶金作临时的工作组长。一方面告诉自己劳动很好的妻子张素崑去动员叶金年轻的新媳妇参加田间劳动。

叶金自然而然地受到了自己在互助组中的重要性，韩恩这些倚重的措施，使得叶金不由得非常重视自己的工作，同时在劳动中获得了快乐。也正因为这样，工作和家庭就更形成了尖锐的冲突。每次叶金下地去工作，总是在一步三回头的情形下离开他那温暖的小巢的。

新媳妇在韩恩妻子的动员下同意参加田间劳动了。韩恩特地在他下地的第一天,分配给她这样的工作:叶金扶犁翻地,她替叶金牵马。

这是一件比较容易熟习,而又不太劳累的工作,要紧的是,她跟叶金一块,叶金可以耐心地教给她牵马的技术,省得跟别人一起,别人嫌她这个生手牵马牵的不合规矩,把地垅的行距跑歪了。

同时,这工作在叶金来讲,也是异常愉快的。他一面用满副精神照顾犁杖,一面细致地给他年青的妻子讲解马的性质,他一次一次丢下犁杖跑到马身边来,指示他的妻子怎样把马牵得恰恰合式。北满的春,温煦的太阳照着,春雪方溶的大地,透露着强烈的土地的芳香,这样一对快乐的农家夫妇,一个热心教,一个用心学,跟他们一起下地工作的组员们都为这动人的场面惊叹了。他们都说:"老韩真有一套。"

晚上,总结成绩,叶金从新婚之后,第一次做了使大家都满意的工作。组员们都夸奖他翻的地又深,垅头又直。

当然,新娘子也得到了她辛勤劳动应得的称赞,叶金喜气洋洋地跟他的妻说:"地里的工作不难,一学就会,我说不难就是不难。"

一直到现在,叶金一直保持社内第一劳动能手的光荣,他的年青的妻,不但掌握了整个田间操作技术,而且作了妇女小组长。

另一个例子,是关于社员刘作荣父子的:

刘作荣和他的父亲,都是保安屯(韩恩农业生产合作社所在地的村名)老住户,爷俩给地主侯国清作了两辈子长工了。父子俩同样是田间的劳动能手。不同的是,父亲一切相信命运,对地主残酷的剥削与压迫,逆来顺受,像牛一样地吃着草,却把牛奶供给地主,而不出一句怨言。儿子是烈性人，什么都要讲个道理，看见欺人太甚的事，就要伸手相助。父亲总怕儿子惹祸，处处防范，拘束着他。儿子说父亲是窝囊废（胆小，怕事的意思），给人骑着脖子，喘不出气来闷死，而不知是怎样死的，就处处躲避着父亲的拘束。这样，父子顶嘴，争论你是我非的习惯就根深蒂固地留在两人之间了，总是父亲说一句话，儿子听了不顺耳，儿子说一句话，父亲老不爱听。

解放后，分了土地翻了身，父子俩吵嘴的基础崩溃了，吵嘴的习惯却不能一时除掉，尤其在接受工人阶级的领导上，在克服小农经济向资本主义发展的趋势上，儿子总是比父亲先进，接受得快，儿子又觉得父亲顽固了。父子俩在一起工作的时候，常常因为芝麻大的一点小事，吵得大家不安。

韩恩就把刘作荣父子俩分在两个工作组里，经常不怎么接触，两组有时竞赛，儿子不愿意输给父亲，父亲也不愿意输给儿子，两人都各自成了本组中的工作组织者与鼓动者。父亲如果输给儿子，父亲就觉得儿子是好，能说能作。儿子要输给父亲，儿子也觉得老头子不简单，也有他一定的长处。父子俩无形中慢慢接近了。

还有韩恩帮助社员杨成学计划生活用费，使杨成学家里的生活水平迅速上升的事情。

杨成学、梁乃堂、迟殿文、韩恩，是保安屯最初的互助小组，当时几个人的家庭情况是一样的。土改后，除了所分到的土地和一些用残了的农具之外，任何东西都没有。就在这样"糠菜半年粮"的基础上，大家遵循着毛主席指示的组织起来的路线。一步一步由穷困走向了富裕。韩恩、梁乃堂、迟殿文，现在都够得上富裕中农的标准了。家里有马，有牛，还有胶皮轮大车；圈里有猪，架中有鸡，到冬天穿着里外三新的棉袄；生活过的很宽裕。杨成学的经济情况却上升的很慢，到现在，只有和别人伙买的半台胶皮轮大车，一头牛，连匹小马也没有买到手。

四人同样劳动，同样在互助组合作社里参加生产，同样分的土地，为什么单单杨成学一个人不能达到富裕中农的标准呢？

韩恩分析了他家的情况，发现杨成学所以不能达到富裕的原因，关键就在投入再生产的资金，比其他三家少。杨成学的收入大部分花费在日常生活上了。

杨成学家里的生活过的并不比其他三家奢侈，费钱就费在没计划，没有精打细算上了。

譬如像烧饭。杨成学一家五口人有三斤米足够吃了，杨成学老婆不问多少，只怕饭少了不够吃，一水瓢（圆胡芦一剥两半，用来盛水、盛米）就盛了足有五斤米，烧成饭当然吃不了。到下顿煮了新饭，陈饭就没人吃了，这样吃新饭丢陈饭，每天至少多费了两斤米，陈饭丢下来又只好喂猪。在杨成学来讲，因为粮食收成比以往多，觉得犯不着在"吃饭"上打小算盘，没在意这件小事。一天两斤，一月六十斤，一年就有七百多斤粮食浪费掉了，如果把这七百多斤计划好投入再生产，七百斤米的价值，一年之内，就按农业产量增加的例来讲，也可以达到一千斤。一年少一千斤，三年下来，三千斤的数目只多不少，就在杨成学不在乎的这一点小事上，漏掉他上升为富裕中农的资金了。

这样，韩恩就跟杨成学夫妇两人一块算细账，先指出杨成学家过日子浪费，杨家大嫂还不承认，她认为自己没吃大酒大肉，穿也穿的是粗布棉衣，实在说不出浪费来。后来韩恩指着杨大嫂的猪食槽子跟别人家比，叫杨大嫂细看，别人家的猪食是野菜和糠一块煮熟的糠糊，杨家的猪食是金黄的老玉米饭。杨家大嫂这才注意到，的确自己是浪费，人吃的饭，猪也吃了。

韩恩这样一启发，杨大嫂开始把生活作了全面检查，她发现，不但烧饭费米，在吃菜上，她也常常做的太多，特别是夏天，菜饭不能放时候，每天总把变酸了的菜倒给猪吃。另外在衣服上，在做鞋上，甚至在给孩子做双布鞋底，她也从来没有好好计算计算，怎样才能把衣服和鞋，作得又结实，又省布省钱。

经过了这样算细账，杨成学夫妇俩都知道自己家的大骡子大马都从这些不在意的小事中漏出去了。夫妇俩开始把日常生活的开支作了个通盘的计划，韩恩夫妇两人更经常到杨家来，问长问短，帮助杨大嫂桩桩样样打算盘。

到成立生产合作社的时候，杨成学经过了一年多的精打细算，已经添买了半台车，把牛卖了，添钱买了一匹骏马。生产合作社土地车马入股的时候，杨成学套了崭新的胶皮轮车去入股，他的欣喜心情是可以想见的。在我们和杨成学谈到韩恩的时候，杨成学说："老韩对我，真是义重如山，就是亲父子、亲兄弟也没有他那样关心我。连我们家过日子用的柴米油盐，他都替我们想的周周到到，就怕我有一点浪费，影响了日子过的不富裕。"

杨成学已经四十多岁了，在抗战时期，因为给山上隐藏的抗日民主联军带路，十六岁的大儿子被鬼子活活用枪刺挑死了。鬼子投降，国民党的新一军又把他十四岁的二儿子作为八路军的小探子，用皮鞭打得皮开肉绽，伤重而死。他自己给地主侯国清扛长活，廿年来没尝过白面馒头是什么滋味。现在身边只剩下一个十二岁的三儿，和八岁、六岁两个小姑娘。在过去，八岁的小姑娘一直连条棉裤都没有，现在还可以在屁股上、腿上找出结牢的冻疮疤。解放后的幸福，对杨成学来讲，真是说不出的珍贵。再加上韩恩这样子好的领导人，杨成学在梦中都嘟念着共产党的好处。社里面无论有什么号召，杨成学总是第一个响应。每逢社里有事开会的时候，他总是自动地村前村后去喊人。他喊着："都来哟！都来开会喽！男女老少都来哟！开会才能解决问题哟！"

社员们一听老杨在喊，就很快从家里跑到社中，来开会了。在对公众问题的处理上，韩恩也表现了他优秀的共产党员实事求是的工作态度。

有这样一个例子。社里去年留种的满仓金大豆籽，由社员崔海负责保存。崔海的妻子不知道那是单作留种用的大豆，就把这些豆籽和其他豆籽混在一起了。这件事，崔海本身并不知道。到春耕播种的时候，预先进行拌种，社内的技术委员梁乃堂一看，就发现豆种混杂了，马上就去找韩恩。社内是按计划时间来进行春耕的，几百斤大豆籽要再重新经过粒选，这样需人费工的工作必定得打破春耕的播种计划。同时，在社内，大豆粒选浸种，又都是在韩恩的积极倡导之下，跟保守思想作了尖锐的斗争，才得以付诸实行的新技术方法。耕作习惯一向粗放的东北农民，本来就不以这些新技术的施行为重。这样一来，就有人主张干脆这样种上完事，省得打烂春耕计划，也有的人本来平时跟崔海有些小过节，也趁此时机来打击崔海。在这样复杂的情况之中，在这样节气不等人的春耕播种期之内，韩恩依靠了党，依靠着社内的骨干，发动妇女日夜进行大豆籽粒选，一方面根据实际情况，把预定在大豆之后下种的玉米，提前下种，使大豆的下种期晚了几天，但并未打烂春耕通盘计划。一方面耐心对社员们进行了科学培育大豆的智识教育。

而且，一如大家所希望的，在大豆种完的那一天晚上，召开了社员大会，恰如其分地对崔海的失职进行了批评与自我批评，并根据大家的意见，给崔海以适当的惩罚。

韩恩社中的社员们，没有一个人不敬服韩恩的，我们在韩恩社里停留的日子，几乎没有一天不听见这样的对话，譬如两个社员相互之间有些小意见，彼此得不到一致，其中的一个人就说："等着吧！等老韩回来再说。"在论到合作社的时候，有人说："吃什么苦也不能让合作社垮了。合作社搞不好对不起党，更对不起老韩领导咱们的热心。"

就在这样巩固的思想基础之上，韩恩社的全体社员，跟小农经济对资产阶级的顽强依赖，一次又一次地进行斗争，在斗争的过程里，社和家都迅速地壮大起来了。

如今，土地入了股，车马入了股，生产资料已经属于这个小小的团体了，主要的矛盾已经不是个体经营和集体劳动之间的矛盾了，而是农民一揽子的操作方法和计划劳动之间的分歧了。春耕中，韩恩社出现了比较严重的窝工现象，很多工作，本来只用三五个人就可以完成了，结果去了十几个人，白白浪费了许多劳动力，也有的工作需要十个人，结果去了五个，因此延迟了工作完成的时间。

同时，成立合作社后，吸收了几户新社员，新社员集体劳动的习惯不够，对批评自我批评不能运用，也出现了偷懒耍奸的现象。

这些新问题，在蛟河县委工作组的帮助下，正在逐步克服，他们拟定了一种叫作短期分工分业的计划表，把十天内要做的工作，按日期，按工作性质写在表上。在工作之前由社内的理监事会，把十天的工作通盘计划停当，指定每个工作的临时工长。估计出这件工作需用的人力，按计划逐步进行。这办法实行之后，窝工的现象已经基本消灭了。但仍有因为社员请假，或因为有了突击工作，打烂了预定计划的情形。也有的工作预先估计的不精确，对社员们创造性的劳动能力估计不够，仍然有的工作窝了工。

就是这样，合作社的优越也已经明明白白清清楚楚地表现出来了。在种庄稼上，过去，地归私人，每家都是吃什么种什么，一垧地常常种三样或者四样庄稼，一小条谷子，一小条玉米，一小条豆子。社里的马拉播种机，给你家种二亩豆子，装的是你家的大豆种，跑了几趟，豆子种完了。就得把剩余的豆种倾出来，再装上他家要种的谷种。这样，来回倾倒机器中的种子，就不知浪费了多少宝贵的时间。

在因地制宜上来讲，像社员梁乃堂的地，种大豆最好，因为家里需要的是高粱和玉米，就不能不种高粱和玉米；又像社员张吉生的地，本来已经连种了三年大豆了，可是因为家里要用豆子、用豆饼，（用豆子可以跟油房换豆饼，又要用豆子交公粮）就不能不种大豆。这样连栽一样作物，对土地的剥削是非常严重的，庄稼也长不好。

成立了合作社，这些问题都解决了，地界一打开，马拉农具的威力充分发挥出来了，过去一天只能种一垧地，现在，一天就种了两垧，工作效力整整提高了一倍。同时，该种豆子的地，成大片地种上了豆子，该种高粱的地，也成大片地种上了高粱，再也没有掉不开槎口（就是连年种同样作物，不能更换作物，使地力得以恢复的意思）的顾虑了。

同样，在使粪肥上，也是一样。过去，地是每个人的，自家的粪总是往自己的地里担，常常有些人家的地因为连年施肥，已经不需要那么多的粪肥了。也有些人家因为能够投入再生产的资金少，根本粪肥准备的不够，地也只好饿着。成立了合作社，因地施肥，每块地都得到了必需的养分，这样，庄稼就自然而然地长得茂盛肥美。

在配合国家的工业原料计划上，合作社也表现了互助组不能比的优越。韩恩社为国家种了树苗，为国家种了葵花子，更为国家种了优良的大豆。

在生活上，分工分业，专活专负，扶犁的扶犁，管农具的管农具，喂马的喂马，放牛的放牛，下地操作的社员，再也用不着半夜三更地还爬起来喂马，喂马的社员也不用在喂了一夜马之后，白天还得下地生产了。也正因为这样分工分业，社员彼此之间的关系也更加密切，不再是一个人就可以独立地完成整个的生产过程，生活陷在那种散漫的个人主义的气氛之中了。

有了这样的生产关系与生产方式，社员们对工人阶级的生活与思想表现了无限的关心。他们当然都已经很明确地知道，他们是正向社会主义走，社里也计划着在三年之内，和邻近的两个村庄合并，并成为一个集体农庄。但究竟怎样才是社会主义，社会主义得怎样才能来到，城市里的工人不种地，不打粮食，一天就在机器旁边一站，为什么他们来领导农民，而不是农民来领导他们，对这些问题，还有许多人搅不清。社员们一看见我们，就拉过去要求讲讲这样的问题。

有一位老方太太，夫妇两人都五十往外了，是韩恩的姊姊，原来在山沟里住。今年春天，韩恩社成立的时候，才由遥远的山沟搬到韩恩这儿来的。

有一天，大家一块闲谈，我就问老方太太，我说："老方大娘，你老为什么不在老家住了呀！"

老方太太说："早晚咱们都得进社会（指社会主义），模范（指韩恩）走的快，先进社会，我们来投靠他，好早一天赶到社会去。"

我说："你老人家想早一天到社会，社会到底怎样好呢？"

老方太太说："我们老两口子，是老绝户（没儿没女的意思），到老了，不能劳动的时候，没儿子养活就得饿死。都说，到了社会就好了，人老了，不能劳动的时候，国家就养你老，病了有人给看病，自己动不了手，也有人给吃给喝。这么，谁不往社会走呢？"

我说："对呀！在社会主义社会里，对老人家是有照顾的，新国家对待老人，真比旧社会里儿子待老人还亲。你老知道国家养育老人们的那笔钱从那儿来的吗？"

老方太太说："知道，区上的李同志早给讲清楚了，从前，咱们给大肚子地主扛活，累死累活种的庄稼都叫他们糟蹋了。现在咱们为自己劳动，咱们粮食打的越多，国家就越富。咱们好好劳动，到老就让咱们舒舒服服地活到死。这是咱们劳动应该得到的好处。"

这位在闭塞的山沟里活了五十二年的老农妇，把社会主义的农民生活，形容得这样彻底、正确，我真的被震惊了。反动政府的喉舌，那些自以为满腹经纶的大人学者们，把中国的农民列为最愚笨的人种之一，甚至于把农民叫做会喘气的木偶。其实愚蠢无知的却正是他们自己。我们辛劳的农民，在政治上一旦获得解放，文化上的蒙昧一旦被解除，在工人阶级思想的教育之下，他们理解到的真理，他们对社会的正确的看法，比反动政府豢养的大学教授还清晰明确。

老方太太在韩恩社里参加一切田间劳动，虽说五十多岁了，做起工来，好小伙子挣十分工，她也能挣八分工。方老头在社中负责喂马，是一个异常沉默的老人，整天整天听不见他说一句话。

我问他："方大爷，你老人家说'社会'好不好？"他只简单地说："好。"

我就再问："究竟怎样好呢？"

他想了一想说："像我这样的老头子，干重活，力气不够，在我们山沟里，就只好要饭吃了。可是在社里，我喂马大家照样给我工粮，我说社会就是好，老的有老人的活，年轻的有年轻人的活。就是好。"

我又问："这好打那儿来的呢？"

他等了半天才说："你们有学问的人比我知道的多！"说完等了一会又说："这都是共产党来了。"

他抽起了旱烟管，再也不说什么了，一会，浓白的烟雾就把他包围了。

我从社里其他的人了解，老方头原有两个儿子，都被鬼子要劳工抓走了，自己辛劳的积蓄也因为给儿子赎身，被汉奸腿子抢骗干净了。老头子从那时候起，就像哑巴一样的一句话也不说。刚到社里来的时候，大家都以为他是哑巴，现在已经好多了。

韩恩社准备了大批木料，准备在今年秋收之后，把现在的草房一律改为瓦房。并且计划从五里外的新站镇，拉电线到保安屯来。那时候，又住新房子又点电灯。

为了将来的集体农庄，他们把得力的社员叶金分到邻村去搞了一个小型的合作社，对叶金的合作社，经常给予人力与物资的帮助。作为搞集体农庄的据点，对其他邻村的互助组织，除了用社本身的优越给他们影响之外，更在经济上，给予他们以补助。邻居的互助组长们，都这样说：有事去找韩恩，准能解决。

目前，合作社最大的困难，是缺乏技术人员。土地加工，使用新农具，提高农业技术，可是农业技术员没有。合作社里分工细致，工作繁复，会计、统计人员没有。生活条件提高，讲求卫生，卫生工作人员没有。大家迫切要求学习文化，文化教员也没有。农忙托儿所，想请一位能唱歌能舞蹈，能给小孩子们讲讲苏联故事的保姆也没有。

这些困难依旧没有吓住我们昂首前进、精神饱满的社员，他们多方面寻求着解决的办法。把社员子弟中的优秀者，分别送出去学文化、学技术、学卫生。同时，社员自己正以对待地主那样大无畏的精神在学习。

社副主任迟殿文说："三年之后，我们有自己的会计、统计、技术员、大夫，还有自己的拖拉机手。"你听，多么令人兴奋的计划。

现在，有几位负责的社员，都已经有了小学三年以上的文化程度了，那位年过五十的计划委员牛德芳，在蛟河县委工作组同志的帮助之下，很快就学会了全社社员的名字和姓。学会了庄稼的名称，学会了农时、农具的名称，能够运用自如地在工账上，记下各种各样的田间工作和劳动者的人名了。

韩恩社社员的每一家墙上都贴着这样的一条口号，"响应政府号召，要车有车，要马有马，要人有人，要钱有钱，什么时候要，什么时候到。"

有车、有马、有人、有钱，一般互助组还能勉强跟他们比一比。什么时候要，什么时候到，这句话就不是那样容易办到的了，要不是土地归了合作社，一切实行了分工分业，谁有那样大的魄力，能够随时丢下正在培育的庄稼到国家需要的地方去呢？韩恩社中的社员们，常常唱着这样的一首小歌子，"分工分业搞的好，报国为家两不误。"

哈尔滨鲁迅艺术学院、东北人民艺术剧院，去了六七十个同志到韩恩社里去学习，去体验生活，东北人民艺术剧院根据社员们自己的意思，替他们谱了社歌，歌词正代表了社员饱满的生产热情，歌词是这样的：

> 我们是保安屯的新农民，
> 大家打开了旧脑筋，成立了生产合作社，
> 韩恩是我们的领导人。
> 只因为互助组办的好，合作社的根基扎的深，
> 分散的土地连成了片，各家的骡马合成了群，
> 我们有力量，我们有信心。
> 朝向集体农庄，走向社会主义，大步向前进。

这是第一节，第二节叙述在大片的土地上生长着茂盛的庄稼，社员们在忘我的劳动等等，这只歌连刚刚会说话的小孩子也会哼了，随时随地都可以听见有人在唱着这只歌。

当我们结束了工作，离开韩恩社的时候，十七岁的小社员，青年团员牛桂芝送着我们，一边谆谆嘱咐我不要忘了替她办理投考国立机耕学校的手续，一边用这只歌代替了惜别的语言。

我们背着行李，走出好远，还听得见牛桂芝清脆的歌声。我们是保安屯的新农民，大家打开了旧脑筋……

四 两个集体农庄

（一）星火集体农庄

从吉林到佳木斯，火车在宽阔的北满草原上奔驰着，我们要到星火集体农庄去作客，对这个"农庄"，在文字上我们已经知道得太多了，很久就向往着跟农庄里的新农民作朋友，分享他们美满生活所给予的快乐。

从单干户到集体农庄，从两千年前遗留下来的木耙笨犁到拖拉翻地机，从用人拉犁，用小毛驴、牛、马拉犁，一直到用内燃机操纵犁头，农民的生活，经历了怎样巨大的变化啊！

同样在肥沃的北满平原上，我看见了各种类型的农民，不管他们使用着原始的或是近代的操作工具，因为有了新民主主义政权，因为有了土地改革，更要紧的，因为有了把政策化成实际行动，指引他们前进的工人阶级的党，那怕今天他还是用他的双肩，把腰弯成弓形，汗像泛滥的水一样在脸上滚着，拉着简陋的犁头，用着祖先一直使用着的耕作方法，耕种那一小块土地，明天他就有可能坐在拖拉机上，哼着愉快的歌子使辽阔的土地来为他生长肥硕的庄稼了。我们优越的社会制度，把我们前进的过程缩短了，昨天的奴隶，今天作了主人，再也没有比这样巨大的幸福，更使人愉快了。在火车上，我们旅行团的每一个人，都从不同的角度谈论着奇迹一样的现实生活，生在光荣的毛泽东时代的幸福，深深地浸润着我们。

到"星火"，已经傍晚了，从玻璃窗透出来的电灯光，照亮了屋外的道路。一瞬间，我觉得好像回到了城市一样。离开都市五十天了，除了在火车站和火车中，每天夜里，看见的都是豆油灯、麻油灯，最亮的，也只能是带罩的煤油灯。可是现在，在普通的农民家里，我看见的是电灯，亮得连屋外的道路都照亮了的电灯，这怎么能不叫人感到意外的惊喜呢！

我不由自主地说："好亮！"

走在我身边的，我们小矮个子的团长，立刻理解了我这句简单语言里面包含的复杂感情，他也意味深长地说："集体农庄么！"

农庄的庄员们，用热烈的感情欢迎了我们这群不速之客。而且，很快地为我们准备了丰美的晚餐。珍珠一样的白米饭，有松花江产的白鱼，有大个的咸鸡蛋，还有在暖洞子里培育出的碧绿的小葱和黄瓜。

晚饭吃得这样香，我有回到家里一样舒适的感觉。吃过晚饭，我们被安顿在不同的庄员家里住宿。我被指定住在庄员慎自成的家里，慎自成的年轻的妻特意给我从柜架上，拿下一条黄地大红花的被子来。被子用雪白的细布做了一个外罩，罩的边缘上，镶着白色的纱花边，这样考究的被子，我曾在北京百货公司的橱窗中看到过，但现在，在五年前还是一片荒草的北大荒，在这样一个普通农民的家里，我又看到了。另外，再也用不着语言的描述了，这条被子，已经充分显示了庄员们富裕的生活，显示了庄员们的艺术修养，显示了庄员们对工作人员的敬重与关心。

慎自成的妻，看见我注视着这条被子，就说："小鬼子投降的时候，我住在佳木斯的妹妹，得到了这样一条罩着白罩的被子。我们姊妹几个，加上我们的街房邻居，都说咱们祖祖辈辈也没看见过被子还能这样做，做得这样干净好看，不要说盖着它睡觉，就是用手摸摸，也怕给摸脏了。"当慎自成的妻把这件事跟慎自成提起的时候，他说："那算什么，小鬼子那条被，还不是咱们一滴血、一滴汗给他换来的。现在，苏联红军帮助咱们战败鬼子，咱们自己当家作主，也作一条盖盖。"

是呀！劳动人民当家作主，生活过得好，谁有权利禁止她们做一条好看的被子盖盖呢？

我把那条好看的被子还给慎自成的妻，打开了自己简单的行李，慎自成的妻，着急地说：

"同志！怎么不盖呢？我们做了就是为客人来盖的，没关系，我不心痛，不怕盖脏。"

我说："我知道你的好意，不是怕给你盖脏了，我自己带被子来了。"

慎自成的妻看了看我，没再说什么。

夜里，我正觉得自己的一条薄被不耐北满春寒的时候，我觉得，谁又替我加了一条被，旅途的疲乏促使我很快地又睡熟了。

天亮醒来的时候，我看见那条黄地红花的被子盖在我的被子上面，正在地中央站着洗脸的慎自成的妻，瞧着我笑了。

这一天开始，我们跟农庄的庄员们生活在一起了。

我们在农庄里只能停留一个很短的时间，当主席金白山知道我们住的日期短，而又渴望知道农庄的每一件事情，要为农庄丰富多样的生活拍摄照片的时候，它显示了优越的概括的组织力量。为我们安排了工作日程，在他的指引下，我们看到了农庄的优越的特点。看见了在农庄这样的组织方式上，农民怎样成长为具有社会主义道德品质的新农民。

农庄的作物，主要的是水稻，水稻又正是紧张的播种期，他们的播种，采用先进的"水条播"和"旱直播"，播种用机器，除了从外面买来的条播机之外，他们自己还创造了一架条播机。这架自做的条播机，比买来的条播机效率还高，由一个人操纵，每天就可以播种廿多亩，比手播快了十多倍，我们为这架条播机照了好几张播种的照片。

农庄播种、除草、脱谷、制米都已初步脱离了笨重的体力劳动。为了我们要照像，有几个庄员开动了春耕时间不用的脱谷、除草和制米的机器。像真正在脱谷、在除草、在制米一样地进行了劳动。为了使照片完全切合实际，他们从仓库中搬出来米和稻谷，从马棚中扛出来成捆的稻草，帮助我们把照片照得更充实美丽。

他们计划在"七一"的时候，全庄开庆祝党生日的大会，年轻的姑娘和小伙子们，为"七一"的庆祝晚会预备了丰富的文娱节目。我们很想看一看他们的大会，他们并且预备在"七一"的上午，开全体庄员大会。但是我们却不能不按预定的计划离开这儿。等到"七一"，我们整个旅程的计划就要打乱了，而且过了"七一"再赶到别地方去的时候，别地方的夏锄农时也就过去了。

我们并没有把这件事跟农庄主席讲，但主席在我们自己人的互相谈话中，知道了这一点。就在我们要离开"星火"的那一天晚上，我们正诧异家家都比每天早一点钟吃了晚饭的时候，一个小姑娘来请我们去赴会，赴的什么"会"呢，问她，她只笑着摇着头。

我们去了，在农庄管委会房前的空场上，布置了小小的会场，在北面房檐的下面，垂着雪白的幕布，布上挂着领袖像和国旗，领袖像用彩色的纸练子装饰着，国旗的两旁，挂着两个红纱灯。

一队"红领巾"，请我们坐在席地放置的木板上，立刻主席和穿着色彩缤纷的新衣裳的庄员们，三三两两地都来了。

主席宣布开会，说明今年的播种，因为庄员们创造性的劳动，又将超过预定计划，特意开这样的小会，来总结经验，也因为大家紧张地劳动了这么多日子，"红领巾"们愿意给大家演些文艺节目，同时，东北农影的电影队来演电影，今天又恰逢星期六，希望大家像城里人一样，快快乐乐地过一个周末的晚上。

"红领巾"用嘹亮的歌声唱起来少年儿童的歌子，随即演出了快板和顺口溜，一个快板是鄙视杜鲁门在和平谈判中，一拖再拖的丑像的，那个说快板的孩子，用种种无可奈何的狼狈相形容杜鲁门，大家都说表演得好；之后，许多庄员们站起来，跳着他们在丰收日子跳的舞蹈，一个孩子说："用我们的丰收，气死杜鲁门。"孩子们把大家心里的话都说出来了。

我们照了很多照片，主席提前把七一欢愉的景象表现给我们了。

第二天，我们离开了星火，这真是一段使人难以忘怀的日子，向庄员们告别的时候，我们为了打搅了他们的劳动，向他们致谢。慎自成说："不用谢，这是我们的义务，我们应该把我们今天的幸福告诉给全国的农民弟兄，叫他们组织集体农庄，教给他们用机器种地，叫他们走组织起来的道路过好日子，我们盼望你们把我们的照片带到全国去，显示给大家看，只要好好劳动，幸福就在眼前。"

向车站行进的时候，一位同志不断地说："星星之火，可以燎原。星星之火，可以燎原。"

这位同志的话是对的，在星火集体农庄这样好榜样的领头与带动之下，集体农庄将逐渐出现在祖国的每一片原野上，到那时候，星火就成为农庄中的火炬了。

（二）前进集体农庄

没到辽西开原，前三台子村的前进集体农庄去之前，我们在开原县委会里，了解前进集体农庄的情况。县委会的同志告诉我们，"前进"是在政府救灾的基础上成立起来的，庄员百分之八十是由个体农民一跃而成为庄员的，没有组织起来的生活经验，一般的思想情况复杂，因此管理是件复杂细致的工作。公共资产也大部分是政府贷给的，你们只去看看，社会化的集体组织的力量吧！

我们到开原，已经是下午六点钟了，从开原到前三台子村，还有廿二里路，路上要经过老开原城，夏天天长，估计在天黑之前，我们还能到达前三台子村，我们就放弃在开原过夜的计划，徒步向前三台子村走下来了。

从新开原到老开原，本来有搭客马车可以坐，但因为时间已经比较晚了，马车都收车回家去了。

老开原是个老城，据说有三百年以上的历史，城中随处可以看见从前的封建统治者的公馆和衙门。十字街头，还有四角玲珑的钟楼。房子百分之九十五是四合瓦房，街道窄窄的，一家镇守使门前的上马石，占了全街宽度的三分之一。我们从南门进城，出西门才能到前三台子村，正路过那家镇守使府，那家镇守使府已经改成了小学校，一群孩子和先生正在设法移开那块庞大的上马石。孩子吆喝着，互相鼓励着，总不能使那块大石头移动。我们互相商量一下，正预备去助他们一臂之力的时候，从南门那面，来了五辆四挂马的胶皮轮车，车上满满地载着豆饼和面粉，每车上都有两个人，赶车的人和车上的人一看见这一情形，第一辆车上的车夫和车上的人立刻跳下来协助，后面的四辆车也都止住了马，八个人都跑过来了，其中有两个车夫并且抽下来车上的短木棍前来帮忙。

加上了这样生龙活虎的十位小伙子，我们几十个人，一声吆喝，石头便被我们掀到大门的左侧面去了。

这五辆车，原来就是前进集体农庄的车，他们正从县供销社拉了豆饼和粮食回来。

当然，我们被允许坐在车子上了。迎着六月的晚风，五辆车排成一串，顺着平坦的公路，向前三台子跑起来了。

太阳已经完全落到地平线下去了，青色的暮霭罩着整个大地，地里的玉米、高粱已经有二尺来高了，绿色的叶子哗啦啦地响着。前面是无际的大地，"前进"的胶皮车，每匹马的鞍辔上都装着小小的铜铃，马跑起来，真的是銮铃响亮。加上马的嘶声，加上车夫的喝马声，有那样一种令人兴奋的感觉。我无端想起来旧武侠小说中的镖客，保着一只镖，押着装着珠宝的大车，在烟尘滚滚的大路上前进，那种情况也不过如此吧！但是内容又是怎样的不同了啊！那位保镖爷台，维护的是剥削者的赃贿。而这些车夫，却正在输运着自己一份的肥料和粮食，旧小说中的镖客，就是再骁勇，也要时时提防着对手。而现在的车夫却是如何地安心呀！他们唱着歌，也互相戏谑着，肥壮的马，拉着载重六千斤的车，像疾风一样地奔驰着，看！他们就是过去被压在封建大山下的一伙儿。

赶车的庄员知道我们是北京的来客，就跟我谈着庄中的一切事情，他们对自己的农庄，表现了无限的满意。

路上有几个回家的前三台子村庄的农民，也搭坐在车上，有一位头发都白了的老大爷跟我说："除了'聚体爷（指农庄），谁也拴不起这样的好车，这几匹大骡子真是百里挑一。"

到了农庄，正逢农庄里的管委会（管理委员会），在开会讨论布置工作，我们立刻被允许参加了。管委会是由主席、审计、会计、统计、农业、副业、技术等委员组成，掌管全庄中的一切事情。管委会下分四大工作队，三个农田大队和一个园田大队，全庄共有田地一百八十四垧，种了四分之三的大田作物，和四分之一的菜蔬。农庄的地址，距开原城很近，开原又是中长铁路的一大货物集散地，所以，农庄种的蔬菜，不但可以供给开原城内消费，还可以装上火车运送到其他大都市中去。

管委会讨论布置的工作，是计划在繁忙的夏锄中，怎样发挥庄员们的积极性，把工作不但按计划完成，而且超过预定计划。各工作大队之间，已经展开了队与队之间的挑战竞赛，管委会预定把挑战竞赛推动到组与组、和人与人之间去。这样自下而上挑战竞赛，再自上而下检查督促，促使计划更加周密地完成。

为了公平合理，为了不埋没个人创造性的劳动才能，农庄中的管委会，采纳了庄员们的意见，把农庄中的一切工作分为不同的等级，再根据等级规定劳动数量和劳动质量。按等级与数量的标准，计算劳动日。再按工作质量，由工作小组民主评定庄员劳动工分。工作一共分了五级，比较吃力和需要一些技术的工作，就定为一级工，像作土坯（盖房子用，把土和蔴刀，麦秸等混合，再用木框做成。）修整马拉农具，做简单的木工，拔小麦，起大蒜头等这些就定为一级工。耕地，砌墙，驾驶胶皮车，就定为二级工。锄地，浇田地等就定为三级工等等。

管委会把人与人、组与组的计划跟特地召集来开会的工作队长谈了之后，大队长们都保证马上就在队中酝酿推行，就在这样热烈响应管委会的号召中散会了。

第二天，因为在管委会的办公室里了解了些去年庄员们遭受水灾的情况，到我们赶到田地里去的时候，人与人、组与组的竞赛已经及时展开了。

农庄中共有九十七户人家，共有人口三百九十八人。就在六月十五日的这一天中，同时进行下列不同的工作。第一农田队在高粱，谷子地里锄草，其中又分新式农具与旧农具等六个工作组。第二农田队在麦田中去杂去劣，并且捕捉行军虫。第三农田队一部分运粪，割青草沤绿肥，一部分在修筑马棚，盖仓库。园田队一部分收拾马铃薯地，栽种小白菜，全庄的女庄员突击拔蒜毫，因为农庄跟供销社定了供应蒜毫的合同，今天要送两万斤蒜毫到供销社去，供销社装火车往沈阳运。我们几个人也分了工，到各个不同工作现场去参加劳动，我被指定到女社员们拔蒜毫的大蒜地里来了。

一望无际的蒜地，长满了碧绿的蒜毫，为了地中的蒜头长的又大又好，就要拔除蒜的地上茎——蒜毫。为了吃又嫩又好的蒜毫，也不能允许蒜毫在地里长老。这件工作本身的时限就短，又逢上农庄跟供销社有合同，管委会就规定为突击工作，调配了全庄的女劳动力，一齐来动手。

女庄员们都穿着苏联花布的褂子和衬衫，一共有七十四个人，在碧绿的蒜毫的衬托下，越显得那些花衣裳五彩缤纷。女庄员们有的戴着草帽，有的系着白手巾，个个精神饱满，非常愉快。我立刻参加了他们的工作队，看起来这件工作不难，做起来可并不简单，我也学着他们工作的样子，拉着蒜毫的顶尖向外拔，她们一拔一整根，我往上一拉，蒜毫却断成两截了，手里一半，地里一半，等我分开蒜叶，再把断了的那半截拔出来之后，跟我并肩前进的人已经离我有两尺远了，而且已经拔了廿几根蒜毫，把那一束蒜毫挽在一起，搭在肩膀上，又开始拔第二束了。

蒜地旁边有组长在过秤，拔蒜的庄员每拔到相当的数量，就交给过秤的人，秤好了，是三斤，是五斤，记在每个人的名字下面。

管委会规定的拔蒜毫质量与数量，是要求一根不断，每人每日拔二百斤为标准工（十分），拔不足二百斤，或质量不好（拉断了），按比例减少工分。多劳则多得。

二百斤蒜毫，真是个不小的数目字，她们已经在来到蒜地之前，互相提出来挑战。有两个十六岁的小姑娘，互相约定以一百六十斤作竞赛标准，这是突击队中最低的竞赛数字。女庄员区劳动模范秦桂兰和女庄员村妇女主任王淑琴两人的竞赛条件，是最低不得低于二百四十斤。

拔了五分钟，我就感觉到我在这群兴致勃勃的女同志之间，不但不能帮助她们工作，反而成为她们工作的阻碍。我也占据了一条垅，拔蒜的人从我后面赶过了我时，要把我让过去，这一让，就耽误她少拔四根到五根蒜毫。在我身边的人，看我拔的太笨，就自动停下自己的工作来帮我，这样一指导我，自然耽误了她的工作。我左瞧右瞧，看见组长在那儿过秤记账，一个人忙得满头大汗，常常是王淑琴送来的蒜毫没有秤完，秦桂兰拔的又送过来了。我找到最适宜我作的工作了。我跑到组长身边去，接过她的工账，替她记账。我们两人一分工，秤蒜的速度和拔蒜的速度正好配合。我也有机会认清了每个女庄员的面貌，女庄员在组长过了秤后，就自动告诉我："同志，我叫张翠兰，给我记上六斤。"

随着她们工作的进行，我也立刻卷在热烈的竞赛之中了。组长一边过秤一边问我："李琴比张又兰多了吧？"或是"秦桂兰比王淑琴多了吧？"听我向她说明张又兰的记录最高时，她说："小榛子（指秦桂兰）要叫人家比下去了。"

很快地女庄员们就跟我搞熟了，她们拍着我的肩膀，看我记账，秦桂兰说："你们有文化的人就应记记账，写写字，咱们这样在田间长大的，做地里活才有劲。这就叫着合理分工。"

吃过午饭，拔蒜毫工作继续进行，太阳将要偏西，也不过下午四点钟的样子，拔两万斤蒜毫的任务就完成了，跟管委会联系的结果，蒜毫仍可继续拔，供销社最低收接两万斤，超额也可以，大家就又接续拔下来了。

到七点钟收工，一共拔了两万四千斤，一般都达到了拔够二百斤的标准，只有几个十五六岁的小姑娘例外。超过二百斤的有八个人。秦桂兰的记录最高，共拔二百四十六斤，超过了她的竞赛条件。

我们在农庄主席李忠堂家里吃晚饭，饭是东北农民，特别是南满农民最爱吃的高粱米饭，油煎小鲫鱼，小白菜汤。吃饭之间，李忠堂给我们讲述了这一带过去受水灾的情形。这一带，正是水灾最严重的地区，连一人多高的高粱都淹没顶了。这一带农民，家家的庄稼颗粒未收，大水过后，比较坚固的房子算是留下来了，差一点的房子都被水淹得东倒西歪，很多人家的暖炕都叫水泡成一滩泥了。

李忠堂那时在开原县六区工作，"前进"农庄在十区。他接受了政府的命令，到十区来搞救灾工作，当时的情形很混乱，灾民的生产情绪很低，政府一方面大力救灾，一方面多方面鼓励组织灾民生产自救。

"前进"就是在这样的基础上成立的。为了更好地克服灾荒留下的苦难，在政府贷给的百分之八十生产资料的根基上，把这个灾区的惟一的互助组和许多单干农民，都组织在集体农庄之内。组织形式是社会主义的集体农庄，庄员们的思想情况却是参差不齐。想把这个农庄办好，除了严密的管理制度，多方面发挥庄员的劳动积极性，使得他们由具体事实中体认到农庄的优越之外，必定要加强领导。只有好的领导，才能把这个思想基础混乱、经济基础薄弱的农庄领到健全富庶的大路上去。

也就因为这样，十区的区委书记李忠堂，现在是前进集体农庄的主席了。

这真是一件非常艰巨的工作。今天的农庄，一切是这样井井有条，庄员们劳动的热情这样高，李忠堂在这里面下的苦心可想而知。当我们问到李忠堂的工作的时候，他笑了，他说："就拿我的爱人来说吧，我们住在十区的时候，她也算得是妇女同志中的积极分子。到了六区，跟灾民一块喝稀粥，吃掺着米糠的玉米面饼子，成立了集体农庄之后，庄员们的守旧，保守的思想处处拖后腿，新制度订定了不能实行，她都动摇了，还想回十区去呢。"

那天晚上，开原县妇联的同志，到农庄里来了解女庄员们参加生产上的困难，我们被邀参加。女庄员们一般都从现在正大量收获的菜蔬中，分配到了生活补助费，她们的衣裳、家具都叫大水冲跑了，县供销社贷给她们苏联花布，所以，在农庄的菜园中，我看见了那些五彩缤纷的衣裳。

妇联同志计划帮助农庄改善目前的托儿小组，再扩大女同志参加田间劳动的数字，农庄完全按劳动分配生产果实，身体能够得上标准，能担承起田间劳动的，都已改变了被灾后的困苦面貌。这一事实，促使所有的女同志都要求参加田间劳动，除了托儿工作之外。现在最缺乏的是鞋子，女庄员们都要求县妇联的同志请县供销社贷给她们胶皮鞋。在我想，自己做布鞋，总比胶皮鞋便宜，一双胶鞋，最低要三万元以上，做布鞋、鞋面、鞋底、麻绳等计算在内，总共也不过一万元的光景。划算起来，一双胶鞋换三双布鞋，还是布鞋合算。我就把这个问题跟秦桂兰谈，秦桂兰说：

"听起来胶鞋是比布鞋贵，细算起来，布鞋比胶鞋贵。一双布鞋，像我们这样整天价泥里来，水里去，鞋底子很容易被水泡烂，顶结实的布鞋也就穿上个把月。胶鞋就不同，越是踏水踩泥，越是不爱干裂，最少一双要穿两个月以上。做布鞋又要费工，手快的一双鞋也要做一天半到两天，做两双就要三天时间。三天，就按最普通的劳动量来讲，一个劳动日要是五十斤高粱的话，三天就是一百五十斤。一百五十斤高粱能买几双胶鞋，你们都是会经济核算的人，请代我们算算，究竟是买胶鞋合算，还是做布鞋合算呢？"

我自然被秦桂兰列举的事实说服了。我常常以为农民的小农经济观点重，可是这次，有小农经济观点的不是一直在农村中长大，现在作了集体农庄庄员的秦桂兰，而是在都市中长大，又受了殖民地大学教育的我，就从买胶鞋这个问题上来看，我看的是表面的利益，没有分工分业的头脑，也没从全面经济利益着眼。而秦桂兰，只因为是集体农庄的庄员，是生活在分工细致、按劳取酬的优越的集体农庄制度之内，虽然为时很短，她已经实际受到了社会主义的教育，比我这个改造得不彻底的大学生，看问题看得又实际又全面。

第二天一早，我们在农庄的全部面积上，作为一个参观者来看他们从事各样的劳动。农庄的土地种了五十多垧春小麦，小麦已经秀穗，根据秀穗的情况计划，产量将超过原定计划的百分之三十。其他高粱、玉米、谷子，也都比预计的情况好。特别好的是马铃薯，不但农庄的庄员们以今年的马铃薯为收获中的珍宝，就是附近的老乡，也没有不夸奖的，据估计，每垧地最少可收八万斤，超过当地一般产量的一倍半。

庄里在适当的地位上，安置了三架解放式的新式水车，每个水车都有两匹牲口在替换车水，水经过特地修成的灌溉渠道流到田里去。管理水车的人，要掌握每块田里的需水情况，及时合理灌溉，管水车的庄员只提了一柄铁锨，随时疏浚水路，或是开放或关闭每条水路的闸门，他已经基本上脱离了吃力的体力劳动了。因为"及时灌溉"是需要很好的经验，需要完全了解每种作物的需水情况，这个庄员的工作被评为庄内一级工作，拿劳动日的最高工分。

庄里正在兴建马棚，和新农具的仓库，兴建工程的地方堆满了木材和石块，盖房子的技工，也都是本庄庄员，只有一个掌握上房梁的木匠师傅是从外面请来的。一个有相当木工技术的庄员正在虚心向这位木匠师傅请教。在休息的时候，他跟我讲："庄里明年计划先盖农庄办公室，以后盖托儿所，农庄小学校的房子也要翻修，庄员的住宅也要都换新的，所以他必定得学好木工技术，好迎接农庄的大兴建。"

农庄的马拉新农具，摆了一院子，我数了数，只新式的双轮犁，就有五十四台，庄员正在往这些机器上涂油，以免受潮生锈，新农具小组长说："三年内，这些农具就能用拖拉机牵引了。"

在谷田里，农庄小学校的小学生正在捉行军虫，每人手里拿着搪瓷的脸盆和一根小树枝，用小树枝轻轻顺着谷子根部一敲，谷上的行军虫便震落在盆里了，一条长垅走到头，便敲满了一盆底。把捉到的虫子聚在一起，深深地埋在地下，虫子自然就闷死了。一个八九岁的小姑娘，一边踏着埋了虫子的坑上土，一边说："消灭你！消灭你！消灭杜鲁门。"我听她说的怪有趣，就端起她的小脸问她叫什么？她用手划着自己的小脸羞我，她说："我昨晚跟你睡在一个铺上，你反倒不认识我了，嘻嘻嘻。"我猛然想起，她就是昨夜跟我睡在一个铺上的李小芝，是农庄主席李忠堂的小女儿，我也不由得笑起来了，我说："真是父是英雄儿好汉！"

那天晚上，我们离开了农庄，又是黄昏时分，又是坐着农庄鞍辔鲜明、銮铃响亮的大马车上。马车到车站去拉硫铵，准备追肥，我们正好搭坐到车站。

我们坐的那辆车，也正是来时我们搭乘的那辆车。农庄里不但管理马车的人是专责，就是那辆车，那几匹马归那个庄员驾驶，也是一定的。为了充分使车夫熟练地掌握车，控制马，这真是最好的措施。每个车夫庄员，都给自己的马取了不同的名字，吆喝马儿前进的时候，不是鞭笞，而是叫着马的名字，指挥马怎样走法。

我们坐的那辆车，拉外套的是个白脑门白鼻子的青健骡，车夫把鞭子在空中打了个唿哨，嘴里嚷，"白鼻！往里靠，里靠。"

在"前进"，处处给人的印象都是前进的，庄稼的产量在前进，今年高，明年比今年还要高。房子在前进，没有的盖起来了，旧的要翻成新的。机器也在前进，今年还是马拉，不久就要用拖拉机牵引了。庄员们的思想也在前进，不但全庄完全实行了经济核算的计划经济，就是女庄员把自己家里的那点小事，也各方面计划得妥妥贴贴，这一切，都是因为这是集体农庄。我问车夫："农庄到底怎样好？"

那个约摸四十岁，生着满脸连鬓胡须的庄员，先笑了，他说："就拿我来说吧，一锄头没伸（即没作庄稼活），现在分了菜，到秋还要分粮，一块砖没砌（即没参加盖房子的工作），到秋就住新房。每天，把车赶好，我的任务就完成了。到家连马也不用喂，一进庄门口，喂马的同志就赶上来，把马卸下来牵去喂。一回到家，我就什么活都没有了。要不是农庄，谁家能有这么多的田，这么多的牲口，这么多的车呢？谁家又能有这些个人各抱一角活（即分工）呢？不要说普通的庄户人家，就是互助组、合作社也不能跟咱们比。集体农庄是真好。主席说明年送我去学开汽车，咱们庄里以后拉东西就要用载重汽车了。只要咱们大家好好干，几年就赶上苏联老大哥。"

说完，他从怀里拿出口琴，先还有些羞涩，后来就毫不顾虑地吹起来了。我随了琴声，不知不觉地唱了起来：

"我们祖国多么辽阔广大，她有无数田野和森林……"

五 其他

除了从单干户到集体农庄，在东北，我们也访问了国营系统的农场和农业科学机关，这些组织单位，一般都尽到了以自己本身优越的组织力量，以自己本身社会经济的有力条件，向群众示范，并带领群众前进的责任。

在公主岭的农业科学研究所中，我们看见他们正进行研究东北各地区的土壤，以便根据这些不同土壤的性能，指示农民们合理地使用肥料。在吉林省九台的示范农场中，他们正在制造颗粒肥料，并且帮助农民们使用颗粒肥料，使用大豆根瘤菌。农场为省里举办的农业技术训练班讲解技术，传授马拉农具的使用方法。在克山的农场中，他们正派遣了技术员传授新的"扎扎菌造粪方法"，以便帮助农民在挂锄期间，大力积攒粪肥，为明年的高额产量，打好基础。

在产量上来讲，农场系统的单位，一般都比当地最好的互助组产量高，真正用具体事实显示了社会化农业的优越性。就以蛟河县农场的小麦为例：我们去的时候，小麦开始扬花，县农场的小麦比当地最好的互助组的小麦，高有半尺，颜色黑绿。只要一提到麦子，农民们就说："农场的麦子才好呢！一垧地少说也比我们多收一石。"

另外，农场里还养育了优良的家畜种畜，为当地农民的家畜配种。

我们在吉林市属的乡村中，看见两三家农民，牵了自己的马和牛，跑一百多里路到九台农场中去为自己的马和牛配种。他们并且喜气洋洋地跟我们说："你们再来，就可以看见我们的大洋马了，从前尽是小鬼子（指日帝）骑洋马，现在农场里预备了洋马种，咱们老百姓家家都要有洋马了。"

关于这些，我没有计划在这篇短短的旅行记之内，留待以后另写吧！

太行山区看丰收

署名：柳霞儿

初刊上海《亦报》

1952 年 11 月 14—20 日

一 历史传统与自然环境

太行山，英雄的太行山，抗日老根据地的太行山，在抗战时期使日寇胆战心惊的太行山，英雄的血染红了的太行山啊！当我接受了"太行山区看丰收"的工作任务时，我真的无法形容我的兴奋的感情了。

从邯郸，乘国营邯长线的公共汽车到山西长治，汽车穿越了河北南部的平原，直往太行山飞驰而去。

进山西省境，山就多起来了。汽车时时徊行在群山之间。公路的两旁，生着茂密的柿树，树上缀满了金黄色的柿子，绿叶黄实，一棵连着一棵，柿子虽然没完全成熟，但已经使人馋涎欲滴了。尤其是对在北方长大的人来讲，这真是一个难言的诱惑，在汽车的颠簸之中，在八月秋阳的直晒之中，多么想吃一只滋味隽永的甜柿子啊！

当同车的老大爷告诉我，这些柿树，十分之八是一九四六年粉碎了阎锡山铁锁统治之后才栽起来的，我更难以抑制对柿子的喜爱之情了。是的，就是要吃一只柿子，一只在祖国的北方遍地都生长的柿子，英雄的太行山区人民，是付出了多大的代价啊！日寇侵入中国的时候，太行山有些地区，是所谓"拉锯"地区的，敌人因为兵源过少，因为山区携带重武器不方便，更主要的是惧怕我们天兵一样的人民游击队的袭击，这一带不敢也不能长驻，就采取了"扫荡"的残酷政策。有时候，他们就仗着武器的绝对优势，跑到这些"拉锯"的地区来，连杀带烧，逞兽性行凶之后，立刻夹着尾巴逃掉。为了便于他们搜索，山上的树全被烧光了，柿树当然也不例外。阎锡山仗着日本人的荫庇，暂时占据了日本人勉强维持的几个据点，倚仗着他的亲兵，做着统治山西人民的梦。实际，也仅仅在这儿住了几个月，就被人民的力量给赶到他那时的巢穴——太原——去了。

今天，这些柿子的成长，正象征了人民政权的成长与巩固，茂密地生长着的柿子树，也体会到了人民政权所给予的滋哺与温暖了吧！

路是越走越险了，车子不止一次穿过了石嵌的隧道。在穿越隧道的那一段路上，两旁都是陡峭的山峰，有的高在十几丈以上。抬头望天，天夹在两山之间，好像连天的面积都缩小了一样。隧道的尽处，是英雄的太行山区人民开辟的梯田，田一级一级地自下而上，有的一直开到了山顶上。田的一面是山，闪在外面的边缘，是用大小不同的石块叠成的堰岸。堰岸叠的又坚固又整齐，每级都有六七尺高。梯田中，种着山地居民的主要粮食——玉蜀黍和谷子。玉蜀黍长得比人还高，红色的玉蜀黍的雄花，在蓝天下面迎风飘动，使人联想到抗日战争时的英雄民兵们，手持的红缨长枪。谷子拖着长长的穗子，有的谷穗已经黄上来了，显示着成熟期已经就要来临了。

到潞城县境的时候，汽车停在城外的大路边，一方面公路检查站的同志要检查汽车。另一方面旅客们也需要休息休息，打打尖（吃些东西的意思）再走。

公路在县城的西侧，站在公路旁边的小山包上，可以望见城内一排排的房屋。潞城是山西省比较富饶的县份。抗战时期，日寇缩在县城里面，我们的军队卡在县城的四周，就在县城的一家小理发店里，有名的民兵英雄李二旦，把武器藏在青菜篮子里，机警巧妙地应付过了伪军的盘问，用土制的手榴弹，一次消灭了六十多敌人。在敌人惊慌失措之间，李二旦若无其事地通过了有重机枪封锁的警戒线，安然地回到了自己的村庄。

我真的想去看看那间小理发店。告诉我这个奇迹一样的史实的小李，就是和李二旦同村，而且曾经和他同在一个民兵小队里。小李说："理发店的南墙上，还留着一个黑窟窿，那是李二旦隐藏武器的地方。日寇投降，阎老西被人民赶跑之后，理发店的掌柜保存了这个曾经为李二旦隐藏手榴弹的墙洞，在理发的客人面前，像珍宝一样地炫示着。英雄的事迹，因这个墙洞更增加了对人民的感染力量。"

同车的客人都在路旁的小饭铺里吃点心。饭铺里，摆着各种不同的蔬菜，并且有酱鸡和熏肉。饭铺的门前，因汽车来临而聚集了卖水果的小贩，紫葡萄、白鸭梨、还有红绿相间的小苹果，满摆在荆条编成的篮子里。此外，还有刚刚上市的鲜核桃。

饭吃得很香，饭铺里摆满了鸡和肉，但烹调的味道已经不同于北京城内了。特别是在每只菜中，厨师傅总愿意加上一点醋，一种米制的酸味很浓的醋。这种调料的加入，加重了饭食之间的地方性。山西的同胞们喜欢吃醋，在我进到山西省境吃的第一顿饭，就证实这个习惯了。

这里的梨子长得特别大，尤其是一种淡绿色的梨，看来，比一只普通的圆萝卜还大，一只就重一斤二两；卖价五百元一斤，表面很粗糙，看样子，水分不会太多。为了想尝尝究竟是种什么味道，我用六百元的代价买了一只。

汽车停了四十分钟，又开行了。窑洞（山地同胞住的房子，在山间土厚的地方挖一个大洞，后面、左面、右面都缩在山里，在前面，筑有门窗，当地老乡叫做窑面；里面房顶成半圆形，用白灰粉刷，与普通住屋相似）已经随处可见了。有的窑面高一丈以上，门窗的上面，也像平原的住房一样，用瓦造出房檐，檐上装饰着我们民族喜爱的小动物塑像。窗子的形状，一般都是上面是半圆的，下面是长方的，窗子的木棂，用不同的花纹组成图案，糊着白白的纸，也有的窗上嵌着玻璃，在玻璃上面，很多人家都贴着纸剪的花和鸟。窑门一般都是木制的，与我们普通住房的门相同，刷着黑油漆，有的门上贴着劳动发家的新型"门神爷"。在描写老区的小说里，我不止一次看到过窑洞；在同志们的闲谈里，我也不止一次听说过窑洞。如今，真的面对着窑洞了，看看这些大体相同，却又各有独特风格的窑洞，我有种说不出来的亲切的感情，甚至马上想跑到里面去住一住，体会体会窑洞冬暖夏凉的好处。

窑洞前面的地上，很多妇女都铺了张席子在做针线，拿在妇女手中的布，已经不仅是土制的蓝布，而是有红有绿的颜色鲜艳的细布了。

在自己的窑前，在温暖的秋阳下面，眼望着肥硕的庄稼，为孩子们缝制衣裳，就从这一点上来看，农民已经过着同解放前完全不同的生活了。这生活是这样有力地表现了农村中的富裕。

车到山西长治，天已经完全黑下来了。在专署里过了夜，第二天，专署的同志，把我安排在一条健壮的黑骡背上，我和我的临时旅伴，就继续往前行进了。

这一天的路程，比前一天更加难走。山更加高了，路都是羊肠小路。能够走得过车的路，也只有城市里最窄的路的二分之一宽。被山洪由山顶带下来的石块，大小不等，满布在所谓的"大路"上。车是一种山地特有的车，构造非常简单，两根长木的车辕，前边驾在驴和骡子的身上，后面钉上几块横板，就算是车厢了。车轮的直径只有一尺多一点，是个圆的木饼，边缘上镶着铁，整个车轮的体积也就只有我们常用的大脸盆那样大，就是这样的小车，在太行山区里，是载重量最大的运输工具。另外的一种，就是像驮我到山里来的骡或者驴了。山区的人民用荆条编成口大底小的荆条筐，用荆条捆成的横梁把两只筐连结在一起，放在牲畜的鞍子上，筐里装上要运的东西，运输的人跟在牲畜的背后，这就组成了一个运输单位。比这再简单的，就是人用双肩来担了。

在路上，时常遇见车，遇见牲畜驮子，遇见人，源源地往长治走去。车中装的、牲畜驮的、人担的，总是下面几样东西：制麻袋、麻绳用的麻，作为食品香料之一的花椒，山地出产的柿子、核桃等山货。从长治往山里运的，则是布匹和日用百货。我还在一个年老的货郎担子里看见了上海中西药房出品的百花露香粉。当然，在早已经过减租减息，而且在六年前又经过了土地改革的太行山区，这种香馥馥的白粉，绝不会再是地主奶奶闺房中的日用品，而是劳动人民生活中的香料之一了。我们年轻的农村妇女，在地主曾经住过的窑洞里，在明亮的镜子旁边，为了去赶一季一次的大集，为了去看一场农民剧团演的好戏，把这样香的花粉擦在健康的脸上的时候，她一定会禁不住地望着墙上挂着的毛主席画像，幸福地微笑起来。

　　骑在骡背上，骡子安稳地走在两个人都无法并行的山路上，有时要跨过天然形成的山岩石阶，一面是高耸云表的山峰，一面是怪石嶙嶙的山涧，那种天然形成的石阶，有时继续有二里路长。当我们在一座当地农民叫做观音岭的大山上休息的时候，我想试试山的高度，就依照赶骡子老乡的指示，在山阴的地方，从山巅投下了个有三斤重的石块。那石块足足滚了五分钟，才听到它坠落在涧底的声音，它一路上，由于向下滚的撞击力量，带动了许多比它体积稍小的石块和飞沙下降，所以它到达涧底的时候，已经不只是它一个，而是无数个石块同时降落了。那种撞击下降的声音，在山谷中回响着，很长时间才消逝。我重复想起来李二旦的英雄事迹，真的，在这样重重的山谷围绕之间，投下一枚手榴弹，也会使那些只倚仗武器威力的敌人丧胆。在这里，利用这天然的音声的回响，是可以增加战斗气氛的。我们的劳动人民，天才地适应了环境，又反转来使自然为我们服务。太行山区的光辉战史，正是适应自然，又利用自然的范例之一。

　　在观音岭的向阳山麓，有一个十二户人家组成的自然村。他们是一个长年互助组，组员们正在担水浇谷。今年，太行山区普遍呈露旱象，为了实现一九五二年的爱国丰产计划，除了运用了一系列的农业栽培技术之外，从二里外的山泉中，组员们用双肩担来了庄稼最需要的水，从山泉到谷地，要经过一段一节比一个节高的梯田之间的小路，又要爬过一个过山崖的缺口，缺口的四周，长着带刺的酸枣小树，那些小树丛生着，把缀满了青绿色的小圆枣的枝桠，横伸到山路上来。从这儿走过的时候，稍一不留心，那个顽强的小树枝，就会挂在你的裤脚上。

　　我空着双手，任何负担都没有，从山泉到谷地，攀援过了那个横着酸枣枝的缺口，就已经止不住喘息起来了。组员们挑着一百多斤重的两担水，上来又下去，下去又上来，我没看见一个人像我那样，站在谷地的边缘上的时候，累得连说话的气力都没有了。

在谷地浇水的老乡，看见我这个异乡人，都打起招呼来。在谷地的东面，一个五、六岁的小姑娘正缠着娘的腿不放。看样子，娘是刚从山泉里担了水回来，她的肩上还扛着水桶。女孩本来坐在地边上玩，地边上摆着一个草蒲团，上边放着一个草编的小动物，看见娘回来，才来拖着娘腿的。

娘曼声地哄着女孩，告诉女儿谷渴了要喝水，喝水才能长得胖，女孩却说，谷已经喝了几十桶了，它已经喝饱了，要娘带她回家去吃馍（就是馒头）。

我去哄女孩，女孩同我认生，不理我。这时我想到了昨天买的那只大梨子，因为要吃它，骑在骡背上的时候，我曾把它放在衣袋里，刚才爬缺口的时候，它还曾敲着我的腿。我从衣袋里掏出了梨，送给女孩。女孩却误认为萝卜（当地的萝卜很多），不肯要，娘告诉她是梨子的时候，她才接过去，看了看，便放到嘴巴边，吃起来了。

娘向我笑了笑，立刻抽出身子担了水桶走了。在谷地里工作的一位老大爷过来招呼我，他问我："同志，在那儿买梨的呀？"我告诉了他，他指着谷地右面的一家人家说："你看看我们这儿的梨。"原来他们这儿土生的梨子也跟我带来的这只一样。羊井底村的植树模范武侯梨，教给他们在梨树开花的时候，把海棠、苹果还有其他梨树上的花粉用人工撒在盛开着的梨花之上，结的梨就跟以往不一样了。梨的个儿小了，可是皮却薄了，果汁也多起来了，味儿也比从前甜了。我顺着老大爷的手指望去，恰好能看见那家伸展在墙外的梨树，树上结着累累的果实，梨子的皮基本已经是淡黄的颜色了。

米丘林的果树杂交方法已经传到我们的山区来了，这个互助组也必然地将依照苏联农民发展的道路，由互助组到农业生产合作社，再到集体农庄。苏联农民经历过的道路，今天正是我们活生生的榜样，也正因为有了苏联活生生的事实的启发，农民们的知识无限制地发挥出来了。在山村里，已经有人用米丘林的方法来改良我们的梨树了。

老大爷一定要我到他们的庄子里去休息一会，他说："村子里有个后生已经学会了武侯梨的压接枣树的方法。计划在明年的春季，把崖上丛生的酸枣子都接上从山南移来的大圆枣。枣树当年就能结实，明年这时全村的娃儿们都可以吃到又大又甜的枣儿了。"今天，那个后生正在学习一个栽树的小本本，老大爷请我去指点指点他。

我真的很愿意到村里去看看。但是我的同伴，那个骡驮子的主人却正在这时呼唤我了，本来，这一段的休息时间是太长了。我底同伴说："如果再不走，太阳下山之前，我们便到不了平顺县城了。"

我跟老大爷道别，也跟那个有滋有味地吃着梨子的小姑娘道别。在我和老大爷说话之间，那个调皮的小姑娘一直用黑溜溜的眼睛瞧着我，听说我要走，她突然一把扯着我的袖子，说："别走，到我家去，叫娘烤馍给你吃。"

我告诉她，过几天我再来她家吃烤馍，又告诉她不要缠娘，叫娘好好地担水，就在这样一老一少的目送之下，我跟在骡子的背后，开始走着观音岭的下坡路了。

观音岭，已经就是平顺县界了，这是全国有名的农业劳模李顺达的家乡，山西省的特等劳模郭玉恩所住的川底村，跟李顺达住的西沟村比邻，西沟与川底就是我这次来山西的目的地。一路行来，看到的庄稼都长得很好，李顺达和郭玉恩社的玉蜀黍和谷一定会更出色。在我们路过的村子里，都正掀起了热烈的查苗定产，和丰产评比的群众运动。村子里的黑板报上，用快板、短文、地方落子等，不同的形式描绘了这伟大的群众运动。黑板报还有一个特色，就是每个字的旁边，都写有注音字母。这一特点显示了农民们在文化战线上所取得的辉煌战果。毛主席赠给老根据地的题词："发挥革命传统，争取更大光荣。"很多村庄都用红粉或者其他颜料写在村政府的大墙上。一路上所看到的一切，证明太行山区的人民，正像伟大的领袖所指示的那样，在革命的优良传统上，在经济建设和文化建设上，创造了不平凡的成绩，来争取更大的光荣。我吆喝着驮着我前进的骡子，想尽量使得它走快一些，我盼望立刻到达平顺县城，使我早一分钟看到山区的典型新农民李顺达和郭玉恩，和以他俩为领导的农村生产合作社的全体社员。

二 在川底村

到川底村，我被安排在一个窑洞里。这个窑洞，正和我在路上见到的漂亮窑洞一样，有着高大的砖砌的窑面，有嵌着玻璃的窗，窗子上贴着两张纸剪的民兵造像。窑洞里面，又在东墙上掏了个小洞洞，洞有六尺高，下面垒了一铺土炕，炕的右角垒着炉子，炉子上炖着一只陶土制的锅子。

把行李在土炕上摆好，炕上面铺着高粱秸编的席子，席子上面铺着羊毛做的毡，我觉得我带来两条被子是太多了，我真的没想到，山西农民已经有这样好的羊毛毡子铺在炕上了。

川底村的农民们正在准备开村民大会。在大会上，一方面要统计这两天各居民小组会里所谈论的问题，一方面要选出村代表来。代表要到县里去开会，目前县里正在搞民主建政，开各界人民代表大会。

接待我的是川底村的副村长郭成，这是个五十多岁的老汉，他很细心地把桌子和椅子擦抹得干干净净，把我的背包放在桌上，又告诉我，昨天郭玉恩在县里就听说有中央的干部来了，所以今天他们特意在这孔窑洞烧了火，山地的秋夜，是非常凉的，怕从北京来的人嫌冷。他又替郭玉恩和其他社里负责人道歉，说他们正在筹备村民大会。会吃完午饭就开，没有时间来欢迎我，请我也去参加他们的大会，会上就都能见到了。

看表，刚刚十一点半，会在下午一时开，遵从郭成的建议，在郭成去了之后，我把窑门关好，躺在毡上休息休息，准备在吃了午饭之后，好去参加他们的全村大会。

躺在毡上之后，锅子里的"噗噗！噗噗！"的好听的声音更加听得清楚了。我终于忍不住爬了起来，把锅子的盖儿掀开一看，里面却是煮的柿子、核桃，还有山梨切成的片。我立刻想到郭成曾经告诉我，嫌饥先吃点锅中的物事，回头有人来喊我吃饭。他们这样热情地接待我，就说明了他们和一切工作干部之间的亲如家人的关系。

我从锅子里挑了一块柿子吃，又甜又酥，真的入口欲融，而且滋味非常醇厚，立刻，我觉得全身都浸透了山村朴实可爱的气氛，浸透了山村居民给予我的热烈欢迎与关怀，一路的疲倦不知不觉地消逝净尽了。

有人在窑外面轻声说话，我倾耳细听，原来他们在争辩一个小问题：一个人说："睡了吧！"一个人说："推开门看看！"我马上直觉到他们是来找我去吃饭的。我拉开窑门，门前站着一老一少两位女同志，老的梳着山村人的"一把头"，年轻的剪着和我一样的短头发，都穿着蓝土布的衣裳，年轻的女孩子穿着红细布的裤子。

女孩子看见我，跑过来扯起我的手，告诉我到她家去吃饭，她又说她是村宣传员，名字叫郭夏景，那个老太太是她的母亲。

我随着夏景到她家去吃饭，她的母亲跟在我们后面。夏景非常爱说话，一路上一会儿问我姓什么，一会儿又问我从那儿来，接着又问她们这儿的山高不高，又问我看见她们的新纪录地没有，看见她们能收一千八百斤的玉蜀黍没有？她非常明快，话后面总是跟着笑声。我被她欢愉的情绪感染，也不由自己地随着她又说又笑。夏景的家在山上，从我住的窑洞到她家，要经过一百多级的石阶。一路上，所有我们遇到的老乡都跟我说："才来呀！"底下的话不用我再说，夏景就替我讲出来了。

夏景家吃的是老瓜烂饭，就是在小米中加上南瓜一起煮，甜丝丝的，吃到嘴里软绵绵的。另外有油炒的扁豆角，有用醋泡的野蒜。夏景的娘只觉得不好意思，说是没什么好调料，菜做的不好吃。夏景说："娘！当初工作人员到咱家来，还不是跟咱一样吃糠饼子，这样黄金一样的小米饭，要说还不是好饭，难道说糠饼子是好饭吗？"夏景娘说："我是怕柳同志刚打大地方来，吃不惯咱们山凹凹里的饭。"夏景说："咱们吃得惯，工作员就吃得惯。"我说："对！夏景说的对，这饭很好吃。"虽是这样说着，夏景娘总觉得对我招待的不够好。她告诉我这里土地贫瘠，粮食产的少，过去在鬼子和老财统治的时候，老百姓一年要吃九个月的米糠。土改的时候，生活才好了一些，可是一年也还得吃五个月的米糠和野菜。从听了毛主席的指示，跟随着郭玉恩，组织了互助组，又组织了生产合作社，地里收粮收的多了，这才不吃糠咽菜了。如今家家都吃米饭了，三天两日还能吃得上白面。她说，晚上要替我拉面条吃。

吃了饭，我和夏景母女一块到村前的广场上去开会。广场窝在一个山凹里面，迎着南面，在山壁上开了并列的五孔窑，有三孔是川底村初级小学校，一孔是合作社的图书馆，现在临时改为速成识字班的教室，一孔是教员休息室。窑前面的地压得非常平坦，比一般中学校的小操场还大，几百人坐在里面开会，一点都不显挤。

我以为这是平地，谁知却正是在山腰中。夏景拉我到广场的边缘去看，离着真正的平地，就是两山之间的川底，还有一丈多的距离，这个大的广场，是顺着山势一点点开辟出来的。临川的那一面，像所有的山地的梯田一样，用石块砌着整齐的堰岸，跑到川底去向上看，大小石块砌成的岸墙，像旧小说中形容的古城一样，巍然地直立在白云之下。在小学校那孔窑的屋顶上，鲜明的五星红旗，正在绿树丛中迎风招展。

大会开会前，我见到了郭玉恩，见到了川底村农业生产合作社中的所有干部，还见到了山西省府会同省署各专区组成的丰产调查团。调查团的苗同志告诉我，根据他们评比调查的结果，川底社的主要作物玉蜀黍和谷，都达到了中央农业部规定的最高标准，以川底的大地质量来讲，达到这样的标准，真是不简单，这是英雄人民的创造性劳动的成果。我问川底的最高产量，苗同志说，玉蜀黍每亩是一千六百斤，谷每亩是九百六十斤。这真是个不寻常的产量，抗日战争以前，这里在老财（地主）的手里掌握着的时候，最好地的最高年产量，从没超过二百斤，跟今天的新纪录地一比，十五年中上增了八倍半。这个事实，就是我们新民主主义社会制度优越的最有力的证据。

村民大会最后一次讨论了全村提到民主建政大会中去的建议，最后一次讨论了选谁作县长，谁作农业科长，谁作民政科长等等，这些准备提出的意见已经在他们小组会上不止一次地讨论过了，对行政干部的酝酿也曾作过多次的讨论。为了使大家都满意，为了把问题彻底弄清楚，所以最后又为大家准备了这样的发言机会。场子里满满地坐了三百多人，从七十多岁的老汉、老婆，到还在娘怀中抱着的吃奶娃娃，全村一个人也不例外，都来开会了，连那个已经三年走不了路、患着瘫病的海发老娘，也被海发背来开会了。

大会的主席是郭玉恩，他站在众人之间，一手举着个红布面的小本子，一手拿着一只黑杆的自来水笔。他一边领导大家开会，一边把重要的意见记在小本子上。苗同志看见我注视着郭玉恩，就说："土改时，郭玉恩还是一个字不识的庄稼汉呢，现在，听报告记笔记，发表意见时写提纲，闹得头头是道，党教育下的新农民，就是不简单。"

大会讨论的情况非常热烈，持相反的意见的人争论得面红耳赤。夏景替我找了一张记录她们上提的意见表，那上面，有建议在山上栽植防护林的，有建议修旱水渠的，有请求推广玉蜀黍去雄选种的先进经验的，有批评区工作员的不良作风的，有批评邮递员的，有指出县政府对婚姻法的贯彻做得不够的，总起来一共有四十多条。这些意见是人民同政府连系的钮带，是人民在监督政府，是人民当家做主的最高表现。

村小学的少年队敲着锣鼓过来了，两个系着红领巾的小姑娘给村代表郭玉恩与郭永发戴上了大红花。在场的孩子们都随着鼓声扭起秧歌来了，群众中爆发了热烈的鼓掌与欢呼。一个老汉大声地嚷着："玉恩！咱们要选的县长，叫赵日新，日就是一日两日的日，新是新手巾、新衣裳的新，你别弄错了。"

郭玉恩也笑着大声说："玉老叔！我记下了，你老人家放心吧！"

天近黄昏了，少年队的孩子们排好了队，由队长执行降旗典礼。场上的群众看见降旗，忽拉忽拉全站起来了，孩子们唱着国歌，歌声久久在山谷中回荡。

大会在降旗之后就散会了，夏景一定要拉我去看看她们的玉蜀黍和谷。我随着她去了。她们的庄稼真的是不简单，一个玉蜀黍穗子的长度，比我的两个手掌连在一起还长，重有一斤多，谷穗长长地拖着，沉重得几乎拖到地上了。夏景告诉我，玉蜀黍种的是金皇后优良品种，谷是马拖缰和母鸡嘴两种优良品种。她又告诉我们怎样怕庄稼受旱，从五里地外的蓄水池里往地里担水，又怎样勤锄，怎样按着县农业技术员的指导上了肥田粉。最后，她郑重地告诉我，她今年学会了锄玉蜀黍，她说："锄玉蜀黍又要锄的深，又要不伤根，拿锄的时候，要把锄板卡在土里，然后往后一拉，土就又松又软了。"说完，她又高兴地笑起来了。

夕阳把最后的金光照在肥硕的谷穗上，玉蜀黍的叶子刷拉刷拉地响着，极目远望，到处都是梯田，都是拖着肥硕的谷穗的梯田，玉蜀黍的雌花已经枯萎了，委委屈屈地蜷伏在又粗又长的玉米穗上，空气中充满了庄稼独有的气息，没有一个人在这儿，能不为这种丰收的喜悦激动。我问夏景："粮食收到家后，你要买点什么？"夏景说："我先想做套新衣裳，又想买一双球鞋；哥哥说，合作社还不够大，牲口不够用，我和哥哥讲定了把我家的小骡子换成大骡子，入到合作社里，争取明年全社的地都跟新纪录地一样，每亩打上她一千多斤。哥哥还说要买肥田粉，要买羊。"我说："你就一点东西也不添了吗？"夏景说："我要买一只口琴，我会吹，小学校的教员吹的真好，她说好了教我。"

夏景再加上她的口琴，这个爽朗的姑娘将更加可爱了吧！

李顺达在西沟村

署名：柳霞儿

初刊上海《新民报晚刊》

1952 年 11 月 21 日—24 日

编者按：柳霞儿同志曾为《亦报》写《太行山区看丰收》一文，共分三节，至昨日刊完第二节，本文是第三节，因可以独立成篇，不再袭用旧题。

一

西沟村的丰产谷，经过丰产评比调查团的调查核定，每亩实收一千一百斤，比她们原订计划高一百斤，比中央农业部奖励的新纪录标准——九百五十斤高一百五十斤。今年年初才成立的西沟村农林畜牧生产合作社，因为获得了这样的高额产量而更加巩固，社员们正满怀信心地进行秋收。一九五二年，山西省长治专区所属的县份，有一半以上苦旱，平顺所属的西沟村也不例外。农业税是按七成常年产量征收的。可是西沟的新农民却在旱灾的威胁下，创造了高于新纪录的丰产数字。

什么力量使得西沟的新农民在贫瘠的土地上获得了这样高额的丰产粮食呢？

关于这个问题，西沟的任何一个农民都会告诉你很多理由。什么因为共产党来啦！什么生产是为了自己而不是为了老财（即地主）啦！什么实行了先进的农业生产技术啦！最后，百分之百的人都会这样地告诉你：西沟村由穷山沟到富山沟，由一家人伙盖一条破被子到每人有一床新被子，由吃糠咽菜到家家有余粮，都是因为有了李顺达这个好领导，领导大家走组织起来的道路的缘故。在西沟村农民的心目中，李顺达既是领导他们前进的指路人，又是他们最好的朋友，所以李顺达的每一个行动都被大家学习着，西沟村农民是以学习李顺达为光荣的。

就在西沟村获得这样高额产量的月份里，李顺达从苏联参观回来了。

村里的人传播着这个大喜的消息，人人都高兴得喜逐颜开，有的人准备了家乡最好吃的饭食，等李顺达一到村里，就请他尝尝阔别了将近一年的家乡风味。合作社中的负责人召集了小组会，商量用最好的方法尽快把合作社的一切都报告给李顺达知道；村小学的孩子们，把自己的作业排列得整整齐齐，准备给李顺达看，因为李家爹爹是最关心他们学业的进步的。在李顺达的家里，李顺达的弟弟、弟妹把屋里屋外打扫得干干净净，碾好了李顺达爱吃的榆面（榆树的表皮下面，树干外面，有一层木质的软皮，可以碾成面粉，掺在白面或者玉蜀黍面里做面条吃，可以使面条滑润可口，是山地居民很喜欢吃的一种面粉）。李顺达六岁的大女儿心娥，从山前到山后，山后到山前，几乎隔半点钟就问妈妈一次，心娥说："妈！爸爸回来了吧！"李顺达的爱人张桂兰，表面上虽然没像别人那样为迎接李顺达而忙碌，但抑制不住的笑容时时浮现在她的脸上；她偎着将近一周岁的小女儿秋娥的胖脸，像对别人又像对自己说："秋娥也长大了！"

二

村里的青年预备了锣鼓，并且派了一个人经常站在山巅上向下瞭望，望着通往县城的大路，准备只要一看见李顺达的影，就集合全村老少来迎接他。

十月六日上午九时半，正当太阳把温暖的光辉停留在黄澄澄的谷穗上的时候，李顺达在大路上出现了。瞭望的青年立刻敲起了大鼓，咚！咚！雄壮的鼓声在山峰之间回响着，西沟村农业生产合作社的社员们，从田间，从家里，立刻向村口跑过来了。大家尽情向逐渐走近的李顺达欢呼着。

我和张桂兰并肩站在一块很大的山石上，桂兰抱着秋娥，心娥在我们脚下拍着手喊着："爹爹！"走在路上的李顺达，很远就看见欢迎他的人群了，他向大家招着手，两步并作一步地向着大家走过来。

桂兰拉了拉我的手，在我耳边说："老柳同志！你说，在合作社里我被大家公选为生产小组长，速成识字班我是甲等第一名毕业，小秋儿吃得又胖又壮；用这些成绩来迎接老李，总算对得起他这个模范吧！"

我看了看桂兰红光焕发的脸，我很理解她兴奋愉快的心境，她的朴实真挚的话尤其使我感动，你看，她把新社会中夫妇间的爱情描述得多么具体。是呀，有什么还能比建筑在为新民主主义建设而奋斗的基础的两性爱情，更巩固、更深厚、更美满的呢！我说："桂兰！你真好，正因为有了你这样的好爱人，老李才更完整地成为中国新农民的旗帜的。"

　　我还记得桂兰第一次见我时跟我的谈话，她说："我跟老李是包办婚姻，因为娘养不起我，十三岁上就把我送到李家来了。老李的妈妈待我好，教我做这做那，又指引我认识了党，我才慢慢地明白一些事情，才慢慢地明白了人应该为什么活着，才明白了什么叫要求解放，也才明白了夫妇两个人应该互相尊重，互相帮助……"

　　我和桂兰说话的时候，李顺达已经走到我们眼前来了。他被大家拥在中间，忙不迭地跟大家握手，回答各式各样的问话，又忙着问候大家，抱起跑到他身边的孩子，他脸上洋溢着幸福的光辉。这个山高石厚的山沟，在他的感情里，一定比莫斯科还可爱。

　　当李顺达看见我的时候，他说："柳同志！你怎么比我来的还快！"

　　农民代表团从苏联回来的时候，我们曾在北京迎候过他们，所以李顺达这样讲。

　　我说："还不是特意来等你回乡么！"

　　站在我身边的心娥，刚才还拍着手喊着爸爸，真的看见爸爸来了，却又不好意思去找爸爸了，藏在妈妈腿窝里，伸着小头来瞧着李顺达。

　　我对她说："心娥！为什么不找爸爸去？"

　　李顺达一把抱心娥在怀里，说："心娥！跟爸爸认生啦！"心娥被抱起来之后，把小脸贴在李顺达的肩膀上，连抬也不肯抬起来了。

　　李顺达跟桂兰对看了一眼，没有说话，连手也没握一下，只互相笑了笑。

我说："李顺达同志，你们在苏联，跟集体农庄女同志握手、拥抱，怎么见了自己的爱人，反倒古板起来了呢？"

我这样一说，旁边的社员们七嘴八舌地嚷起来了；一些比桂兰小，称桂兰阿嫂的年轻人嚷的更欢。大家都说："对！要握手，要拥抱。"

桂兰叫大家嚷得不好意思了，脸一直红到耳根，怎样也不肯把手伸出来。

李顺达说："什么事都不能操之过急，一定得时机成熟，半封建半殖民地的老规矩哪能一下子就铲除得干干净净呢。这是思想问题，得慢慢改造，明儿咱们这儿成立了集体农庄，我们两口子还要挽着胳膊去瞧电影哪！"

李顺达的话说得大家哄笑起来了。

西沟村的社员们就在村小学的广场上开了临时欢迎会。生产合作社的副社长简单地说了社中的情况，李顺达也短短地讲了几句话，会就这样散了。大家立刻到田里去了。这是秋收季节，任何事情也不能占去收获的时间。

李顺达把他带回来的苏联农民们送给他的留声机呀，照像机呀，乌克兰衬衫呀，手表呀，和桂兰两人送到自己的家里，换上家常的便鞋，很快地就到正在收割的谷地中去了。桂兰也领着自己的生产小组工作去了。在丰产谷的地里，西沟社副社长申纪兰正带着一个生产小组在割谷，只听见镰刀切谷的响声。这样肥硕的谷，一把下去，只能握起六、七棵，再多就握不着了，在西沟的土地上，从来没长过这样好的谷。千斤——起初连种地的人都疑惑这是计算错了，在抗战前最好的年成，这亩地收过二百斤，只收过一次，以后，只能在一百斤上下。而今，竟然收了一千斤，地还是那块，人还是那些人，所不同的，是从前的奴隶现在作了地的主人。主人们组织起来，土地也不同寻常了。

李顺达手里拿着镰刀，立刻割起谷来。

申纪兰一抬头，看见是李顺达，说："顺达哥！你看咱们的好谷！"

李顺达说："等用机器种地，谷还要好。"

四

年轻的李四则插嘴了，他说："顺达叔！人家说咱们山地用不了拖拉机，咱们到不了社会主义。"

李顺达说："山地有山地用的机器，一样可以种好地。更要紧的是咱们将来往山上发展，种一沟梨树，种一沟桃树，种一沟枣树，还要种松树、柏树，养猪、养鸡，要紧的是养羊和养牛，还要养马。今年种，五年之内，梨、桃、苹果就都可以换钱了，牛可以吃奶，羊也可以卖羊毛，无论是梨、是桃、是牛奶、是羊毛都比粮食的价值高得多。将来，咱们农业上也要大分工，适合种棉花的地方就种棉花，适合种粮食的地方就种粮食，像咱们山地就要种果树、养牛羊。工人同志生产的机器多了，咱们农民生产的粮食多搞了，大家都到社会主义，谁也拉不下。"

李朝珠老汉说："顺达说的是个办法，就是有一个困难，牲口多了，喝水就没办法，你说，咱村里才六百只羊，水池里存的水已经就不富余了。"

李顺达说："水是大问题，但是咱们有办法，中央和省里、县里都会帮助咱们解决这个问题。咱们在后沟里造一个大水库，最少存一千担水，这还是眼前的话，再过两年，咱们还可以修一个自流井，自流井的水比泉眼还多，永远也流不完。"

李四则说："后沟里可以造水沟吗？我就想不出怎样造法！"

李顺达说："你来！我指给你看。"

李四则真的跟李顺达到地边上来了，申纪兰、李朝珠，还有三个割谷的社员都围上来了。

李顺达指着西面青石耸立的后沟，告诉大家，将来的水库要占多大地方，要就着原有的沟底，怎样在四周砌上石围墙。

李朝珠说："工程太大，咱们怕办不了。"

李顺达说："咱们办得了，粗工咱们做，省里要给咱们派技术员来。苏联老大哥正在修的大运河，比咱们这工程要大几十万倍，咱们劳动人民什么都做得好，也什么都做得成。"

李四则说："顺达叔！你说的对，就拿种地来说吧，咱们从前作梦也梦不见谷能收一千斤，现在不已经实现了吗！"

李顺达说："就是么！将来咱们满山结着又甜又香的水果，满山跑着雪白的羊，家家装着电灯、自来水、公共汽车就停在山底下，城里又演电影又唱戏，咱们穿着绸子衣裳坐公交汽车到城里去。你们说，那样的日子多好！"

申纪兰说："顺达哥！照你这样说，咱们就跟你带来的那张样画里的苏联农民一模一样了。"

李四则说："顺达叔不是说过吗，老大哥的今天，就是咱们的明天。"

李顺达说："对！咱们先割谷，收罢秋，好好拉一拉老大哥的事，也好好拉拉咱们怎样进行修水库。"

镰刀切着谷，金黄色的谷穗在太阳中闪烁着，劳动的人们光辉地笑着。

孩子骂人

署名：孙翔

初刊上海《新民报晚刊》
1953 年 2 月 26 日

五岁的小强，学会骂人了。越是难听的、下流的话越说得有劲。跟小朋友们一起玩的时候，一不顺心，立刻骂起；后来发展到，连妈妈和保姆也骂了。

有一次，保姆给小强骂急了，气得跟小强吵起来了。妈妈知道这件事，就好好教训了小强一次。

当着妈妈的面，小强是不骂了，只要妈妈一离眼睛，小强就骂，而且骂的越来越精，花样也越来越多。

教训小强不济事，妈妈就去调查小强跟谁学会这些骂人的话。原来小强家的邻居，住着一个过去的地主。地主的妻，从前吸过鸦片烟，人又不正经，现在虽然改得好多了，因为他们怕劳动，又没有别的工作能力，因此日子过的很艰难，夫妻两人整天吵嘴。小强常跟地主的儿子长喜一道玩。长喜比小强大三岁，总是向小强要馒头，要烙饼，要饼干吃。为了向小强要吃的，长喜想办法哄小强玩。保姆因为小强跟长喜在一起玩的时候，一点都不闹，也放小强到长喜家里去。长喜就教小强骂人。和其他小朋友一块的时候，长喜就教小强跟别人开玩笑，说下流话。别的小朋友不懂或者生气，长喜就高兴得大笑，小强也跟着大笑。

妈妈禁止小强到长喜家去，也不允许长喜到小强家来。让小强和美妮、美玲两姐妹一块玩。美玲两姐妹是街坊中最好的小女孩。

妈妈又给小强买了本画册，书册上，画着一个大肚子的地主欺侮苦孩子，把苦孩子种的南瓜全霸占了去。妈妈告诉小强，只有地主才骂人、打人，只有不劳动的人才骗人家，向人家讨嘴吃。骂人和打人的行为最可恨，最讨厌。

小强很爱那本画册。他一张嘴骂人，只要说："好！你骂人，你跟地主学坏！"他就眨眨眼，住嘴不骂。妈妈和保姆特别当心小强，不让小强见长喜，小强和美玲两姐妹玩熟了，渐渐把长喜忘记了。

妈妈时常把小强的小朋友找来，考查小强是不是还骂人，同时也跟孩子们说清楚：骂人不是好事情，谁听见小强骂人，谁就不理小强。

小强就这样慢慢改掉了沾染上的骂人的坏习惯。

北海桃花开

署名：孙翔

初刊上海《新民报晚刊》

1953 年 3 月 24 日

接到上海朋友的来信，说是上海的碧桃已经含苞，红艳得撷人双目。我向往起风和日丽的江南之春来了。向往上海，也自然而然地就怨恨起北方的春是来得太迟了。因为一个星期以前，北京还曾下过春雪，虽然雪并不大。

前天，到北海去，看见濠濮间北面山上的桃花，不仅不止是含苞，而是盛开着，站在濠濮间的亭台上北望，盛开着的桃花，灿烂得跟彩霞一样。计算花开的日子，也正跟上海朋友来信的日期相差不多。我怨恨北方春之迟，过于主观，又过于相信经验。我只凭经验中的老道理，认为在下雪那样的气温里桃花不会开；更主观地认为，庭前榆叶梅的枝条连软还没软呢，桃花当然也不例外。

从北海回来，我立刻仔细地看一下榆叶梅，发现不仅榆叶梅的枝条已经非常柔软了，而且有了紫色的小叶包。

就从这件小事看起来，凭经验办事和凭主观认为，是怎样的要不得。

（自北京寄）

卖豆浆的老头

署名：**孙翔**

初刊上海《新民报晚刊》

1953 年 4 月 2 日

  我们机关的近旁，有个卖早点的小摊子，买豆腐浆、杏仁茶、大麦粥和烧饼等北京人喜爱的早点。这个小摊子的地点，恰好在丁字街的三角地带，又紧傍着两个有近千工作人员的机关，因此生意很忙。每天早晨，当玫瑰色的早霞还没有消逝，街头上还弥漫着青色的晨霭的时候，那个小摊子上就围满了穿着灰色的、蓝色的制服的男女同志们在吃早点。

  我也是这个小摊子的主顾之一。小摊子上的点心做得很出色，特别是杏仁茶做得更好，真的是又醇又香，一端起盛着杏仁茶的碗，杏仁特有的略带点涩味的甜香便扑鼻而来。在喝着杏仁茶的时候，我的眼前，常常是自然而然地浮现出盛开着的杏树的花朵，和肥硕多汁的杏子。

  小摊的主人是个六十多岁的老头，头发胡子都白了，可是一脸红光，精神非常好。他总是春风满面地招呼着主顾，特别爱用北京人习惯称呼女孩子的叫法，称女同志们为"大姑娘"！这个称呼，不仅没有人觉得过时，或者落后，而是从这样的称呼中感到了长者对年轻一代的喜爱。

　　老头的摊子收拾得很干净，盛点心的锅、碗，甚至连搁锅的架子都擦得晶晶亮。擦碗的拭布也雪白。可是我每次从老头手里接过来盛得满满的、又香又甜的杏仁茶的时候，总觉得不很满意。因为我刚刚看见一个陌生的同志就是用这只印着彩凤的碗喝豆腐浆来的；我喝了之后，一定的，这只碗又要转给别人。碗里看得见的豆腐浆沫子、杏仁茶残汁是洗下去了，可是看不见的、有些能够传染的病菌，不要说什么结核菌吧，就是伤风菌，传染了也不合适呀！为了大家的健康，这样大家用来吃点心的碗，是应该更彻底地洗一洗，也就是应该在用过之后，消消毒的。

　　今天，我一去，就看见老头的摊子上添置了一只搪瓷的白盆，盆子里盛着玫瑰色的水，老头正把一叠洗净了的碗浸到盆里去。我知道那是灰锰氧水，是用来给碗儿消毒的。我情不自禁地说："老大爷！你真好，你想的真周到，我早就想建议你这样做了，大家公用的碗，就应该这样消消毒。"

　　老头一面把一碗热腾腾的杏仁茶送到我的手里，一面笑眯眯地说："好大姑娘！你别夸我，这不是我的主意，这是人民政府告诉我这么办的。今儿打天亮到现在，来吃点心的人，不论是熟主顾新主顾没有不赞成的。碗碟这么一过药水，吃的人心里分外踏实，分外吃的香。咱们的政府，连吃点心这点小事都给谋虑得周周全全，这才真叫头一份哪！"

　　老头的话不仅使我，使得周围的人全都笑起来了。那个正随着妈妈来买烧饼的小姑娘也笑着嚷起来了，她说："爷爷！你说的真对。"

（自北京寄）

到吴淞去

署名：白芷

初刊上海《新民报晚刊》

1953 年 4 月 29 日

　　郊游的人不会忘记吴淞吧？不上一个钟头，五一路公共汽车把你从市区送到上海的咽喉。在这里，足供你流连半天。

　　解放后的吴淞，已经披上了新装，汽车驶过蕴藻浜大桥时，就会给你第一个新印象。过了桥，好几处都在大兴土木，那靠近江边的一排排新建筑物，你看了自然地会眼睛一亮。

　　汽车终点站就设在吴淞中学附近，看了那宽敞的校舍，宽广的校园，就会觉得接受国家培养的下一代是幸福的。在马路另一边的诊疗站，候诊的都是工人、农民，从窗口望进去，戴着白帽的护士正在为保障劳动人民的健康忙碌着。

　　沿着平坦的大道往前走，尽头就是江边，风帆在目，江水在阳光的照射下翻动着银鳞，拐个弯就是吴淞公园，这也是解放后的新建设。这块小小的园地，种植着好多棕榈树，远远望去倒有些像温带的椰子树，如果在晚上，树影摇曳，情调一定更美。可是要眺览江口外面的烟波景色，那就要在白天。随你倚在竹栏杆边也好，坐到江堤下面乱石堆上去也好，四月的江风是暖暖的，海鸥不时展翅掠过水面，准会叫你心旷神怡。在江面上，满载收获的渔船慢慢地从海面驶进江来，也有卸了鲜鱼的渔船张起棕色的风帆扬长驶出江口，还有那大大小小客货轮船，来来去去。这些会告诉你，这是个生产的口岸。

对岸，像是画家用画笔蘸了草绿涂上那么一长条，就在绿色的一长条上面，是一大片肥沃的浦东农田，四月天气，正是麦子挺秆的季节。

当你在这里眺览了些时候，不妨折回到镇头上去看看，那边有的是渔民合作社，目前正是黄鱼上市的季节，业务是忙碌的。还有好多铁铺，专门铸造大大小小的铁锚，有的铁工正在为船户修理船舵。走上市街，看到的就是农民和渔民们正在店铺里、货摊上，挑选他们所需要的日用品。

小羊与鸽子

署名：孙翔

初刊上海《新民报晚刊》
1953 年 5 月 4 日

　　一只鸽子安闲地在马路中间走着，这是开封有名的书店街。马路两边，文具店和书店一家挨着一家，新华书店开封分店的门旁，排着一长列自行车，书店的橱窗里，摆在金色丝绒座架上的毛主席塑像，庄严地俯瞰着这古城的文化街。店里正在发卖着《毛泽东选集》第三卷。

　　街上这样安静，间或有一辆黄包车拖过，马路上就再也看不见车子了。上了年纪的老太太，头上包着黑色的丝巾，坐在马路边的树荫下，哄着小孙孙。小孩的头上，戴着用五彩丝线绣成的莲花形的帽子。按都市人的眼光看起来，这根本不是大街，只能说是一条小巷，虽然在形式上，这条街上有交通警，十字路口也有红绿灯，但在气氛上，这是更像住房之外的一条便道的。这里是如此安闲和清静，有一个过路人骑着自行车来了，她揿了一下车铃，只是为了惊起一群落在街道中间的麻雀。铃声清脆地响着，麻雀飞起来了，只一分钟，车子过去了，麻雀又吱吱喳喳地在平展的马路上跳跃着。

　　一个系着红领巾的小弟弟，牵着一头小绵羊。小绵羊轻俏地在马路上走着，用它灰色的眼睛安心地环视着周围，小羊的影子，长长地拖在地上。日色偏西了，这正是书店街安闲时日中的又一天吧！

"鸡肉丸子"的顾客们

署名：孙翔

初刊上海《新民报晚刊》

1953 年 5 月 5 日

中苏友协河南省分会，设在一家古老的院落中。大门的门楼，装饰着木雕的飞檐，门楼的瓦房脊，也像我们许许多多古老的建筑物一样，有砖砌成的麒麟，左右高踞在屋脊之上，屋檐下面，残存着铁马，微风吹过，还可以听见玲琮的轻响。

当然，这座深宅大院，正像开封这座古城一样，是长期被困缚在封建统治阶级的手中的。这家院落，正是某个封建显贵，为了在同侪间夸耀他的豪富，为了在劳动人民中显示他的威严，才建造起来的；也当然，那个时代，这是他们耀武扬威的所在，门禁森严，劳动人民是不可能走进这个禁地来的。

如今，在我眼前的是什么景象呢？在那高耸的门楼里边，在那刚刚髹漆过不久的板壁之上，苏联大诗人普希金的画像端端正正地嵌在那里。画像的下面，拢着两盆石榴，石榴的嫩叶，青青的，正在茂盛地生长着。

就是这样一张画像，就足够说明了，说明我们是生活在一个怎样幸福的时代。只有在这个时代里，我们才能够在封建的禁地之中，贴上了人民诗人——统治者的敌对者的画像。

从省友协往东再走几步，有一家卖肉食的铺子。这个小铺子以鸡鸭为主、白色的广告牌上，写着鸡肉丸子鲜汤，架子上，多脂的母鸡和鸭子一只挨着一只地挂在那里。不用说：这些美味的鸡，在解放前，正是我刚刚去过的那个"大宅门"中的食品。虽然，鸡和鸭都是劳动人民培养起来的，可是，劳动人民却绝对享用不到。这个念头，自然而然地就促使我注意起小铺子中的顾客来了。我看见，刚刚一个穿着制服的工作同志带着一只肥母鸡走了；现在，小铺子里还有三个年轻的女顾客，她们穿着花衬衫，脚上穿着擦得晶亮的皮鞋。

她们已经买好了一对鸡，现在又在挑选着鸡肉丸子，在数量的多少上，她们之间有了小小的议论。一个人说："天热起来了，买多了，怕吃不了放坏了。"一个人说："这是做熟了的东西，多放一两天不要紧。"最后由第三个人做了结论，她说："多买一些好，秀雯吃不了，她爱人可以帮助她吃。"那两个人也同意这个意见，她们买了一大包鸡肉丸子，欢欢喜喜地走出铺子来。

迎着这三个快乐的小姑娘，我问："是看朋友去吧！"其中梳着两条大辫子的姑娘说："是的，我们车间的秀雯姐生娃娃了，是头生，我们去看她。"

她们是纺纱厂的女工，在我们的时代里，解放前，被资本家当牛马一样看待的工人，买鸡去看望她们的朋友。

景文州老店

署名：孙翔

初刊上海《新民报晚刊》
1953 年 5 月 6 日

　　在开封看起来很宽阔的一条大街上，街道两旁，相邻不远，有三家都挂着"景文州"招牌的绸缎店。店中的装饰，三家也完全一样，不同的，只是屋面有大小之分而已。在店里边，既看不见摆着绸缎的货架子，也看不见其他货物。店中，横在当面的是一个黑色油漆的柜台，柜台后面的墙上，嵌着长条的木匾，匾上写着汴京绸缎，香帕绫罗等字样，匾下是左右相对称的两个小门，通往后房，门上挂着蓝布门帘，这屋中惟一的货物，是斜放在柜台上的一匹匹的黄色绸子。在柜台右下方的地上，竖着高矮不等的湘竹条，竹条摆成方形，一个人坐在方形的"竹阵"旁边，手里拿着一个直径长有一尺的"线拐子"，上面绕满了黄色的丝线，原来，她是在织绸子，这个小小的竹条阵和那个线拐子，就是织绸子的全部"机器"。

　　织绸子的人，十指巧妙地转动着，她在织着"香帕"，所谓香帕，就是老太太用来包头的丝巾。她在长五尺、宽二尺的丝巾上，织上了对对斜飞的蝙蝠。

　　我问她："同志！怎么你们三家都是景文州呢？"

她笑了，她说："我们三家都是景文州不稀奇，叫景文州的这样绸缎店，可有几家呢？"

我说："为什么大家都叫景文州？"

她说："景文州是明朝一个有名的织绸工人，他织的绸子，又耐用，又好看，织什么像什么，若是织对孔雀，连孔雀尾巴的翎眼都织得出来。咱们都叫景文州，也是……也是向他学习的意思。"

当然，最后一句话，是解放后她才这样说的，以前，"景文州"三个字，也一定像卖刀剪的"王麻子"那三个字一样，是用来作为招揽主顾的招牌的。

又从我同店里人的闲聊中，知道她们从事这一行手工艺品的人，都是珍惜她们已有的成就，都兢兢业业地维护着她们的事业；外地人初到开封的，看见她们的出品，更都以热爱的心情，赞赏她们的超然绝诣。

这时，一个年轻的姑娘走进店里来。她把手中拿着的包包放在柜台上，歇了歇，坐到竹阵旁边去，织起绸子来了。

店主人告诉我，这是她的女儿，在纱厂里作工。

这个全国闻名的景文州的巧妙纺织艺术，正该结合现代的纺织技术，由这些年轻的继承者，加以发挥和提高吧！

保育院的儿童车

署名：孙翔

初刊上海《新民报晚刊》

1953 年 5 月 7 日

　　像黄包车一样的两轮车，原来应该是车座的地方，安置了一个长方的小车厢，车厢内部的四周是矮矮的座位，上部是窗棂一样的小栏杆，车厢的全体漆着淡绿的油漆，画着白色的鸽子，鸽子的红色的嘴里，还衔着青青的橄榄枝。车中是五六个系着水蓝色围裙的孩子。拉车的人，慢慢地在街上走着，孩子们在车里边又说又笑。

　　孩子们几乎是同样的肥壮，红红的小脸，红得真好看。这是一群机关工作者的孩子们。他们受托在幼儿园里，早上，当他们的父母上班的时候，孩子也由保育院派出的车子，按家接到园里来。晚上，当他们的父母工作了一天之后，保育院的车子又挨次把他们送回家里，和父母一块，度过温暖的夜晚。

　　这是一幅惹人喜爱的图画，在绿色的画着和平鸽的车子里，可爱的孩子们欢笑着。这幅画，自然而然地使你联想到快乐的劳动和幸福的和平。也自然而然地联想到，这个人力拖拽的小车子，将变成大的新型的汽车，汽车里的孩子也将要更多，这辆车，和这辆车子经过的街道，街道两旁的店铺，都将随着祖国的发展，开封的建设，改变着自己的面貌。一切都向着幸福的未来，这因为我们是毛泽东时代的人们啊。

出嫁与结婚

署名：孙翔

初刊上海《新民报晚刊》
1953 年 5 月 8 日

　　织带子的手工作坊里，正筹备着喜事，作坊主人的女儿聘给杂货店的小店主，今天就要行结婚典礼了。

　　正午，漆着红色牡丹花的喜车来到了，赶车的和那匹马都装饰着，马车的四角挂着大红的纱灯。那个女孩子被扶出来了，穿着粉红的衣服，低着头，坐在马车里，吹吹打打地叫人拉着走了。这个喜庆的场面使我很不舒服，我没有在这个"结婚"的喜事中，感到欢愉的情绪。我觉得像是几十年前的开封城在办喜事一样。

　　傍晚，像老开封人的习惯那样，我们坐在门前闲望，那个嫁了女儿的母亲（我们的邻家），也像往常一样，坐在门口，折叠着织成的带子。那些带子五颜六色，有宽有窄，是农民们用来紧裤脚用的，特别是脚小的老太太，一律是用这样的带子扎裤脚。

　　这是个星期六的傍晚，街上的人很多，穿着制服的工作人员特别多，安静的开封，在星期六的傍晚，活跃起来了。

　　队打着鼓的人过来了，打的是洋鼓，镀镍的鼓圈在夕阳中闪着光，鼓队前面，是四面大红旗，红旗的前面，是五星国旗，在国旗下面，一对青年男女阔步前进，胸前戴着大红花。女人的头发，结着红绸子的蝴蝶。鼓队后面，随着一群人，踏着鼓拍前进。

我以为这是工厂中的模范工作者正受奖回来，同志们正用音乐伴送他们回工厂去。

那位妈妈告诉我，这也是结婚的。开封有这样的风俗，结婚的时候，要游一游街，她的女儿也要坐着马车游游街的。

当然，我立刻就注意起那对戴着红花的年轻人来了。那对年轻人幸福地微笑着，两个人谁也不看谁，可是在暗暗地保持着步子的一致。当红旗被风吹到姑娘的脸上的时候，男人替她拿开了，同时，亲密地望了她一眼。

早晨，那幕喜事留给我的不快完全消散了，我从这对年轻的结婚人身上直觉到了家庭的魅力。是呀！在五星红旗的照耀之下，在生产中成长起来的爱情基础之上，有什么不可以把心中蕴藏着的结婚的喜悦显示出来呢！这样，在响亮的鼓声中游游街，用自己的欢乐感染着别人，正是我们今天的健康的婚姻的本色。我向那位妈妈说："为什么不让你的女儿也这样游游街呢？这样多好！"

那位妈妈说，"好同志！人家这一对是工人呀！咱们这样作小生意的人不行，亲戚朋友脑筋都旧，她爹怕人笑话。可我二女儿结婚时一定这样做，她爹怕也拦不住她，她——她也是在纱厂里作工的。"

生产战线上的一员

署名：孙翔

初刊上海《新民报晚刊》
1953 年 5 月 9 日

中山大街是开封最长的一条大街，在临近我们住宿的地方，这条街的两旁都是小作坊，有铁匠炉、木器店、绳子店、作藤椅子的、织竹簾子的、弹棉花的，最多的是铁匠炉。

从天一闪亮开始，这一段街道，就奏出了自己的旋律：铁锤打在铁砧上的响声，风箱低沉的呼呼声，弹棉花的嘤嘤声，木匠的刨子在木片上滑过，藤条在作椅子师傅的刀下转着，嗞嗞地响着，织竹簾子的人，把那个掇着绳子的线拐子叭哒、叭哒地扔过来，又扔过去。这一段街道的音乐，是开封进行曲中的一个重要构成部分。

我们几个外乡人，站在一家铁匠炉门前，看着老师傅教给徒弟打铁，他们在做着农民锄地用的锄头的铁板。烧得通红的铁，在老师傅熟练的锤头下，很快就打成了锄板。徒弟就照着师傅的方法，来作第二个。

这家铁匠铺，和这条街上其他的铁匠炉一样，在屋子的正中放着铁砧，砧旁砌着溶铁的炉子，炉子的左侧按着大风箱，一个十五六岁的小鬼头在拉着风箱，货品摆在铁砧右面的木架子上。打铁的徒弟看见我们停在店门口，就问："同志们！有事吗？"他不问我们买什么，而问我们有没有事情，他看出我们不是买主来了。

我说："看看你们打铁。"

老师傅说："唉！笨手艺，没啥看的。就是眼前对付着做吧，将来机器工厂多了，人们就不要咱们这旧家什了。"

没等我们说话，徒弟抢着说："别瞧家什笨，眼前顶大用，没咱们这些钩钩板板，老乡就是种不上地。"

这时候，一位老大爷来买锄板，师傅去招呼顾客，徒弟一边工作一边向我们说："工会主席早就跟俺们讲明白了，将来咱们都使机器，眼前，可就得靠咱们这样的小铁匠炉出活。别瞧东西做得不如机器出的活，顶用就是好。"

我说："对！小师傅说的有理。"

徒弟说："将来开大铁工厂，工会说我们都能够去，师傅老是说自己老了，力气顶不上，老头还想不开呢，用机器做活，就是巧劲，原本不费力。"

我们都被徒弟的话说笑了。那个拉风箱的小鬼头也笑起来了。

祝福你吧！年轻的铁匠工人，在机器还没供给我们足够的工具之前，愿你好好工作，为国家的大规模建设尽力！

从铁匠炉的门前走开的时候，我注意到了他们门上的对联，上联是"与劳动模范比美"，下联是"向战斗英雄看齐"。好豪迈的口气，一定是那位小师傅的手笔吧！

龙亭的新生

署名：孙翔

初刊上海《新民报晚刊》
1953 年 5 月 10 日

开封中山大街的北头，有一个古迹，据说是赵匡胤走马上殿，在这里坐了朝的"龙亭"。

龙亭高高地踞守在开封城的北角上，高度比北京故宫的三大殿还要高，说是"亭"，也可以说是"殿"，是介乎亭殿之间的一种建筑物。有殿的宽阔广大的气魄，又因为高高地孤另另地处在很高的阶梯之上，殿也带了亭的玲珑风格。

龙亭的前面，有两个大水池，开封人称这两个水池为"杨湖"、"潘湖"。据说是宋朝的忠臣杨家和他的敌对者潘家各自盘踞的营寨，池的面积都在三十亩以上，中间有小的沙丘，上面丛生着绿草。

开封解放的时候，龙亭遭到了炮火。据说，只是大殿的正面没有损坏，阶梯和大殿的背面都毁坏了。

现在，龙亭正在施工，在尽量保持原有的建筑物的施工原则下，龙亭基础的阶梯正在整修。

这有千年历史的古建筑物，在归还给劳动人民之后，劳动人民以自己创造性的劳动，把它修建得更加坚固，更加美丽。

相国寺后街

署名：孙翔

初刊上海《新民报晚刊》
1953 年 5 月 11 日

开封的相国寺后街，相当于上海的南京路，相当于北京的王府井大街。解放前，是开封的统治阶级的主要据点，掌握开封经济命脉的一条街。大街的两侧，林立着在开封说起来是最漂亮的建筑物，这些建筑物完全是二层楼房，楼面上装饰着各种各样的商标和花纹，有银行，有粮食公司，有五金行，有百货公司，有大饭店，概括了物质生活和文化生活的各方面需要。

这条街，在解放前，是劳动人民的死对头，是劳动人民的吸血者，丰饶的河南平原的产品，经过这些楼房中买办奴才的黑手，落到帝国主义者的腰袋里去。劳动人民承受着敲骨吸髓的压榨和掠夺，眼睛巴望着肥硕的小麦和烟叶——自己用血汗培育的小麦和烟叶，却只能吃观音土，吃野草和树叶。

今天的相国寺后街，却完全不同于以往了。虽然还是那些装饰着各种各样商标的楼房，而楼房的主人是广大的劳动人民，并非是过去那一小撮吸血者了。

河南省今年有四分之三的县份遭受霜灾，如果在解放前，相国寺后街的统治者，就又有了发财的机会，他们正好抓着农民们最需要帮助的这个机会，把农民们逼到绝境去，他们可以高价出卖粮食，可以贱价收买土产，可以用惨无人道的"批青"办法放高利贷给农民，可以把农民们逼得用女儿的青春来换取生活的暂时安定。

因为人民作了相国寺后街的主人，对待霜灾的办法自然就完全不同于以往了。在相国寺后街每一家商号的扩大器里，都在转播着中央河南霜灾慰问团内务部纪纲司长的讲话，在商号内的工会小组里，正在讨论着怎样筹集捐款，怎样把灾区最需要的用来浇麦保苗的水车和各种农具，迅速地送到农民兄弟的手中去，在精神和物质上支援受灾的农民兄弟们。

在相国寺后街的一个邮筒旁，一个戴红领巾的小弟弟把一封信投进邮筒。我问他给谁寄信，他说："我们的一班小同学共同写信给农民伯伯，盼望农民伯伯不要着急，麦子受霜不要紧，全国人民、全省人民都在慰问帮助农民伯伯。"小学生也献上了自己纯贞的敬爱，他们一班捐了十万块钱寄给农民伯伯。

正像这位光荣的队员所说的那样，相国寺后街正为救灾忙碌着。

把科学还给人民

署名：孙翔

初刊上海《新民报晚刊》
1953 年 5 月 12 日

我们因为工作的联系，到科学普及协会河南省分会去。科普协会的会长，也是河南省立博物馆的馆长刘梦芝老先生接待了我们。

在工作上的问题谈完之后，我们就告辞了，刘老先生送我们出来。当我们经过博物馆中的矿物陈列室的时候，有三个上了年纪的农民，他们显然是到城里"赶集"来的，背着崭新的筐子，绷套和小农具，正在参观地下煤层的横断面。他们看不明白，看见我们走过，就拖着刘老先生来给他们讲解。

刘老先生向我们点头告别，立刻给农民们讲起煤的一切来了。他兴致勃勃地带着这三位农民一张一张地看着煤层的形成图，讲的很通俗，遇到不好理解的名词，就思索着，寻找最浅显的话来说明。最后，他把焦作煤矿的挖煤方法也讲给农民听了。

在刘老先生讲解中间，矿物陈列室中的工作人员曾经过来代替刘老先生，可是我们听见刘老先生轻轻地说："我现在不忙，可以讲一会。上年纪的人爱听上年纪的人讲话，我讲吧。"

刘老先生雪白的长胡子，飘拂在焦作的乌黑的大块煤块之中，他是这样辛勤地做着把科学普及人民的工作。

十座贞节碑

署名：孙翔

初刊上海《新民报晚刊》
1953 年 6 月 28 日

有这样一个小村庄，我们到达那里的时候，已经是午后的 8 点钟了，只能看清楚在暮霭里闪着光的水塘。蛙叫着，小小的萤火虫开始飞翔在草丛上了。空气香得很，那是花的香味，又像野玫瑰，又像夜来香的香味。

我们经过了一座桥，这是通往村里的要道，虽然看得不很清楚，但还能辨认出来，那是一座石造的桥，桥面光滑平整，桥座美丽玲珑。在这样一个小村庄里，有这样一座漂亮的石桥，我不由得对建桥的人生出敬意来了。

第二天，鸟把我叫醒了。听得最清楚的是布谷鸟的叫声，它不停地唱着"布谷！布谷"！我们投宿处的老大爷，据说一早就到秧母田里拔稗子去了，我慌忙披上衣服也赶到田里去。因为老大爷说在吃早饭以前，带我去见他们的互助组长，我怕是误了。

我第二次又走过那座石桥，虽然怕老大爷等我，到底还是停下来细细地看了看桥。

原来这是用十座贞节碑搭成的石桥，在我脚下的桥面上，就刻着"吴门张孺人贞节碑"的字样；其他的九块碑面上，也都刻着被颂扬的所谓"烈女节妇"的名字。按碑文上记载的时间来看，一直从清乾隆延续到民国十九年。昨夜在暝色中，使我觉得美丽玲珑的桥座，原来就是节烈碑的碑座，这十个碑座，两个一组被改作成桥座，承托着桥面，桥面也是两块石碑并列着砌接起来的。

我的心激动起来了，不仅仅因为桥的美，而是在这座桥的建造上，我又进一步体会了革命的雄伟气魄。在革命的浪潮里，在翻了身的农民手中，代表着封建统治者的威严的贞节碑，被改造成为交通要道的桥。在作为一个受过封建礼法压迫过的女人，我更加深切地觉到挣脱了封建枷锁的幸福。不管是吴门张孺人，也不管是未结婚就为夫守节的李慕贞，她们那样阴惨的非人生活，是一去不会再来的了。

我们投宿处的老大娘，不知什么时候跑到我身后来了，她怕我受不住晨凉，替我送了件棉背心来。老大娘刚刚梳得整整齐齐的头发上，戴着两朵香气四溢的金银花。她慈祥地微笑着，一定要我穿上那件棉背心。

我说："老大娘！你待我们太好了。"

老大娘说："人心都是肉长的呀，毛主席派了你们来，你们一天到晚的为咱们忙，真不知怎样待承你们才好呢！"老大娘看我看着桥，就指着旁边一块李慕贞烈女的石碑说："这还是我的表姊妹呢，卖给那天杀的地主邱老五的痨病儿子，那痨病鬼一死，邱老五就逼着慕贞生生地饿杀了。才十五岁，一朵花才开的年纪呀！"

隔了这么多年，老大娘说话的时候，仍然免不了激动，她流出痛心的眼泪。但她立刻就擦去了，拉着我的手说："像慕贞遇到的那样的事，可再也不会有了！"

石榴花开

署名：孙翔

初刊上海《新民报晚刊》
1953 年 6 月 29 日

在五月的阳光下，石榴像火一样，茂密地盛开着。

有一个姑娘，在石榴树下，为石榴树追肥。她穿着淡青色的裤褂，那颜色又像头上的蓝天，又像小河里清澈的河水，给人一种非常明快的感觉。

当姑娘抬起头来的时候，她眼里那种幸福愉快的光彩，比她身旁的石榴花还使人感动。那是一种深沉的、真正出自内心的幸福的光彩。

我从篱笆墙的荫影里走近她。当她听见脚步声急促地向她走近的时候，她用袖管擦了擦额上的汗，甜蜜蜜地说了："瞧你！就不知道人家等的心急，大热天，会忙的连饭也不来家吃。都晌午歪了，就不知道肚子饿呀！"

当然，这话绝不是跟我说的，她正在等待着别人，在那边老槐树的荫凉里，摆着一张小方桌，上面放着罩在白纱布里的午饭。

我觉得对不起她，我不应该在这时候打扰了她。她抬起头来看见我走近了她的家的时候，脸立刻绯红起来了，红得跟她身旁的石榴花一模一样，她一定为我听见了她的话而不好意思了。可是她立刻欢迎了我，请我坐在槐树下面，并且喊出她的娘来招待我，自己收拾好了上肥的家具，到河边洗手去了。

她的娘殷勤地请我坐好，并且为我倒了一杯冷开水，她也为等待着一个人的归来而焦急着。这时，我闹清楚了，她们是婆媳两人，等的是姑娘的丈夫，老妈妈的儿子。

就从婆媳两个人等待的感情来看，就明白这一家人是处在怎样和睦亲爱的感情之中了。

这家里的男人回来了，手中提着用葛藤系着的一串田鸡。我认出他来了，他是张国富，是在学习了婚姻法之后，用自己的模范行动，改善了母子、婆媳、夫妻关系的模范团员，昨天晚上，村长特意把他介绍给我，还告诉我他的爱人彭桂兰是这村子里栽培石榴的能手。彭桂兰是童养媳，六岁上被卖到张家，很受过婆婆的气呢。

彭桂兰洗了手出来了，不是向张国富，而是向着婆婆说："娘！你瞧这个人，毒太阳底下，不说回家吃饭，反倒去捉田鸡。"

张国富一边和我招呼，一边向桂兰说："你不是想吃吗！我没费多少工夫，一歇歇就捉了这么多。"

老婆婆低声和我说："桂兰有喜了，过门十二年了，这是第一次害喜病。"

看着火一样的石榴花，我想到了"榴开百子"这句吉祥的古话，桂兰老婆婆和张国富的喜悦，也感染了我。

（自河南车云山寄）

一杯香茶

署名：孙翔

初刊上海《新民报晚刊》

1953 年 6 月 30 日

在茶山车云山脚下的小山村里，旅店主人张老大娘，为我泡了一杯新上市的龙井茶。

说实话，我是"喝茶"的外行，原本分辨不出茶叶的好坏，但老大娘殷勤的情意，使我觉得这杯茶特别香，像是在你工作疲乏之后，躺在家里的藤椅上，喝一杯茶一样地舒适。

这个小山村恰恰在车云山的山脚下。在村中任何一家的院子里向西看，都可以看见埋在云雾里的车云山的山峰。村中人的生活，一年之中有八个月依靠上山去"作茶"，四个月依靠田间出产。又因为这个小山村是上下车云山的要路，三十多年来，一直是贩茶者必经之路，所以村子虽然小，酒店、饭铺以及小旅店，挤满了村中唯一的一条大街。

解放前，这里也曾是盘踞在车云山一带的土匪们发财的宝地，炒茶的工人从山上拿到工资之后，刚回到家里，就像有人报信给那些天杀的土匪一样，当天夜里，就会被洗劫一空。不单是作茶所得的工资，连家里存的一点糙米，也完全被抢掠了去。因此，这村子的每一家，都是一年饿着半年肚的。

　　如今，这一切恐怖的事件，都成为遥远的过去了，人民解放军搜遍了车云山的各个山峰，消灭了大股、小股的土匪，正像张大娘的那句话一样："你呀，开着门睡觉，也不会遗失一根稻草。"

　　这样，张老大娘为我泡的那杯新茶，不仅是意味着对旅客细心的照护，而是意味着和平与幸福！

（自河南车云山寄）

地主的砦寨

署名：孙翔

初刊上海《新民报晚刊》

1953 年 7 月 1 日

从车云山脚下的驼店村出发，要经过九道山峰，才能到达盛产闻名国内外的"车云毛尖"茶的茶山——车云山主峰。山很陡，就这样往上爬，已经非常吃力了。可是，地主王某，就在车云山的主峰上，在绵亘有五百亩左右的土地上，建筑了青石的砦寨和高大的瓦房。那些瓦房，正像我们在平地上常见的一样，画栋雕梁，极尽装饰之能事，建筑这大瓦房的每一块瓦，每一根像样的木材，都是农民从其他的山上和附近的村庄里用双肩担上山来的；爬过那偶一失足就会坠到山涧里去的羊肠小路，用双肩担上山来的。你试想想看，在尽是碎砂子和陡峭的岩石小路上，要提防着狼和其她野兽的来袭，又要谨防着从深草中窜出来的各种各样的蛇，肩上担着稍一不小心就要跌碎了的瓦和玻璃，就这一段行程，没有相当的爬山技巧，没有临机应变的智慧，没有持久的忍耐力，就休想走得过来。当我累得上气不接下气，途中休息了几次才爬到了车云山的主峰上面时，当地主的青石砦寨，像雄伟的万里长城一样，蜿蜒地在我的眼前出现的时候，我抑制不住地对建造砦寨的人民，升起来无限的敬意。伟大的砦寨的建造者！

据说，早在清朝末年，王某便霸占了这座跨在河南、湖北交界处的大山，从附近的山村里，用威逼、利诱等各种方法，逼迫农民们舍弃了田地，到山上来为他开辟茶园，栽植茶树。这座山，因为山峰高，空气的湿度大，茶的质量好，王某很赚了一笔大钱。一斤车云毛尖茶，要卖十块响当当的光洋呢。

不管王某过去如何威武，如何阔气，在人民当家作主的今天，在人民解放军把这位砦寨的王者打得闻风而逃的今天，王某过去的威武恰成了他今天罪恶的实证。在砦寨的炮楼上，不晓得是那位人民画家用白粉画了两幅非常生动的图画：左边的一幅，是一长列担茶下山的茶工，王某——一个脸很长，又很瘦，拖着两撇老鼠须子的人，手里拎着根豹筋鞭子，气势汹汹地站在大路之上。右边的一幅，解放军雄赳赳地站在大路上，王某从山沟里正往外爬，撕破了长衫下面，还拖着一条狼一样的尾巴。

这两幅图画还是解放当时画的，经过风吹雨淋，有些地方已经模糊了，但是人们不断地补充了它。越补充，解放军的形象越鲜明，越雄壮，王某的形象就越丑。人们把在山里所遇到的各种有毒的生物，都画到了王某的身上去了，他的身上有蝎子，有蜈蚣，有狼，在王某的嘴边，画了一条毒蛇——七寸子。这两幅画，就是这座青石砦寨历史见证人。

（自河南车云山寄）

一位炒茶技工

署名：孙翔

初刊上海《新民报晚刊》
1953 年 7 月 4 日

车云山茶园还给人民之后，当地的茶工这样建议给政府：不要把茶园像田地一样分给农民们，茶园只能统一经营，分散开来，小户农民没有能力把整个茶山经营好，要自己经营自己分得的一小块，就要破坏整个茶园的水土，茶山会被损坏的。

这位有远见的茶工，这位爱护国家财产像爱护自己的三亩地一样的茶工，在他的建议被政府采纳之后，他就和过去被地主迫害过的茶工十三人，共同组织了车云山茶社，在政府的具体支援下，修整了茶园，组织了采茶女工，开始炒起茶来了。

在炒茶技术上，他总是毫无保留地把技术教给徒弟，我不止一次看见他在一百八十度高温的炒茶锅旁，细心地把着徒弟的手，教给他怎样把茶炒好。他满头流着汗，却关心徒弟是不是太热。

在"评茶"的时候，他认真地评论着茶工们炒出来的茶。炒的好，他就赞扬，主张给予应得的酬报；炒坏了的，他也毫不客气地批评，主张按茶的成色减低工资。曾因为这样大公无私的评级工作，得罪了他的儿女亲家——另一位老茶工。

在茶园里有事情，需要山前山后跑路的时候，他总是肩上扛着把镐头，遇见流通山洪的水沟有堵塞的地方，他就及时修理好。遇见需要整理的茶树，他就加以整理，这样，往往耽误了吃饭。

有一次，我和他一起在山峰上跑路，他让我走在前面，说有土布袋（当地山中的一种毒蛇），我走在前面，可以安全些。在路上，当我问及他现在的生活好不好的时候，他说："王登云霸占这个山的时候，咱们茶工和农民就像山下的石块一样，王登云压在上面，咱们永世翻不过身来。如今，政府是咱们自己的，县长口口声声地叫着咱们周师父，事事听从咱们的意见，只要咱们走的正，行的端，处处为大家着想，政府就听咱们的。你说，孙同志！这样的世道，谁不掏心干，那他可就太没有人心了！"

就这样，周国臣这位老炒茶工，用他的全副热情，迎接着茶山上一切新的改革，真正地以主人翁的身份，为茶山创造性地劳动着。

（自河南车云山寄）

李乃香的婚事

署名：孙翔

初刊上海《新民报晚刊》

1953 年 7 月 5 日

清晨，天刚闪亮，车云山还完全埋在晨雾里的时候，采茶的姑娘们便上山了。这么早上山，为的是在朝露中采的茶，饱含水分，茶的叶子嫩，香气大。

我也和采茶的姑娘们一起到茶园去了。而且像她们一样，热心的投入了采茶的工作。

山上到处都是淡青色的晨雾，相隔一丈开外，就看不见对方的人影。山前山后，一百多个采茶姑娘，很快的就都隐藏在雾里面了。只能听见她们杂在鸟声中的说笑的声音。

采完了一丛茶树上的嫩叶，我走向另一丛茶树的时候，一个姑娘坐在茶树下面，采茶的篮子丢在脚下，她正在想着什么。

我想跟她开个玩笑，把篮子丢下，轻轻地溜过去，猛然把她的双臂一抄，往后一剪。我原意是吓吓她好玩，可是她真的吓坏了：她尖锐地问了一声"谁"之后，虽然看清楚是我，身子仍然制止不住地颤抖着，连嘴唇都吓得失去血色了。

她叫李乃香，昨夜我们在一块开小组会，她还曾攀着我的手臂，让我给她讲述战斗英雄郭俊卿的故事。可是今天早晨，她却被我的恶作剧吓着了。

我抱着李乃香，尽最大可能使她安静下来。她说："孙同志！不是你吓的我，我这是老毛病了。谁只要是从后头一抄我的手，我的身子就吓软了，想动也动不了。"

李乃香的娘告诉过我：李乃香十四岁上，被地主王登云的侄子从茶山上拉到砦寨里去糟蹋了，一连病了半年。以后，就是饿死也不到茶山上来采茶；解放后才又到茶山上来的。

李乃香怕别人从后面抄剪她的双手，一定是那件惨痛事件的结果。

茶山上的年轻女工，过去，没一个逃得脱地主的魔掌。地主利用经济上、政治上的权势，非法剥夺了山上女孩子们的青春，正像茶山上的嫩茶为地主们生产利润那样，茶山上女孩子花一样的青春，为地主们装饰了生活。

李乃香安静下来了，她告诉我，她娘要她嫁给山下驼店村里的酒馆掌柜的，她却要和炒茶工人徐国栋结婚。她问我："你看徐国栋那人怎么样？"

徐国栋是好样的，无论炒茶技术和群众关系，都非常好。像徐国栋和李乃香这样在生产中互相了解而恋爱起来的人们，已经有好几对了。解放前，茶山上混乱的男女关系，完全消灭了，新的恋爱关系，正健康地生长起来。

（自河南车云山寄）

茶山的远景

署名：孙翔

初刊上海《新民报晚刊》

1953 年 7 月 6 日

在车云山上，无论是采茶女工，炒茶工人，或者是住在山上的茶叶工人的家属，都在谈论着集体农庄的事。

只要你一跟山上的人谈起将来的问题，她们就会说："我们这儿要成立集体农庄，用机器开山种茶，用机器给茶树上肥，用机器开水沟，用机器炒茶，也用机器把茶叶送下山去。"

住在山上帮助茶工们改善炒茶技术的技术指导站的同志们说："自从南湾水库一开工，山上的人们成立集体农庄的信心就更高了，他们就盼水库发电，他们计划修一条高架电车线路，根本改变车云山爬越九道山峰的艰险。计划在山下建立茶叶加工厂，计划在山上安电炒锅。山上的人，计划像苏联的集体农庄那样来改变他们车云山呢！"

守在麻油灯旁边，听着山风的呼啸，望着被松烟熏得乌黑的屋子，你会觉得一切用电来做动力的说法是有些脱离实际。可是，只要你一想到这连绵五百亩的砦寨换了主人，女工们挣脱了几十年的地主们的蹂躏，你就会觉得在这样英雄的人民面前，没有完不成的业绩。而且，更主要的是，南湾水库修起来了，电的来源有了保证。

毛主席的伟大的根治淮河的计划，和淮河工地上人们劳动的成果，把幸福带到这个埋藏在云雾之中的山上来了。

（自河南车云山寄）

吕鸿宾讲故事

署名：孙翔

初刊上海《新民报晚刊》

1953 年 11 月 9 日

在吕鸿宾农业生产合作社里，正是晚秋收获的紧张时分。场上社员们在打豆子，金黄的大豆，绿的紫的小豆，满场都是滚圆的宝石一样的豆粒。

在田地里，正在耕种冬小麦。牛拉着楼，人们撒着肥料，麦种混合着豆饼种到地里去了，也混合着人们的希望种到地里去了。到明年，当云雀在空中高唱，空气中散放着金银花的香气的时候，今天下种的麦子就要收获了。今天种下的一粒麦种，到时候就要变成五十颗，七十颗，甚至于一百颗。

一群青年社员，由十七、八岁到廿二、三岁，有小伙子也有姑娘们，在村前的地里刨甘薯，甘薯是有名的胜利百号优良品种。就在今年这样先涝后旱，七灾八难的自然条件下，一亩地也收获了四千斤。青年人互相夸耀着自己刨出来的收获物，带着青年人特有的欢快响亮的声音，开着玩笑，说着只有青年人觉得有趣的事情。

天近黄昏了，晚秋的太阳总是落得快。青年人们刨的甘薯还剩有一块没有刨起，一个小伙子眯起一只眼睛，打量着伸展在脚下的甘薯田，说："怕刨不完了。"

　　年轻的生产小组长—— 一个很结实的姑娘——心里正在盘算着这件事。这片早熟的甘薯，预定分给全社五十九户社员尝新，并且已经有五十六户分到了。甘薯是主妇和孩子们最喜爱的东西，小组长想起自己每次吃到每一年第一块甘薯时香甜的心境，她就想，无论怎样，也要把最后这三户应得的甘薯刨出来送去。

　　吕鸿宾扛着镢来了，他立刻加入了刨甘薯的工作。他的来临，无形中提起了青年人的精神，大家工作得越加紧张了。吕鸿宾开始说起故事来了。

　　吕鸿宾说："元朝时候，每家庄户人家都驻了一个'官'，这人比祖宗还大，拣好的吃，拣好的穿，还打人骂人，八月十五烙月饼，人们就在月饼里夹了个小纸条，送给知心的亲戚，要好的朋友，相约着这一天把自己家里的'官'杀死。"

　　"杀死没有呢？"一个第一次听到这个故事的青年人问。"当然杀死了！"有一个姑娘抢着问答。

　　吕鸿宾说："都杀死了，每家庄户人家驻的'官'都杀死了，因为大家齐心一致下手干。"

　　"是呀！齐心就是力量，这谁都懂得。"一个青年夸耀地说。生产小组长说："咱们也齐心把这块甘薯刨完，跟时间赛跑。"

　　青年们唱起来了，美丽的故事展示了祖先英勇的斗争，毛泽东时代的青年自然比老祖宗更有组织更有力量。大家加把劲，在晚霞收起了最后的一条彩线的时候，甘薯圆满地刨完，分配完了，在人们扛着镢回家去的时候，年轻的小组长禁不住快乐地想："社长来的真是时候，故事讲的就是好。"她一跨进家门，就看见妈妈在火光里烘着甘薯，甜美的新甘薯的香味洋溢在屋子里。

太阳升起前的劳动

署名：孙翔

初刊上海《新民报晚刊》

1953 年 11 月 10 日

因为天旱，地里的大豆荚干得紧绷绷的，凡是在农村中住过的人就都有这个常识，这样的豆子很难收割，一震动豆棵，荚皮就会炸开，豆粒就要落到地下去。

去年也曾有过类似的情况，但那时劳动组织搞的不好，许多人拥在一块地里收割，手快的手慢的，干的起劲的干的不起劲的，都凑在一起。虽说是也按活评工，都是乡亲近邻的，谁也破不开情面就指定某某人偷懒、耍尖头，虽然评分，也就有名无实。这样在评过分、定了工之后，积极干活的人，自然心里不舒服，因为这不仅仅是工分多寡的问题，而是一种劳动的正义感。偷懒耍尖的人也列在好劳动之内的话，就不足以鼓励积极劳动的人了。

合作社的领导，特别是吕鸿宾，进行了家庭访问，知道了社员们的心病之后，就积极地改善了劳动组织，每件工作都定出定量来，谁超过定量谁就多得工分，达不到定量的就少得工分。劳动组织一合理，人们的劳动积极性空前地高涨起来了。

社员们分成小组负责收割黄豆，副社长吕春香领导的一个收获小组，都是年轻的姑娘们，为了避免豆荚炸裂，大家就议定在早露没干之前，把那块干得最厉害的豆地割完。

下弦月亮晶晶地照着，报晓鸡还在酣睡，姑娘们便悄手蹑脚地起身了。谁都以为自己起得不晚，可是，到了指定集合的地方看时，全组的人都来齐了，大家几乎是同时到了老榆树的树影之下的。

姑娘们散到田里去了，立刻就听见了镰刀割在豆棵上的声音。磨得锋快的镰，像月亮一样地闪着银光。姑娘们快乐地说笑着，握着潮湿的豆棵，互相询问着，是不是听见豆荚爆裂了。到确定知道豆荚没有爆裂，或者爆裂极少的时候，姑娘们欣慰地笑了，收割得更起劲了，镰刀像多鳞的鱼一样在黑暗的豆地中奔游着，闪着白色的光彩。

鸡咯咯咯咯地叫起来了，早霞开始由青色变成玫瑰色，变成紫色，又变成红色。月亮变白了，朝雾像清凉的水流一样，流溢在天与地之间。

吕春香听见远处的豆地里有人声，就告诉她身边的女伴，两人断定那也是割豆子的声音，姑娘们想，那一定是团支部书记领导的生产小组。

太阳露面了，姑娘们要割的豆地割完了，大家回去吃早饭。在路上，姑娘们看见不仅是团支部书记领导的小伙子们，连技术委员领导的中年人们也都趁着朝露割豆子来了。

调皮的姑娘就故意问："喂！你们干什么来了哟！"

小伙子们说："问你们呀！"问答的漫长的声音在空中响亮地回旋着，惊起了树枝上的鸟，扑落了树上的黄叶，恰好落在走在树下的姑娘们的身上，小伙子们哄笑起来了。

有人在唱《东方红》，歌声欢乐地响彻了晴空。

吕春香姐妹

署名：孙翔

初刊上海《新民报晚刊》

1953 年 11 月 11 日

合作社的副社长吕春香，二十二岁；二妹春秀，二十岁；三妹春兰，十八岁；还有一个十岁的小妹妹叫小存。春香姐妹被村里所有的老祖母们赞美着，夸奖着，说她娘有福气，生了这么几个好闺女。也难怪老祖母们夸奖，姑娘们真是好样的。春香在组织带领妇女参加生产，做出了辉煌的成绩，促进了合作社的巩固和发展。今年夏天，光荣地出席了全国青年代表大会，不仅是在她的家乡，就是在全省，也是妇女解放的旗帜。春秀和春兰都是社内的劳动能手。三个女儿，任何一个都比她们尚在中年的父亲做的劳动日多。一家生活的负担，四分之三以上是由这些年轻的姑娘们肩负着的。

不过，二十二年前的情形可就完全不同了。那时候，春香的父亲是佃农，整年地作牛作马，还顾不上温饱。一家老少就盼望着抱个头生儿子，往好里说，儿子要能置上两亩地，作了土地的主人，那就什么问题都解决了；就是也作佃农吧，也可以分担父亲的辛劳，使家庭的情况稍稍改善一些。可是春香出生了，是个女儿，一家人的盼望都落了空。因为终归是头生，孩子又是父母亲的心头肉，小春香虽然是"生不逢辰"，也还是被宝爱地养育起来了。起了个乳名叫"松"，意思是稀松平常，算不了什么。

春秀当然比姐姐的情况又坏了些，乳名就唤作"变"，不言而喻，是希望第二个孩子变成男儿的。到春兰，又是女儿，全家人不仅是失望而是怨恨了，父亲和祖母连一眼都未看过这个小婴儿，母亲更是处在一种歉仄的绝望之中。旧社会里多女的母亲的悲痛是深沉的，强烈的母爱战胜了这深沉的苦痛，她终于咬牙把三个女儿抚育起来了，就把这个小女儿唤作"恨"：恨自己不争气，不会生儿子；也恨小女儿命苦，偏偏托生到这样的穷庄户人家来。

春兰之后，一如人们所长久盼望的，母亲又生了两个儿子。儿子之后又生了第四个小女儿。可是这时候，情形又不同于春香的时代了。旧中国破产的农村，使得这个普通的佃农生活得更加艰苦了，如今不是儿子或女儿的问题，而是孩子多、无法养活的问题了。母亲狠狠心要把新生的女儿扼死，姐姐们流着泪再三祈求，用猪食一样的食品，用细心的体贴，才把这个小姑娘养起来了，姐姐们就叫她"存"！

如今，姑娘们自然非常不愿意提到那辛酸的过去，母亲因为叫顺了嘴，无意中喊一声"恨"的时候，春兰立刻就撅起了嘴，装着生气的说："恨吧，恨我没跟您拌嘴，恨我没惹您生气。是吧！是吧！"母亲就红着脸，分辩着说："瞧！把你们扬气的，我年轻的时候要是来了共产党，我也能参加生产，参加劳动。就当是你们能呢，连句错话也不许说。"春兰看见母亲真的急了，就立刻过来抱着母亲："娘！我是说着玩呢！"母亲也笑了。

一升糁子的故事

署名：孙翔

初刊上海《新民报晚刊》
1953 年 11 月 12 日

我到吕鸿宾社长家里去，吕家嫂嫂请我一块吃晚饭。晚饭有新作的豆瓣酱，新炒的辣子，有滋味隽永的熬豆角，麦面和玉米面混合烙好的煎饼，小米熬的稀饭，还有自己腌的湛绿的小黄瓜。这是从前这村庄里富农吃的晚饭，土地改革以后，特别是这村庄里成立了合作社之后，这样的晚饭，已经是全村人们的家常便饭了。

所有桌上的东西，都是今年田地里刚刚收获的。这些食物发散着新鲜谷物特有的香气，颜色又是这样悦目，在紧张的劳动之后，这真是诱引食欲的好晚饭。

我吃完了一张煎饼，吕鸿宾社长的大女儿吕秀立刻又塞到我手里第二张。秀是个九岁的小姑娘，生得非常漂亮。她一边读着书，一边参加了她体力所能担负的一切劳动：帮助妈妈种菜，在合作社的公有田地中捉虫；闲下来的时候，还会给爸爸补袜子、纳鞋底。

虽然到爱国村不久，我已经充分看到秀的许多优点了，在晚饭桌上，很自然地，我不由得又赞美了这个秀丽的小姑娘。

吕家嫂嫂说："秀这几年才像个孩子样了，你没瞧见她小时候，瘦得跟个饿猫样。生她的那年，还是打鬼子的时候，一家人有一个月一口粮食没吃上，除了吃野草，就吃树皮。到后来，好说歹说，才从中农吕安吉家借了一升糁子，总算有口稀米汤喝，才对付着把秀养起来。"

我说："秀好好念书，好好劳动，也像爸爸一样，做劳动模范，到苏联去，到世界各国去，让全世界的人看看我们这个在旧社会里只配用一升糁子养活的小姑娘，在人民民主的国家中，获得了人民多么深厚的关怀和培育。"

吕鸿宾说："秀不能做劳动模范，只能算爱哭能手。"

秀有个小毛病，有不顺心的事，比较爱哭。这在一般的习惯来讲，小姑娘抹抹眼泪，原不算什么大事，可是坚强的爸爸却连这样的一点小毛病也不宽恕。

秀听了爸爸的话，小脸刷的一下就红上来了，小嘴撅得高高的，眼睛湿润上来，但却咬着嘴唇，竭力忍着习惯的哭泣。吕家嫂嫂来解围了，说："秀将来作人民演员，到苏联去，到世界各国去，就去演一升糁子的故事。"

有两位在爱国村住过的文艺工作者，就鼓励秀去作演员，而且说要为她编剧本，所以吕家嫂嫂这样说。

秀听了妈妈的话，小脸才逐渐舒展开来了，望了望我，又望了望爸爸，脸却又红上来了。

叫秀去作人民演员，真是最适合她的工作。这个小姑娘的一举一动，都那样灵活、机巧，加上从小养成的热爱劳动的好习惯，加上天生的好容貌，真的是完全具备了作演员的先决条件。

我说："对！秀去作人民演员，我带你到北京去进艺术学校。"

切甘薯的机器

署名：孙翔

初刊上海《新民报晚刊》

1953 年 11 月 14 日

  响应政府增产节约的号召，吕鸿宾除了抗旱种好小麦，为明年的小麦丰收做了一系列的准备工作之外，社员们家家都用"晒干"的储藏方法，储存了今年丰收的甘薯，以备明春代替一部分粮食。同时，专卖公司收购甘薯干，据说是用来提炼酒精。把晒好了的甘薯干卖给专卖公司，既供给了国家工业原料，家庭也增加了一部分收入。

  每家的主妇、小姑娘、老太太们都在切甘薯，院子里，村边的田地中、房顶上，一切能够用来晒甘薯片的地方都利用到了。每天，当玫瑰色的早霞刚刚出现，每家院子里都传来切甘薯的声音。

  一个人，一把菜刀，一块菜板，一天到晚，手不停息地紧切，也不过能切上二十斤，最多切上二十五斤；一家分上五千斤甘薯（这不过是一亩多地的产量），那么就要切二十天或者一个月，甚至于再多。在劳动力宝贵得像金子一样的晚秋时节，每家都要有个专人切一个月甘薯，这真是个无可奈何的浪费。社员们早就感觉到这点了，就是我，也想望着一架简单的切甘薯的机器。可是一提到机器，就觉得那是工厂里的事，农村根本跟制造机器联系不起来。

这天，天刚亮，我又照例地听见我的房东在切甘薯。可是，声音跟往日不同，往日是"哧、哧"地刀切甘薯响，今天却是"擦、擦"地响着，听起来像刀的声音。又不像刀的声音，我就决定立刻起来看个究竟。

房东用的是一个很巧妙的工具，在一块木板上安了一根方形的木棍，木棍的一头和一把平放着刀钉在一起。她把甘薯夹在刀与木棍之间，把木棍往前平着一推，干薯片就从悬空的刀片下面推出来，落在木板下面的篮子里面了。她这样三推两推，一个滚圆的大甘薯就切完了，而且切的厚薄一样。

我仔细地考察了这具甘薯机，发现一切都是现成的，木板是切菜板，刀是割庄稼的镰，木棍就是一段普通粗树枝，筐子更是每家都有的东西了。

房东告诉我，这是团支部的青年小伙子们创造的，用这个东西，一天能切八十斤甘薯。

我不能不把这个巧妙的设计物叫做机器了。当然，我们将来一定会有比这个精确千百万倍的切甘薯机，但那是将来，目前，这具就地取材、效果卓著的机器，节省了多少金子一样的劳动力，他的设计者又是显示了怎样丰富的创造力啊！

太阳升起来了，我的房东满意地切着甘薯，她对小伙子们的创造给予了极高的评价。我理解她使用这具切甘薯机的幸福的心情，这幸福的感情我也体会到了，那感情正像照射在头上的太阳一样，是这样明亮和温暖。

杜英蓉的婚事

署名：翔

初刊上海《新民报晚刊》

1953 年 11 月 15 日

二十岁的杜英蓉和廿二岁的吕鸿新很要好，女伴们都暗地里告诉我，说杜英蓉要结婚了。

这是对很好的伴侣，吕鸿新有高小的文化程度，在生产队里带领大家读报，给队里记工账，帮助大家学习技术课本，虽然身体不够顶壮，也还是队里的生产好手。

杜英蓉在姑娘们队里是数得着的，风里雨里，说干什么就干什么，从来没为生产的事皱过眉。缺点是没文化，可是上了速成识字班之后，也认了两千多个字了，正有待于巩固，吕鸿新恰好在这方面可以多帮助她一些。最使人觉得合适的，是两个人性格一样，都是又谨慎，又负责的青年，吕鸿新是说到那儿做到那儿，从来没有过口不应心，杜英蓉也是这样，总是做在头里，说在后面的。

可是，一个星期过去了，一个月又过去了，杜英蓉的事反倒听不见提起了，我想是他们俩之间有了分歧，就决定去找杜英蓉谈谈。

在杜英蓉的家前，有一株高高的白杨，四周是人家的篱笆，和杜英蓉种的一排向日葵。这些东西，形成了一个小小的屏障，在白杨遮及的树阴里，像个小院落一样地与外面的田地分隔开来，这是杜英蓉常常在那儿做针线的地方，我就决定先到那儿去找她。

杜英蓉果然在那儿，不过，不是在做针线，而是在写字。我说："杜英蓉！你在做什么？"

杜英蓉一看见是我，先用双手遮着了所写的东西，脸也羞得绯红。我不看她写的东西，只在她身边安静地坐下来。她也不说话，但看得出她正是在仔细地考虑问题。我明白杜英蓉的性格和她对我的感情，我猜她可能有话对我说，我就安静地等待着。

犹疑了半天，杜英蓉终于把她用双手遮盖着的那张白纸送给我看了，她说："你替我改改，我写不明白。"

纸上写着："我没有别的心，只想跟你在一块，跟你在一起怪好，干部们打通娘思想，封建辈分拦不着我，你放心！"

当然，这是她写给吕鸿新的，这个质朴的姑娘，是如此强烈地表明了自己的爱情，我就说："你写的很好！不用改！"

杜英蓉不相信我的赞语，再三叫我替她添上几句话，为了要我彻底明白事情的真相，她告诉我她的婚事最近的变化：原来杜英蓉的姐姐按辈份说是吕鸿新的远房婶婶，所以原本不愿意把杜英蓉嫁给吕鸿新的，杜英蓉的娘就借口什么辈份不对来反对杜英蓉的婚事。所以最近一时期，杜英蓉的事没有新消息传出来。

我没有替杜英蓉改信，但把那封信交给了吕鸿新。同时，发动了和杜英蓉娘要好的马老太太去说服杜英蓉的娘。就在这几方面的攻击下，杜英蓉的事终于解决了，和吕鸿新一起到乡政府去登了记。

吕春香谈北京

署名：翔

初刊上海《新民报晚刊》

1953 年 11 月 16 日

吕春香代表山东的青年，到北京去出席了青年团全国代表大会。一天晚上，我们在场里护场的时候，吕春香讲了她对北京的看法。

当然，北京的一切都是可爱的、美丽的，甚至是使这个年轻的农村姑娘目晕神眩的，可是当我问到她是不是愿意长久住在北京的时候，她抚摩着身边饱满的黄豆，想了很久，才慢慢地回答我。

她说："我是庄稼人，没有很高的文化，也许想的不正确。我这样想，北京好像一朵盛开的牡丹，各地的城市、乡村就是这棵牡丹上的绿叶，绿叶长的好，牡丹才能开的旺，牡丹开的旺，绿叶才能长的更好。我们农村青年的任务，就是使我们这片小绿叶长的好，把养分送给北京，使我们的牡丹越长越好，越长越旺盛。要是大家都觉得北京好，都愿意在北京长住，北京就不成为北京了，整个的花朵也要枯萎了。我奶奶一说话，就爱说'牡丹虽好！还得绿叶扶持！'这句话正跟我心里要说的话一样。"

虽然吕春香自己谦虚地说自己文化不高，懂的事不多，她却是这样深刻地说明了首都与各地的关系，用牡丹花和绿叶来比喻首都与其她城市的关系，既或是不尽恰当的，可是，这质朴的比喻里，是充满了怎样服从整体，建设祖国的强烈信心啊！

时间是阴历的九月上旬，眉月轻轻地上升到垂柳之上，蓝得像新染的蓝布一样的天空里，星星闪烁着。

吕春香躺在黄豆堆上，望着天上的繁星，她又说："一看见星，我就想起火车进北京那夜我看见的电灯，我总是想那些星一样的灯一定也会点在我们的庄里。你看，我们今年生产的黄豆就比去年多了，明年会比今年还多，将来，用机器种地，粮食就更多了，总会有那么一天，我们有能力给我们的村庄安电灯，那时候，你们会来帮助我们的！是吧！那时候，我们的村庄就更可爱了。"

我说："是的！一切都会如你所希望的实现！吕春香，因为你们是比星星还会发光的人们。"

面粉袋的商标

署名：云凤

初刊香港《大公报》"主妇手记"

1954 年 3 月 29 日

　　厨房里需要拭布，做饭的阿姨要我找一条旧存的面粉袋给她。我正在忙着帮孩子复习功课，又想到昨天恰好吃完了一袋面粉，就叫阿姨拿昨天空出来的袋子去用。谁知阿姨却拿着空袋子找我来了，并且说："您看！这样的袋子，怎好做拭布呢？"

　　根据我以往的经验，面粉袋不能用作拭布，只有这样两种情形：一种是袋子的布质太坏，用不上几天就完蛋了；另一种是袋子上的商标印得一塌糊涂，那涂着很厚的恶质颜料的布，不宜在厨房中使用。如此而已。

　　和我的"自以为是"的推想完全相反，阿姨拿着空面粉袋是用最好的五福布作的，上面既没有印着吹嘘面粉质地优良的所谓"艺术字"，也没印有与众不同的奇形怪状的标记。唯一能表示这曾是一条面粉袋的标记的，只有四缘残留着机器针的针孔而已。阿姨所说的，不能把它用作拭布，不是因为袋子的质地太坏，而是因为它太好；用作拭布，委实是太可惜了。

　　我另外找了一条旧面粉袋给阿姨，拭布的问题是解决了，面粉袋变化的事实，却长久地回旋在我的心中。想当初，袋子原是作为一种附加品送给用户的，只要你有钱，能买得起四十四市斤，也就是买一袋面粉了，袋子就无代价地奉送。表面上看来，是用户占了面粉公司的便宜；既有面粉可吃，又有面粉袋可得，因此，大户人家自不用说了，就是一般平常人家，也总想拼拼凑凑，能买上一袋面最好，好白得一条面袋子。话说回来，面粉公司绝不会亏本送给用户袋子，袋子的成本早就计算在面粉的价钱里了，还要印上商标，以广招徕，当作不花钱的广告。

当然，面粉袋的好坏不能代表面粉的质量，正如衣裳穿得漂亮的人，不见得就怀有满腹文章一样。所以，用奉送面粉袋来招徕买主，也正是一种施以小惠，使你不知不觉地就上了他的圈套。这条用五福布做的面粉袋，在袋子的右上角，印着一行蓝色的小字："北京市面粉公司，八一粉，净重廿五公斤"，把面粉的出处、重量、质量，都写得清清楚楚。卖的人既然是货真价实，当然用不着做无谓的吹嘘，买的人也心里踏实，省得被奇形怪状的商标闹得头晕目眩，不知究竟哪一种才是真正"老牌"。而且，面粉袋之为面粉袋，仅只是在由公司送到顾客手中之间的这个过程中的需要，面粉一经用完，袋子也就失去了它原来存在的价值。这条用上等五福布做的袋子，在完成了它作为面粉袋的任务之后，随便你派什么用场——给孩子们做棉衣里子啦，做枕头布啦，做小罩衣啦，做什么都好用。虽是一条小小的面粉袋，却具体生动地体现了新旧社会对待顾客的态度的不同。

（自北京寄）

街头广播

署名：云凤

初刊香港《大公报》"主妇手记"
1954 年 3 月 31 日

春三月，在江南应该是桃红柳绿的时分了，北京可还下着春雪。天气骤然又冷了起来，冷得似乎顶得上腊月天了。风吹在身上，寒冷得刺骨。不过，究竟是春的季节，雪落在柏油路上，不是存下来，而是化成了水；傍晚，马路上就结起了镜子似的薄冰。

街头的喇叭里，市人民广播电台的女播音员，用异常体贴的声音说："亲爱的市民们，走在街上的时候，请注意脚底下，路滑容易摔倒。骑车的同志要更加小心，不要快骑，免得发生危险。母亲和阿姨们请注意，明天雪后有风，气温下降，天气可能比今天还冷，请给孩子加件衣裳，免得可爱的宝宝们着凉，闹感冒。"

这是很平常的几句话，但是听起来，令人多么舒服啊！因为这是一种关怀，一种家人式的细致的体贴。

以一个作为母亲的心来讲，就是希望周围的人都关切自己的孩子，像自己一样付与可爱的孩子以最温柔的爱护。在北京，每个母亲都体会到了北京各机关团体给予孩子们多么深厚的照顾。女播音员的雪后广播，只是这种无私的关怀的一例而已。

（自北京寄）

甜水井与苦水井

署名：云凤

初刊香港《大公报》"主妇手记"
1954 年 4 月 1 日

　　孩子们的学校在甜水井胡同，有一位小同学的家恰好住在苦水井胡同。虽然那两条胡同因而得名的井，都早已不存在了，但这两个对比的名字，却引起了孩子们的疑问。在美丽的首都，在家家都用上了自来水的幸福的今天，八、九岁的孩子，自然无从明白到吃水要靠井，和井水还有甜、苦的分别。也自然无从知道甜水和苦水，正是两种完全不同的生活标志了。孩子们根据她们所见到的情形来判断，自来水到处都有、非常方便，流出来的水也一样清洁好吃，水价又非常低，谁也不会为吃水的事着急，更谈不到水还有甜苦之分了。

　　学校里的工友老王，曾在封建的水会里为"井水"的霸头作过杂役，他为孩子们谈井水怎样为恶霸所垄断，怎样组织帮会，难为用水的住户这些事情。他也讲述了统治者怎样奢侈地使用甜水，以及贫民即或在病中也难得喝到一口清洁的甜水的事实。老王还具体地给孩子们讲"苦水"是怎样又咸又苦，又混杂着泥沙和死老鼠。

　　晚上，四岁的弟弟发脾气，不肯好好洗脸，把一盆清洁的洗脸水打翻了，八岁的姐姐这时就说："解放前，苦孩子有病都喝不着一口甜水，你用这么好的水洗脸还不高兴，真是不知好歹！"

　　八岁姐姐的珍爱一盆洗脸水，不在于她舍不得那一点点的水，而是她明白了"水"的来源不易，是革命的先烈抛头颅、流热血换来的。

（自北京寄）

孩子回家

署名：云凤

初刊香港《大公报》"主妇手记"

1954 年 4 月 8 日

四岁的小祥得了急性气管炎，经过儿童医院大夫的细心诊疗，很快就好了。到第四天上，体温正常，咳嗽也只有一点点了。

小祥这样迅速地好起来，自然使得我很安慰。不过因为带他看病，却连续着耽误了我的办公时间，恰好这几天我手中的工作正紧，工作上的责任感，就使得我愈加觉得时间的可贵了。

这天从医院里出来，小祥抱着自己的小药瓶连跑带跳，事实上已经无需我再护送他回家了。我就想替他雇一部三轮车送他回去，这就能节省出我送他回家之后再折回到机关里去的往返时间了。

我怕小祥一个人不敢回家，谁知跟他一商量，他答应的非常脆快，完全有勇气一个人坐了陌生人的车子回家去。这样，我就在许多三轮车之间选了一位看去很有耐性的工人，说明了地址，讲清了价钱，把小祥安顿在车上，看着车子拉着小祥走了。

做母亲的心，总是过分体贴的：虽说是一切都如我意地安排好了，我却始终不能不记挂小祥一个人回家去的事。残存的旧社会的经验，使我往坏处想，我怕三轮车工人欺他小，不送到家就丢他在半路上；即或送到家，又怕三轮车工人讹诈，多要车钱。按最平常的情形来讲，三轮车工人只顾蹬车，也不会照料到他。恰好在我们离开医院后不久，就起了大风雪，我又怕小祥受凉，这样，翻来覆去地在我脑中搅了半天，直到下班回家，心里才算宁贴。

当然，我到家后的第一件事，就是要问个明白。保姆和小祥争着告诉我小祥一个人从医院里回家的经过。小祥说三轮车叔叔替他系好了被风吹开的帽带，替他戴正了口罩，还用他自己的棉袍给套盖小腿，他坐得暖和极了。一点也不冷。保姆也说，三轮车工人把小祥抱到屋里来，还关照小祥检查检查是不是把药丢在车上了，才讨了车钱回去的。

过去有句俗话说："车船店脚牙，无罪也该杀。"可见车行的刁难人，以及乘人之危的行为，是怎么深入人心。就以我自己在解放前都市生活的经验来说，被三轮车工人敲竹杠，受三轮车工人刁难的事也是记不清有多少次了。可是，在今天，四岁的小祥有勇气一个人坐陌生人的车子回家，三轮车工人也以一个亲人的感情照顾她。这种照顾完全出自一种成人对后一代的责任感，对后一代的喜爱。这种照顾，是一种金钱买不到的人的高贵的情感。

后来，我又知道，在儿童医院门口，很多母亲都曾经把自己的小孩，委托给三轮车工人给送回家去，那也就是说，不仅是小祥所遇到的那位三轮车工人，而是一般的三轮车工人，都有了这样对下一代的关注和对自己工作的责任感了。

当人们是平等互助，分工合作而不是压迫欺凌、尔虞我诈的时候，人们之间的关系，就有了实质的改变。这一点，从普通的三轮车工人的自觉行动里，我又获得了再一次的证明。

（自北京寄）

电气工人和"春不老"

署名：孙翔

初刊上海《新民报晚刊》
1954 年 4 月 12 日

　　一群壮健的汉子聚在一起下象棋。爽朗的笑声一阵阵地传过来，伴随着列车前进的节拍，笑声回旋在整个车厢里。笑的人笑得这样开心，为笑声里面所包含的欢愉情绪所感染，听的人，不仅不觉得吵，反而引起一种要加入他们的团体，分享他们欢乐的感觉。

　　这是一群由东北的沈阳到西南的云南去的电器工人们。他们都是四级以上的熟练技工，任务是到云南新建的高压电器器材厂去作师傅，把他们掌握的最新式的、最科学的苏联技术，教给兄弟厂的工人们。

　　他们发散着祖国大规模建设的香气，表现着祖国一日千里在前进的雄伟气魄。

　　车到保定站，他们停止了游戏，有的跑到站台上去，有的俯身在车窗口，欣赏着车站上的风光。从依然埋在冰雪中的东北来到了春风拂面的保定，气候的差度已经很大了，他们赞美着温暖的天气，赞美着一树含苞的杏花。

　　列车离开保定的时候，在跳上车来的工人之中，有一个人把手背在后面，一定要坐在车厢里的同伴猜猜保定的名土产"春不老"是什么东西。

　　"春不老"，多么漂亮的名字，有的人猜是糖果的一种，有的人说是洗脸的肥皂，也有人说是一种花。

　　当大家知道"春不老"是一种酱渍的小菜的时候，很多人善意地大笑起来了。

　　买"春不老"的工人打开包纸，把那绿得跟翡翠一样的酱菜拿给大家看，一边说："你们看！这菜多绿，在咱们家乡，总是一渍，就把绿菜变黑了，绿色代表春天，永远保持这样翠绿，还不是'春不老'吗？"他的话不仅使得他的同伴，连邻座的客人也都笑起来了。

　　多么风趣的解释呀！

冶金工人和他的眷属

署名：孙翔

初刊上海《新民报晚刊》
1954 年 4 月 13 日

因为是长途的旅客车，又是睡铺，所以旅客们上得车来，很快就安排好了行李和杂物，悠悠然地坐下，吸起烟，喝起茶，玩起扑克牌和棋来了。车厢里飘着蓝色的烟雾，人们安适又闲散地说笑着：真的有了"家"的气氛了。

不知是谁带了婴儿，婴儿发着愉快的咕咕声，这就使得车厢中家的气氛更浓重了。

带着婴儿的是位年轻的小妈妈，隔我三张铺。她和她年轻的丈夫坐在一起。丈夫身体茁壮，穿着崭新的工人装。她穿着蓝地红花的布衫，脸色鲜艳得和她的衣裳一样。看上去，这真是一对非常相配的小夫妻。

忽然，婴儿发起脾气来了：哭叫着，踢打着小腿，无论作母亲的怎样拍和哄都不肯安静下来。不但年轻的妈妈，连爸爸也被她闹得手足无措了。

我去帮他们照看婴儿。不仅是为了不愿意看那胖娃娃哭，也是愿意给那一对可爱的小夫妻帮一点小忙。

我刚过去，年轻的小妈妈就无限歉疚地说："你看，吵死人了；越怕他哭，他就越是哭。我原来就预备坐儿童车的，都是……"

丈夫立刻接着说："这么长的路，怎么好让你一个人去坐儿童车呢，吃也不得吃，睡也不得睡。孩子在家老不哭，谁想到他会跑到这里来吵人呢。"

"怕我累，就不晓得我急！"小妈妈嗔怪着。

很显然，年轻的妈妈唯恐婴儿吵了全车的旅客，作丈夫的却怕妻过于劳累。

就在这时，婴儿在我怀里安静地睡着了。刚才的哭，可能是没经验的妈妈抱得不舒服，也可能是他需要这样愉快的运动。

看见婴儿睡得这样好，年轻的丈夫说："你看！还是你不会抱。"

年轻的妈妈的脸立刻绯红了，她说："我本来就不会么？你就不明白带孩子多麻烦，比使新机器还困难了。"

这一对年青的夫妻，是从东北的本溪来，到中南的汉阳去支援新建的冶铜工厂的。

丈夫说："不会抱，可以学习么！"

妻这次是向着我笑了，笑得那样温柔又腼腆，我不由得想：多么可爱，多么和谐的一对呀！

几片麻糖

署名：孙翔

初刊上海《新民报晚刊》
1954 年 4 月 14 日

列车上的卫生员，替一位五岁的小妹妹裹好了砸伤的手指，小妹妹坚持要把几片麻糖送给她吃，无论她怎样推辞都不行；最后，这位小旅客甚至急得哭起来了。

小旅客的妈妈也劝卫生员收下这份不成敬意的礼品，说这是她们家乡的土产，原算不得什么。她们母女是到天津看望了孩子的爸爸，回湖北孝感老家的。

这样，卫生员就收下了麻糖。但她从这个车厢拿到那个车厢，又想转送给值得相送的人。

一群到边疆去的勘测员们，围着一位上了年纪的老人在说笑。据说老人是有名的地质学家李教授，已经一批又一批地为祖国培养了优秀的、年轻的地质技术员。他辛勤的劳动，已不止一次地受到了人民和政府的表扬和奖励。

卫生员把麻糖献给老教授，表示对他的敬意。

这次，是老教授拿着这几片麻糖在车厢里来回走了。

老教授来到了儿童车上，一个随着父母亲转职一同到萍乡煤矿去的少先队员，恰好在这天庆祝自己入队一年的纪念日，老教授把几片麻糖送给了这位少先队员。这几片糖，就具体代表了长者对年青一代的无限关怀和慈爱。

少先队员接受了糖，知道这是位大家尊敬的学者的时候，就把自己的红领巾系在老教授的颈上了。

全车的人都为这老少两人鼓着掌。车上充满了欢呼的声音。少先队员伏在老教授的胸前，欢喜得流出眼泪来了。

多么幸福的孩子，多么光荣的老教授，多么尽职的卫生员啊！

南方妈妈和北方战士

署名：孙翔

初刊上海《新民报晚刊》
1954 年 4 月 15 日

　　车过河南漯河站的时候，一位南方的老妈妈买了一只烧鸡。烧鸡是漯河名产，凡是搭过京汉车的人，差不多都吃过。这里的鸡的确好吃，价钱也便宜，在北京卖一万五千块钱的一只鸡，到这里，只要八千或九千块钱就够了。

　　那位老妈妈只撕了烧鸡两肋上的一些肉细细咀嚼，把其余的通通送给和她同坐的一位战士了。可能，老妈妈买鸡的根本目的，就是要给这位战士吃的。

　　战士不肯吃，老妈妈就左劝右劝。她的浓重的湘南土腔，我虽然不尽听得懂，但可以从她的声调里体会到她殷殷的盛意。可是，她说了半天，战士仍然不肯吃。最后，老妈妈索性把一只鸡腿送到战士的嘴边去了。

　　战士绯红着脸，没有办法地微笑着。同座的人都劝战士就吃一些，过分客气，老妈妈会不高兴的。

　　这样，在各方面的督催下，战士才文质彬彬地撕了一小块鸡，慢慢地吃着。

　　原来，老妈妈是涉过了千山万水，从湖南到东北去看望儿子的，如今是在回家的路上。老妈妈的儿子，还是二十年前跟着毛主席的队伍从家乡出来的。当然，他一出来就和家里断绝了音信。全国解放后，这才又互相联系上了。可以想象得出，母亲见到了隔绝二十多年的儿子时，是如何的欢喜。和儿子的会面，在她衰老的生命里，像彩虹一样，温暖了过去悲惨的日月，也照亮了今后生活的道路。和儿子会面后的欣喜，仍旧洋溢在她多皱的脸上。

　　战士和老妈妈的儿子属于同一单位，恰巧有公事去广州，就被委托顺便送老妈妈回乡。

　　我注意到，不仅在吃鸡这一件事上，车中生活，北方战士与南方妈妈之间，处处互相关怀体贴，真正亲密得和母子一样。

素食与冰糖莲子

署名：孙翔

初刊上海《新民报晚刊》

1954 年 4 月 19 日

　　在黄鹤楼下，在吕洞宾祠的旁边，一个白髯飘拂的老人在卖素小吃。他坐在古碑的下边，身旁守着一只编得很精致的竹篮，篮里边，满放着用豆腐、面筋和藕做成的丸子、豆腐糕、藕卷等等的食品。这些食品不仅在形状上做的玲珑好看，吃起来也另有一种清淡适口的香味。价钱更是便宜得很，百元一块，任凭食客选购。

　　老人家做生意的态度也不同于一般，他并不喋喋不休地夸奖自己的货品，只笑眯眯的瞧着你，当你问他价钱的时候，他就竖起一根指头。看你要吃了，就微笑着递过一只一头削得尖尖的竹签来。

　　我不知为什么把老人和古代故事中的神仙联想在一起了，设如老人身边守着的不是竹篮子，而是一只白鹤，手里拿的不是一只竹签桶，而是一柄拂尘，加上眼前的碧水青天，这不就是神仙下凡了吗？本来，神仙只是古人们根据生活现实所创造的理想人物，在这卖素食的老人安闲的晚年中，当他庆幸自己送走了那么多艰辛的日月，庆幸如今生活在这么蓬勃，这么安定的社会之中，他恬静安闲的感情，恐怕真的比骑鹤仙去的吕洞宾还要宁静和幸福吧！

吃过素食，老人介绍我去吃冰糖莲子，他说吃过这些油炸的食物之后，莲子汤可以当茶，既解渴又去油。卖莲子的担子在古碑的后面。也许因为老人的推荐给我以好感的缘故，喝第一口莲子汤的时候，我就觉得滋味异常隽永。

吕祠旁边的碧桃，开得正艳，紫燕在古碑亭的梁间筑起了今年的新家。

听着燕子的细语，吃着清甜的莲子羹，江风软软地吹拂着脸，远望着沉在烟云中的白帆，喧嚣的汉口，使人觉到了恬静的一面。

（自汉口寄）

车上友谊

署名：云凤

初刊香港《大公报》"主妇手记"1954 年 4 月 23 日
上海《新民报晚刊》刊登时改题《"同行是亲家"》

　　电车上，两位女人谈的非常起劲，她们说话的声音，甚至盖过了电车的节奏。其中一位很年轻，也就廿岁的样子，穿着桃红色的毛线衣。另一位，穿着公务员常穿的蓝布制服，两鬓已经有银发了。按年龄推测，应该是母女，可是脸型和神情都不像；若说是好朋友吧，这样年纪悬殊的人结成为好朋友，也有点超乎常情。联想到这些，我不由得倾听起她们的谈话来了。

　　她们在谈论着元朝的历史，谈论着对耶律楚材这个历史人物的评价。我注意到，年长的一位，左前胸上佩戴着北京市十三中的校徽。我想，她们一定是十三中的历史教员，在学习已经蔚为风气的今天，同事之间讲讲业务，原是很平常的事。

　　电车到了魏家胡同站，年长的一位，匆匆地下了车。我看见她补了一张过站的车票。当然，她不会在买票的时候少买一段，所以坐过站，一定是谈得太兴奋了，忘记在应该下车的地方下车。

　　车开了很久，年轻人还在遥望着人行道，脸上有那么一种又兴奋又幸福的神色。当然，她已经完全看不见她的同伴了。当她回过头来的时候，我说："你们在一个学校工作吧！"

　　也许因为我的话问的太突然了，年轻人先一楞，但立刻就笑了，而且那样意味深长地微笑着。她说："你也许会奇怪，我们不认识，完全不认识。是她看见我在看元史，就主动地跟我谈起来的，这真帮了我的大忙。关于耶律楚材这个历史人物，我有许多地方闹不清楚，我也做教师，可是刚从学校毕业。这位大姐真热情，她为我坐过了站，她还约我到她家去细谈呢。你看，她写给我的地址。"

　　年轻人的手中，拿着一个小白纸条。她那样珍贵地擎着它，好像纸条是件宝贝一样。

　　我说："从前，人们都说'同行是冤家'呢！"

　　年轻人爽朗地笑了，自豪地说："这是毛泽东时代呀！我们是人民教师哩。"她又开玩笑似地说："改个字吧，'同行是亲家'！"

万绿丛中一点红

署名：云凤

初刊香港《大公报》"主妇手记"
1954 年 5 月 18 日

"万绿丛中一点红"这句古诗，我从梳着两条短短的小辫子的时候起，就读过了，而且背得出，写得出。可是为什么偏偏是万绿丛中的一点红？这一点红究竟好在那里？是完全体会不出的。稍稍长大的时候，进的是洋学堂，知道洋人是崇尚白色的，自己也就以白色为最美；看见乡下姑娘穿红袄，就觉得土气，觉得难看，鄙视穿红衣裳的人，认为她简直没有起码的"艺术修养"。在这种思想的支配之下，后来甚至怀疑到古诗人的感觉是否正常了。当然，自己做新娘子的时候，也是穿着曳地的白裙，披着蝉翼一样的白纱的。

有一年春天，我们去游昭君墓，在黄沙蔽天的塞外，在昭君墓前荒凉的景色中，一位红衣姑娘赶着一群白羊从山后冉冉而来。在看见她的一瞬间，我几乎以为是昭君"显圣"了。她的红衣使苍茫的山色都增加了生气，对比之下，被风沙掩盖的野草也平添了绿色，甚至连衬在她身后的白云，也泛起了淡红的光辉。这是我第一次认识了红色的魅力，但是这并没有纠正我对红色的偏见。

后来，年岁渐长，对红色的偏见虽然不那么固执了，但是久居在都市中，眼前总是不变的灰色建筑物，对颜色的感觉无形中就淡漠了，都市人又喜欢用综合的颜色来装饰衣衫，这样就感觉不出某种纯色究竟是好看或者不好看了。

解放后，当我参加万人空巷的大游行，被卷在海一样的红色的旗帜之中的时候，我感觉到无比的壮丽。当我在红旗下，意识到生活的希望与幸福的时候，红旗像火一样地燃烧着我。当我学习了新的艺术理论，明白了一个民族热爱某种颜色，是与她的自然环境与发展历史分不开的时候，我才逐步理解了红色在我们生活中的意义，我无数次想起了昭君墓前的那位红衣姑娘。

今年春天在中南区，当火车在湖南江西两省交界处奔驰的时候，窗外有一座连绵几里路的大竹林。天正下着牛毛细雨，尖尖的竹叶上，凝聚着珍珠一样的小雨滴，整个竹林被笼罩在轻雾之中，绿得那样鲜艳，洋溢着青春的气息，好像连修长的青绿的竹干都嫩得能捏出水来一样。就在这个碧绿的竹林中，幸福的农民在他的家门上贴了一副红色的对联。这副红色的对联是如此出色地炫耀了竹林的瑰丽，正像美人的一双眼睛一样，它集中了竹林的一切妩媚，竹林因它而更加生气勃勃。它也因为竹林的衬托，而更加清新悦目。我深切地接触到古诗人所刻画的意境，体会了这"万绿丛中一点红"的无比优美。

三人都变蝴蝶

署名：云凤

初刊香港《大公报》"主妇手记"
1954 年 6 月 7 日

　　和梁家姑母一道去看京戏。戏是《梁山伯与祝英台》，是好戏；演员也都是北京的，也可以说是国内的一流的演员，她们演得很认真，人物刻画得合情合理，恰如其分。看戏之间，梁家姑母就用手帕拭了好几次湿漉漉的眼角。演出的服装、道具，也无一不考究精致，我想：这出戏，老太太一定很满意。

　　第二天，吃过晚饭闲谈的时候，自然而然就扯到了昨晚看过的戏。出乎我意外，姑母对昨天的戏，并不完全满意。不满意的理由是：马文才没变为蝴蝶，她老人家，还为这个理由引了考据作了佐证。考据是：她读过的某部小说中是梁、祝、马三人都变为蝴蝶了的；某部野史还记载着：马文才一看祝英台"坟前尽节"，自己也撞死在大树之下，随后变了一只墨蝴蝶，追了梁祝而去。论证是：按人情来讲，马文才既然一心贪恋祝英台，最后连变只蝴蝶的份儿都不给他，非得让他一个人孤零零地活着不可，也实在可怜。

　　这个论调，若是出自别人之口，我很可以不费力地讲一番。责怪她混淆了这出戏的反封建的主题，甚至也可以说她不懂得什么才是真正的爱情。

可是对梁家姑母，我不能这样讲。我很明白她——这位在绮罗丛中长大，圈在父母、丈夫珍爱的氛围内，从没有正面接触过广大生活现实，只在温煦的感情中生活过来的老太太，是完全无意来否定梁山伯与祝英台这出好戏的。她之所以这样说，是出自她本身的一种对故事中人物的爱怜与同情。这种爱怜与同情，在她认为不但是好，而且是非常好的。她一向就是这样的一个人，对任何人都慈祥，都和善，不愿任何人有痛苦，不愿看任何人伤心。她生活的局限性，就给了她一个这样对待人生的"博爱"态度。

当然，她不可能，也许是不愿意看到，正是因为她的这种爱怜与同情，恰恰破坏了她所葆爱的祝英台的幸福。设想一下看，在梁、祝化为蝴蝶比翼双飞的时候，偏偏马文才跟着夹三缠四，这不仅梁山伯与马文才是情敌相见，分外眼红，不仅祝英台与马文才是仇人相逢，根本无法并存；就是我们这些与梁祝相隔几百年的观众吧，也觉得马文才若是变为蝴蝶出现在舞台之上，那真是太煞风景。但这是我们的看法，而梁家姑母，却觉得只有三人都变为蝴蝶，她才能心满意足。

梁家姑母的感情不是个别的。在生活宽阔的洪流里，随时都有这样的人，不愿正视现实中的矛盾，却企图用温存与同情来作为解决一切问题的办法，求得不冷落任何人——包括像马文才那样的人物在内，和自己的心满意足。

满街盈巷流花香

署名：云风

初刊香港《大公报》"北京杂记"
1954 年 6 月 11 日

北京飞着杨花。不管有人曾怎样不齿地把杨花比喻作风尘荡女，杨花却自有其独特的风韵。它既不同于蒲公英的毛毛籽，也不同于一般靠纤毛传播第二代的其它植物；那样一团团，一簇簇，随风而舞，看上去柔弱无骨，却又不使你觉得单薄。

飞起来杨花，随着芍药就盛开了。有人说芍药不如牡丹好看，这虽然是事实，但芍药也自有其绰约多姿的地方。特别是因为芍药比牡丹容易培植，所以大多数人赏玩的机会是不少的。最近几天，不但是花房里，鲜花摊上，甚至卖青菜的车子上，都插满了一簇供人们插花瓶而捆好的芍药，红白相间，清香随风而至，使你看见它的时候，完全抑止不住选一束带回去供诸案头的心情。

洋槐也绽苞了。这是使北京街巷生香的好花，正像南方城市里秋天的桂花一样，洋槐总是散布着它特有的一种浓香。黄昏逼近，冥色流满街头的时候，洋槐的馥郁香气，仿佛和着青色的暮霭，在整个城市中流溢一样，香得真正令人心旷神怡。

伴随着暮春的热风，芙蓉也要开了。目前，芙蓉树苍青的枝桠上，已经显露了可爱的丝绒一样的小花蕾。到芙蓉一开，北京的短暂的春天，就像娇羞的少女一样，刚刚叫你看到了钗光鬓影，一闪之间，就躲到夏天的身后去了。

（自北京寄）

暴风雨中的小故事

署名：云凤

初刊香港《大公报》"主妇手记"
1954 年 6 月 15 日

准备回家的时候，突然起了暴风雨。天阴得墨墨黑，密密匝匝的雨点打得屋顶震耳地响。看样子，一两小时内雨是不会住的。我已经约好请我的孩子青儿和她的小朋友吃晚饭，我不能失信，就决定冒雨回家。好在我买东西的店铺，就靠近电车站，上电车前的这一段当然没问题。下电车到家，也只有七八分钟的路程。就是淋雨吧，估计我的身体，还禁得住暴雨的暂时冲击。而且忽然想起了大学时代在暴雨中嬉戏的事情，再回味下那种孩子般的心情也很有趣味。这样，把衣服的领扣钮紧，我就冒雨奔到电车站上，搭上了北行的电车。

车行在疾雨中，只听见车轮的轧轧声与风雨声相呼应，响成一片。车窗外，烟雾腾起，雨像珍珠簾子一样凭空地倒悬下来，真的是好大雨。

到我要下车的那一站，也准备在这一站下车的一个人忽然说："瞧！多么勇敢的小姑娘！"全车的人都顺着她的手势往外看：在电车站上，两位小姑娘并肩站在那里，正用全力撑着被风雨激荡得左摇右摆的花雨伞；两条花裙子，被风鼓成圆桶的样子；小腿淋满了暮春的雨水。然而，甚至在车轮的轧轧声中，还可以听到她们欢快的语声。我忽然觉得其中的一条花裙子很眼熟，电车到站了，还没给我思索的工夫，我就下了车。

　　这一对小姑娘，原来是青儿和她的小朋友。她们是特地来迎接我的。当我接过来她们递给我的雨伞的时候，我竟然眼睛湿润了。当青儿快乐地喊着我，那位和我一块下车的陌生人，用那样意味深长的眼色看了看我们，说："围红领巾的孩子，就是不简单，知道心疼妈妈，怕妈妈淋雨啊！"青儿不回答，只笑着看着我。忽然她脚下一滑。她的小朋友立刻拖着了她，两人又高声地笑起来。这样的暴风雨，不仅没有使她们畏惧，反倒给她们灿烂的生活中平添了无限趣味。

　　今天是青儿小朋友的生日。这位小朋友很小就失掉了妈妈，她的爸爸又恰在这个时候出差到外埠去。于是我决定为这个小姑娘布置一个小小的贺宴。不仅因为她是青儿的好朋友，而是我想让这位小姑娘，领会到年长一代对她们的无限关怀。我在暴风雨中的准时回家，就使得两位少年先锋队员，更加具体地认识到我们是生活在怎样和谐亲爱的环境之中了。

　　在我们走进了家门的时候，青儿把淋得湿漉漉的小脸贴在我的脸上，说："妈妈！你真守时间。谢谢你。"我说："不！小青青，应该谢谢你们！不然妈妈也许会淋出病来的。"

（自北京寄）

母女之争

署名：云风

初刊香港《大公报》"主妇手记"

1954 年 6 月 21 日

　　街坊们都传说着，邻家的文蓉月底要结婚的消息。这喜讯虽然没经文蓉的一家人证实，但从文蓉每天都带着些包包裹裹回家的情形看来，的确不能说是空穴来风。

　　文蓉是我们院子里数一数二的好姑娘。按老奶奶们的赞语来形容："那就是要什么有什么，作什么像什么。"用一般的话来说，"那就是有丰富的知识，有很强的工作能力，而且待人接物样样好得很。"文蓉已经二十五岁了，按我们传统习惯来说，早就到了主中馈、宜室家的年龄了。不过，这个时代的姑娘们，都是壮志凌云的；不在工作上、学习上获得一定的成绩，是不愿意舍弃女孩儿的身分的。文蓉也正是如此。以往，只要有人跟文蓉提起她的婚事，她总是把两条黑辫子往后一甩，笑眯眯地说："忙什么，我各方面都还差得远哪！"按照她的逻辑来讲，要想结婚，就必须各方面都达到一定的标准才行。这个标准又是因人而殊，所以文蓉的所谓"差得远"，究竟远到什么程度，别人不好忖度，关于她的佳期，也自然无从臆断了。

　　文蓉老早就有了情人了，是一位工地上的施工技术员，人很漂亮，看起来和文蓉很相配；每个星期，都能看见他们双双出入。最近，对方又由郊区的工地调到了城里，这就更给他们的相会，提供了便利条件。大家早就希望她们有情人早成眷属了。

这天吃过晚饭，人们正聚在藤萝架下闲谈的时候，忽然听见了文蓉母女的争吵声。这是从来没有过的事。我们自然都拥到文蓉家解劝去了。

原来，母女俩为了文蓉的婚礼仪式而意见不一致。文蓉的母亲觉得要辆漂漂亮亮的鲜花车；不多通知人吧，至亲友好也要风风光光得吃场喜酒，才算是隆重热闹，才算是不委屈文蓉。文蓉却以为花车喜酒统统应该不要。借着星期六晚上的机关晚会，买些精巧的糖果，泡上好茶，请爱好文娱的朋友演两个贺喜的节目，之后大家热热闹闹地跳场舞。文蓉母亲说，文蓉的意见拿终身大事作儿戏，慢待了贺喜的亲友。文蓉却又说母亲的想法太封建，旧气味太重。坐花车就等于坐花轿，她无论如何不能照办。母女俩就这样说僵了，我们这些和事老，也分成了两派，年轻人说文蓉的做法漂亮，上年纪的人则说文蓉母亲的意见有道理。

结果，这件事由新姑爷作仲裁人，很圆满地解决了。办法是这样：花车取消，举行仪式之前，由文蓉母亲宴请两方的至亲友好，新夫妻出席。饭后，到机关的晚会中去，用茶点招待来宾。瞧文蓉母女相处的融洽，新姑爷的仲裁是使母女都满意了的。我们都认为新姑爷是个聪明的仲裁者，既保留了母亲意见中的喜庆成分，也满足了女儿突破旧习惯的要求。

（自北京寄）

后海泛舟

署名：云风

初刊香港《大公报》"主妇手记"
1954 年 6 月 30 日

  端午节的第二天，恰好是星期日，孩子们要求我带她们去划船。天晴得真好；是北京难得的初夏而不刮风的好天气。短促的北京初夏，原是很可爱的，正是珍珠梅盛开，肥硕的杏子上市的时候。不过因为恰恰在这时候，有从塞外吹过来的沙漠风。风起时，黄沙蔽天；风止，大陆性的夏季的闷热又接踵而至。因此，人们就很容易把这一小段气候宜人的季节，给忽略过去了。

  去划船的一共六个人，除了我和十二岁的外甥灵武以外，其余的四个都是十岁左右的小姑娘。三个是中国少年儿童剧团的小演员，一个是实验歌剧院舞蹈系的小学生。因为急着去坐船，姑娘们在人行道上疾行着，受着严格舞蹈训练的小姑娘们急行起来，自然比一般小孩跑起来轻盈好看。只见四条鲜艳的小裙子飞起来又落下，张开又闭拢；姑娘们像穿花蝴蝶一样，在人丛中飞行着。

  我们到达后海游艇站的时候，碧水上闪烁着朝阳的金光，钟鼓楼掩在乳白色的晨霭之中，远处的西山，呈现着藤萝花一样可爱的淡紫色，垂柳轻轻地飘浮着，小船像白鹅一样地浮在碧水之上，时间恰好是七点半钟。

因为时间还早，划船的人不多，我们很快地就得到了四桨的白色的小游艇。因为是这一行中惟一的男性，一上船，灵武就握着了涂着蓝漆的双桨，像老练的水手那样抡开了双臂，三下，两下，就把小船从码头旁边荡开了。另外的一对桨由四个小姑娘轮流掌握，我们的小船，开始在碧水上航行起来了。

姑娘们吃着带来的早点。早点是粽子、五毒饼、咸蛋等端午节特有的点心。连灵武在内，五个孩子都看过白杨和赵丹等人在北京演出的《屈原》，很自然地就说起屈原来了。这两千年前的伟大诗人，因为演员们的绝妙的舞台形象，在这几个未来的小艺术家的心里，留下了极其深刻的印象，孩子们觉得屈原是亲切的，屈原热爱祖国热爱人民的感情，和她们对祖国纯贞的爱戴是一致的。孩子们就从这一点上来理解他。姑娘们模仿起"雷电颂"来了，骂起南后来了，也同情起婵娟来了。我们的小船，一如我们勤劳的祖先在汨罗江上滑行的纪念屈原的龙舟一样，充满了对我们杰出的民族诗人的深切怀恋。

我是十二岁上开始读屈原的诗的，尽管我父亲一心想把我培养成为"女才子"，请了饱学的宿儒来教我习诗作赋；可是我在几乎完全背诵了《离骚》之后，还没闹清楚屈原因何而死。念了五年《楚辞》之后，我只记得有位临风而立的湘夫人。这还不是由于读诗所得，是因为我的小房子里挂了一幅画着湘夫人的中堂的缘故。而今天，我十岁的小女儿和她的友伴们，尽管她们不能像我一样地背诵屈原的诗句，可是，她们是怎样清晰地了解了屈原啊！这洋溢着文艺的馥郁香气的现实环境，教给了孩子们我从饱学宿儒那儿五年都没学到的东西。

小船在水上漂着。布谷鸟的叫声回旋在白云之间，我的心中充满了为幸福的第二代骄傲的感情。

（自北京寄）

小女儿履行守则

署名：云凤

初刊香港《大公报》"主妇手记" 1954 年 7 月 6 日
后改题目为《小女儿的一条守则》

九岁的小女儿，在红领巾的小队会上，自愿地给自己定了这样一条守则——在家里帮助妈妈和阿姨做家事。当和我们住在一个院子里的她们的小队长，把这件事讲给我听的时候，我只是单纯地觉得好玩。我想这个淘气的小姑娘，不过受了爱劳动这样环境的影响，嘴里说说罢了。我不能设想，我这个系着两条又粗又短的小辫子、整天东跑跑西跳跳，像麻雀一样爱嘈杂的小姑娘，会有耐性来做家庭琐事。尽管这样想，在她的小队长面前，我还是装着很郑重的样子，鼓励了小女儿一番。

这之后，晚上下班的时候，保姆常常告诉我，说："姑娘今儿向我要事做，我叫她扫地了。"或者是："姑娘向我要事做，我叫她给弟弟洗手了"等等的话。保姆讲这些话的时候，用了那样一种口气，那口气就表明这不过是她照管孩子的一种方式，为了使小姑娘顺心而已。我虽然没批判保姆究竟做得对或不对，可以说我是同意她的说法的。

日子一长，就在我的晓舌小姑娘身上，发现了惊人的变化。譬如说：原来她穿衣服是很不仔细的，常常把菜汤啦、糖水啦溅在身上，甚至红领巾也弄的一塌糊涂。自从她帮助保姆洗衣裳，亲自体会到洗衣服要流那么多的汗之后，她穿衣服就小心多了。又譬如她总是把自己的文具和玩具乱丢的，自从她负责帮助小弟弟收拾玩具之后，她自己的东西也开始很整齐地收在抽屉里了。同时，她晓得尊重保姆，当然也更加尊重妈妈了，这使保姆高兴得不住嘴地夸奖她，总是说："瞧我们这好姑娘！"

我没想到，就是参加家庭的简单劳动，会对我的小姑娘发生这样强大的教育效果。平常如果说我不懂得"劳动创造世界"这个真理，我一定认为对我是侮辱。可是具体应用起来，就恰恰证明我对这个真理所包含的深刻意义，并没有完全体会。感谢小姑娘的辅导员，她不仅帮助了我的小女儿，也帮助了我，让我进一步体会到在参加创造财富的劳动过程中，人们所获得的一切美德。

（自北京寄）

太平花

署名：云凤

初刊香港《大公报》"主妇手记"
1954年7月7日

  朋友珍说中山公园的太平花开了，邀我去看看。她说：太平花的香气，比我溺爱的晚香玉的香气还要扰人。我曾经有因为贪恋晚香玉的香气而大半夜没去睡觉的"雅事"，因此，大家都用这件事来打趣我；说我不是欣赏花，而是被花香扰糊涂了。其实，那一个晚上，不仅因为花，也有清明得像银盘一样的月亮。主要的还是因为那是星期六，第二天不用早起，再加上花香月色，我就晚睡了一些时候而已。这件事之后被作为打趣的题材，正可看出朋友们对我的关切，我当然无法分辩，因此，好像我真的曾被花香扰糊涂过一样。

  还是十年前，我曾到故宫去看过一次太平花。那时候，我刚来到北京，是带着一种猎奇的，和凭吊宫娥彩女的悲惨命运的那样一种小姐感情去故宫的。当时的详细情形已经忘了，只记得在红墙黄瓦的高墙之中，在牢笼一样的禁宫之内，太平花毫无奇特之处，时间又正是早秋，太平花早已过了开花的季节，没有花的点缀，就越加觉得叶子绿得刺眼而已。

  解放后，知道公园里移植了一些太平花，也不止一次听到别人赞美过，因为连年的暮春都没在北京，一直没得欣赏太平花盛开之景的机会。同时，我也有个不正确的想法，我想，人们之所以这样盛赞太平花，不过因为这种花很少，当初又只是皇帝御苑中所仅有，"物以稀为贵"，就觉得特别名贵罢了。

上星期六的下午，我们集体到中山公园里去看蒙古人民共和国的绘画展览。看完画，已经到了下班时候了，我们就在公园里信步闲走，一边谈着蒙古人民共和国在画中所表现的浓厚民族情调，与丰富多彩的生活。穿出社稷坛的汉白玉拱门，走到新华书店的书亭旁边的时候，猛然觉得花香袭人，是一种和玉兰花一样沁人肺腑的甜香，嗅之令人精神一爽。往前看，就在藤萝已经成荫的古柏林旁，在用红墙黄瓦高高筑起的花台之中，盛开着洁白的，四瓣一蕊的太平花。

不仅在花台上，在草坪的边缘上，太平花也一丛丛的盛开着。花前的长椅上，草地上，坐着贪恋花香的人。黄昏悄悄地来临，它的迷人的恬静，轻轻地散落下来，似乎连大声说话都会把美妙的花香惊走一样。人们的谈话变得安静和甜蜜，夜无声地来了。昏暗的光线中，白色的丛开的太平花，像繁星一样地照眼。我不能说，我没有被太平花飘逸的风姿和诱人的甜香所迷醉，我们一行，饿着肚子在花前坐了好久。

（自北京寄）

黑眼睛

署名：孙翔

初刊上海《新民报晚刊》
1954 年 9 月 13—15 日

由金华开往上海的二百十四次普通客车，十一点卅六分准时进了湄池车站。这个前临枫桥江，背倚沪金路的小车站，因为是由上海、杭州到诸暨各区去的水路要道，所以在这里上下车的旅客很不少。当我背着简单的行李上车之后，车厢里已经满员了。我不得不从这节车厢走向另一节，企图找到个座位。从湄池到上海，有八小时的路程，"站"到上海当然不是方法，而且，一大早枫桥江中的水路旅行，已经使我疲倦了。

可是我失望了，当我把行李放下，倚着车座的把手停下来，把希望寄托在下一站的时候；一个七八岁的、瘦瘦的、眼睛显得特别黑亮的男孩子，从背后扯着了我的衣袖，他说：

"姑姑！到我们那里去坐。"

我立刻惊讶又欣喜地接受了黑眼睛的邀请，不仅是为了有座位，而是黑眼睛的北方话和家乡的称呼使我觉得无限亲切；在浙江平原工作的这一个月之间，我曾不止一次的，为了和群众的语言有距离而苦恼，黑眼睛喊"姑姑"的声音，就像喊到我心里去了一样。

一来到黑眼睛那里，我立刻明白了这儿为什么还空着一个座位。

一位解放军同志坐在那里，左臂绷着石膏，他本来是斜靠在座位上的，显然是为了让座给我，才坐起来的。他对面，一位顾长的、正像在北方平原上常见的、生得茁壮又漂亮的中年妇女，笑吟吟地迎接了我。

我当然不能坐下去，这是列车员有意布置，旅客群众又自觉遵守的一种对解放军同志的尊重与体贴，我正和这节车上的全体旅客一样，只愿意这位以生命在保卫着我们的勇士，在旅途中尽可能的舒适又愉快。

解放军同志疾忙解释着，话不多却很坚决，他说："我的胳膊一点不碍事，就快好了，你坐吧！"

那位中年女人不费力地就把我捺到座位上了；这种手劲，在和农村的女朋友相处之间，我体会得太深了；我知道我是完全无力反抗的，"手无缚鸡之力"正是我认为是耻辱而一直没能消除的一点。黑眼睛在爸爸的帮助下，站在座位上，已经把我的背包举到行李架上去了。我不能不坐了，在这样诚挚的一家人之前，我像远来的客人那样被接待着，我觉得，不是火车上的萍水相逢，而像我又背着简单的行李，到那个农村中去工作，被农民热情款待了一样。

我喊那个女人"大嫂子"，这个家乡的称呼使得我的大嫂子眉开眼笑。我们俩并肩坐在一条椅子上，她用她的团扇替我们两个人搧着风，一边爽朗地，对我，又像是对自己说："可听见北方话了。"

"可听见北方话了！"这句话，大嫂子说得这样亲切，又这样心安理得，我想她也一定在南方尝过语言不通的苦恼。这句话对我特别具有知心之感，我刚刚想表示同意大嫂子的说法，我看见黑眼睛瞧瞧妈妈，又促狭地向爸爸挤挤眼睛，战士也微笑起来的时候，我觉得这之间一定有文章，同时，我看见大嫂子泛着红光的脸，又染上了羞红，我更加想问个究竟了。

我说："大嫂子……"

大嫂子轻轻拍了下黑眼睛的头，把黑眼睛用来羞妈妈的指在腮边的手拉下来，解嘲地转向我说：

"你看！我这儿子。"

当然这不是说儿子不好，毋宁说是母亲的一种炫示，一种理解儿子的聪敏而又不愿正面加以称赞的母亲的骄傲。我向黑眼睛说：

"告诉我！为什么羞妈妈？"

黑眼睛看看妈妈，看看我，又去看爸爸。看见战士鼓励的眼色的时候，黑眼睛说：

"爷营房旁边的互助组，要娘教他们玉米人工授粉。"黑眼睛说这个名词的时候，特意问了战士一下，"爷！是玉米人工授粉吧？"看见战士点着头，就接下去说，"互助组的人听不懂娘的话，娘就灰心不愿意教。爷作样子给娘看，爷也说的是北方话，可是给大家讲明白了。爷说娘叫困难吓倒了。爷还说，若都像娘这样，他们就没法子依靠，依靠……"黑眼睛用询问的眼色去瞧战士，战士只微笑着。黑眼睛思索了一会，想出来了，接下去说，"就没法子跟群众结合，保卫海防了。"

黑眼睛吁了口长气，像发表了一篇重要的演讲，正等待着群众反应的讲演人一样，严肃期待地抿起嘴唇，大眼睛滴溜溜地瞧着我。

黑眼睛的演讲也恰如其分地批评了我。我也常是因为跟南方农民之间的语言有距离而苦恼气馁。这个小家伙真了不起，事情叙述得这样简洁了当，这样层次分明。我不由得涌出了无限喜爱，衷心地赞美起黑眼睛来。

　　我的话打开了大嫂子的话匣子，她给我讲了黑眼睛的故事。在这些叙述中，我知道了九年前，黑眼睛在父亲参军、村里实行减租减息的时候出生；知道了黑眼睛在母亲参加互助组，挑起来一家生活的重担，由奶奶帮同扶养中逐渐长大；知道了黑眼睛自小就能说会道，伴着母亲度过了无数期待的黄昏；也知道了直到母亲参加了农业生产合作社，才从繁忙的农事工作里抽出身子，带了黑眼睛来看望黑眼睛尚没见过的父亲；也知道了黑眼睛坚强的父亲，在上级的竭力劝说之下，才利用了矫正五年前受伤的左臂的休假期间，伴着妻和儿子回家去。

　　在大嫂子和我说话之间，黑眼睛依偎在战士身边，一会儿向战士问长问短，一会儿静静地听着母亲的叙说。大嫂子的这些话，除了我之外，黑眼睛和战士一定都听过不止一次了；这些包含着生活魅力的叙述，这些洋溢着母子间芬芳感情的琐事，不论是叙说了多少次，都一定会使得战士和黑眼睛从中获得安慰和愉快吧！

　　战士饱经风霜的眼睛总是那样睨视着儿子，那样无限宝爱、无限幸福地睨视着儿子。我被这样的眼色激动了。这眼色告诉我，战士是用怎样的欢欣迎接了和儿子的相会；告诉我这样的相会在战士心中又是多么珍贵。正是这种对和平与幸福的深切理解，使得战士在战斗的生活中持续了九年而不愿休息，连暂时的休息都不愿意啊！我忽然觉得，承受战士爱抚的不仅是黑眼睛，也是我那系着又粗又短的小辫子的小女儿，也是黑眼睛的同伴，也是我的小女儿的同学，是祖国的千千万万的孩子，也是祖国千千万万的人们。

　　忽然，黑眼睛又叫了，"爷！那是什么字？"

　　原来萧山车站快到了，黑眼睛指着铁路旁竖着的白色木牌上的"萧"字，问着战士。

战士说："念萧，念丁丨幺萧。"

黑眼睛重复着战士的话。我看见大嫂子也正默默地在叨念。我说："大嫂子，你们村里的民校学生不少吧？"

大嫂子说："嗯！我俩同是一年开始念书，人家就进步的比我快，我字还没认全，人家就学算术、代数。人家也说得好，要机械化嘛，不提高文化怎么能行！"

大嫂子的话把我闹糊涂了。先我还以为她说的"人家"是指的民校里的同学，后来才明白，她说的就是自己的丈夫。我对自己生起气来了，你看，我没有一下子就理解到大嫂子的感情，在过了那样天翻地覆的九年之后，在见了那日夜萦系在心头上、一直在紧张的战斗中的丈夫，大嫂子的一切思想当然完完全全为了丈夫所占有，一提到她自己，她想到就是两个人，这难道是奇怪的事吗！

车进萧山站，站台上站着数不清的小学生，系着红领巾和没系红领巾的；满车站上，听见的只是小鸟一样的欢笑声。当我们知道她们是萧山来考中学的萧山所属各村完小同学的时候，战士说："好哇！好！真好！"战士的眼睛湿润了。

我明白了这位身经百战的英雄，在任何酷烈的战争中都不皱眉，而在这群农村小学生的面前，却滴下了珍贵的眼泪的感情。在他闪闪发光的思想里面，是联系到了自己苦难的童年了吧！是联系到了幸福的现在，和更幸福的将来了吧！是体会到正是他和他的战友们辛勤的保卫，祖国的孩子们才展开了花朵一样芳香美丽的生活吧！

临近杭州了，车窗外已经出现了杭州特有的多姿的山河，明媚的水，我问战士："您到西湖上来过吗？"

战士摇了摇头，那样温和地笑了。

大嫂子插嘴说："人家过了江，打一站，走一站，走一站，打一站，把'刮'民党赶进海里，就在海边守着了。这还是他头一次在江南坐火车呢。"

战士说："要说来也算来过了，就在西湖前面小山包下。还接过火。"他转向大嫂子："李三哥就是在这里牺牲的！"说完，战士注视着笼着淡紫色轻雾的山峰，沉默起来了。

一直过了杭州站，大嫂子才说："你不知道，你们过江的那年，李三哥的老娘听人家说，你们的队伍要开回山东去，她天天到村口望你们，一直望了大半年。"

黑眼睛说："爷！奶奶也天天到村口望你。我说俺爷没时间，不家来；奶奶骂我忘本。我是怕奶奶累，奶奶还骂我。"

战士说："这不是回家去看奶奶嘛！"

黑眼睛说："姥姥给你留的山核桃、柿饼子，一年压一年，还给你喂的肥母鸡。左一回，右一回等你，等的生气了，骂你，说没见过这样的人。"

大嫂子向我说："老人们真盼急了，他一走就是九年，连我这个劝解人都没话说啦！也是嘛，作娘的心，哪一时不拴在儿子身上呢！我的娘比孩子的奶奶更多操一份心，又惦记他，又怕我着急，凭凭我说什么，老太太也不放心；旧脑筋，总觉得女人家的撑家立业不容易。我可是对得起这个英雄，他走的时候，家里连隔宿粮都没有，现在还有余粮卖给国家；去年还跟人家合伙买了匹膘满肉肥的大骡子。有党领导，有政府帮助，又有同志们教方法，只要肯干，条条都是光明道，妇女还不是一样顶事。"

这是多么雄豪的自白。虽是这么说，我明白，大嫂子的坚强还包含着对丈夫的刻骨思恋，她用生产上的斗争来安慰自己的心情。

这时，黑眼睛挤到我们座位上来，要娘替他搔搔后背。大嫂子就趁势搂着他。大嫂子说：

"你坐在这里，让你爷歪一会儿吧。你坐在我们中间，叫姑姑给你讲故事。"

我早就这样想了，宽大的车座，足能容得下我们三个人，只因为黑眼睛一直在跟战士又说又笑，我理解这种平常而又琐碎的交谈所给予父子俩的快乐，才一直没这样提议的。

我说："你坐在这里，我给你讲'渔夫和金鱼'的故事。"

我开始讲了。普希金的美丽的故事使得黑眼睛和大嫂子都听得津津有味。战士歪在车座上，闭着眼睛，似乎是睡着了。大嫂子拿了他的上衣，轻轻地替他盖好，遮挡着从车窗吹进来的骤风。上衣的左前胸上，挂满了响当当的奖章。虽然我讲故事的声音并不大，但我更加轻轻地、轻轻地讲述着。

黄昏渐渐袭来，上海越来越近了。车到嘉兴的时候，我带着黑眼睛下车去买粽子，黑眼睛一迭声地喊我姑姑。我觉得我正是拉着自己的小侄子，能为这样的一家人尽力，我觉到了难以述说的幸福。

一颗番茄

署名：云凤

初刊上海《新民报晚刊》
1954 年 10 月 9 日

　　今年是多雨的年。华北，从来是"春雨贵如油"的干旱地带，今年的春雨，却比人家倾弃的污水还不值钱，眨眨眼就下一阵。不习惯携带雨具出门的北京人，也不得不挟着雨衣、带着雨伞上街了。而且这淫雨一直下过了盛夏。眼前，新秋来了，雨虽然杀了威势，天却仍然没有蓝得像缎子。

　　使主妇苦恼的，是青菜的减少。淫雨，把需要阳光饱晒的青菜的生机扼住了。

　　孩子们要吃番茄汤，阿姨买了几次肥牛肉，都没有买到番茄。这种需要在南方太阳下才能发育良好的蔬菜，在北方的正常天气中，我们的蔬菜种植者还有办法帮助它适应这里的天气而成长；在这种突变的气温之下，结实不好也自然是意中之事。可是孩子们要吃，她们并不考虑风雨与蔬菜生长的关系。几次的要求没有达到目的之后，小主意就都贡献出来了：有的说，买小番茄也行，不要去皮去籽，有两颗就可以煮一锅汤了；有的说，买青番茄也行，只要拿油一炒，金红的番茄油就会流出来的。主意都是好主意，一句话：没有番茄！

　　十岁的小女儿给世界民主青联到北京来的代表去献花，被招待参加了欢迎晚会。最使她满意的，是吃到了一种没籽的、跟火一样鲜红的大番茄。她津津有味地描述着那只番茄是怎样多汁，怎样可口；使得弟弟妹妹的小眼睛一刻也没离开她说话的嘴，仿佛她不是在讲，而是正捧着那只番茄在吃。

　　就是那颗被小女儿夸耀得人间少有的番茄，我在供销社的蔬菜供应站中买到了。番茄的确好得出奇，好像比往年的还肥美。这是郊区农业生产合作社的新产品。是农民们为了在这可憎的天气中也要供应幸福的人民以头等的蔬菜，挖空了心思栽培出来的。是我们的农业科学工作者制造了一种帮助番茄成长的维生素所得到的卓越结果。

　　孩子们的目的达到了，一个个笑颜逐开。这就是这个非凡的国家所给予我们的幸福。

（自北京寄）

木制的"花树"玩具

署名：云凤

初刊香港《大公报》"主妇手记"

1954 年 10 月 12 日

市场上新出现了一种木制的玩具。把木头削成的厚圆片，套在一根以同样的厚圆片为底座的木柱上，木柱的顶端，是一只桃形的顶木。由厚圆片的底座开始，圆木片的体积依次而小，颜色有深红、浅红、深绿、浅绿、深蓝、浅蓝以及深黄、浅黄等等的分别。把厚圆木片依大小的秩序由底而上的排好，加上桃形的顶木，这个玩具很像一座塔，又像童话插图中所画的树；要是把厚圆片大小的秩序间隔开排起来，就更像那些画在天宫两旁的树，那种具有树的形态，却是更集中地展示了树的风姿的东西。要以颜色来间隔，把同一颜色的深浅色并列，很像天上的彩虹，把不同的颜色并列，五色缤纷，却又是一只非常好看的花柱体。我带四岁的翔儿到市场去的时候，为这个新奇的花树所吸引，翔儿一定要我买一只给他。当时我想，这个玩具，好看是好看，但对我的小翔，恐怕是过于简单了。这终究是十几个厚圆木片，不可能得出复杂的变化，已经习惯于摆积木，插花板的小翔一定会嫌它单调的。

这种想法，恰恰证明了我对玩具的无知。我的小翔从这棵花树上学会了分辨同一颜色的深浅，明白了立体的东西底座应该大的道理，知道了圆形的东西如何滚动。更妙的是，九岁的小姐姐，用这些鲜艳的圆木片，教会了小翔作简单的算术。

戴着红领巾的姐姐把五个圆木片并列在书桌上，开始出题目了。姐姐说："小翔！妈妈买了五个面包给你，你吃了两个，还有几个？"姐姐一边说着，一边拿开了两个木片。小翔数了数余下的木片，眨眨眼睛。很快地回答了："还剩三个！"

姐姐也教小翔认识颜色，她拿了一个深红的木片，要小翔找出同一颜色的另一个。第一次，小翔拿了深粉的，经过纠正，第二次就拿了浅红的。以后，姐姐要他再拿其它同一颜色的木片时，小翔就没再拿错。这样，不但是小翔，连九岁的女儿也爱上这株花树了。每天，一吃过晚饭，两个孩子就玩起花树来，滚木片，做算术，选颜色，玩得津津有味，后来，竟而发展到用这些大小不同、颜色漂亮的圆木片来拼图案花了。

偶然翻阅《苏联妇女》杂志，看见在家庭的那一栏中，刊登了一张彩色的照片。照片中，一位年轻的妈妈，正带着她的三个孩子在玩着小翔们喜爱的花树。照片旁边，有一首音节铿锵的好诗，是这位年轻的妈妈感谢"花树"设计者的献词。诗中说：这棵坚固，清洁又美丽的花树，使得她的小婴儿满足了对彩色的渴求；使得她的幼儿获得了造型的方法，使得她的较大的孩子巩固了计数的兴趣。

这首诗的内容我完全同意。我没有诗才，写不出那样出自衷心赞美的热情诗句。但我买了些花树，分送给我朋友的孩子们。让这个表面上简单，实际上变化繁复的益智玩具，多多发挥作用吧！

（寄自北京）

一株茉莉

署名：云凤

初刊香港《大公报》"主妇手记"

1954 年 11 月 2 日

　　小时，我的以"风雅"自命的父亲，曾在我们奢侈的家里，建立了一座玻璃的暖房。暖房中常年开着不败的花朵。这个小小的暖房，是我父亲夸耀豪富的方式之一。

　　有两个我们当时喊做"花把式"的园艺工人，为这小小的暖房尽力。每当春节、端午、中秋这三大节日来临的时候，暖房中便把梅花、迎春、栀子、桂花、菊花、茉莉等这些点缀节令的鲜花准备好，等我父亲拿出去送礼；用我父亲的话来说，拿出去"应酬"。那些鲜花在当时是颇"轰动"的，特别是那些在北方罕见的玉兰等等。一把花盆捧到街上，花的浓郁的香气，自然就招徕了观赏的人群。人们称我家"有花的孙家"，我父亲也以此而自傲，觉得我们既"高贵"于一般人，在我们的阶层中也是突出的，因为我们懂得美，懂得人应该怎样生活得"高雅"。

　　我把幼小的时光，消磨在这小小的暖房之中，花把式控制花的本事，使我惊异又佩服。他叫花什么时候开，花就什么时候开。但是我不同意花把式的手法，他把每株好看的花枝都扯弯，让它们长成福，寿，吉祥等字样，好像花的本身并不珍贵，只有成为这些空洞的"颂赞"

的时候才有价值。这些，都是依照我父亲的命令做的，无论是我还是花把式都不能违拗，这使我认识了我父亲所说的"高雅"的内容。

我们居室里自然也是不断花的。花把式送到我房里来的，总是生得比较正常的花，其中茉莉最多，据说这种花是最难扭曲的。这种自然生长的东西，送到我父亲那里，花把式就会挨骂。那时候，我常常想：能把这清香隽永的花搬到公园里去，搬到街上去，就会永远避免了被东扭西曲的命运了吧！就会不仅使得我，而是使得更多的人激起对生命的赞美，而更加热爱生活吧！这当然只是我这个尚"不通世故"的女孩子，天真的幻想而已。

新中国成立以后，北京街上的花和树多起来了。而且，到节日的时候，我们的园艺家就来装饰首都。天安门两侧的街头花圃一年比一年更好看了。这些，在我心里唤起的是那样一种解放了的幸福的感情，一种为花枝的正常生长而骄傲的感情。

今年的国庆节到时，天安门前的花圃，收拾得更加漂亮了。在五色缤纷的花朵之间，我看见了茉莉，从南方移植来的，原来只供"上层人们"扭成吉祥字样的茉莉。看见茉莉的一瞬间，一股热流通过我的全身，我的眼睛自然地湿润起来了。在红色的铃铛花之间的茉莉，像珍珠一样地在我眼前浮动着，你看，我们的园艺家，不仅是以花的绚丽的颜色，而更以花的耐人寻味的香气，来炫示我们的首都了。

所谓文化，就是人类精神生活的美好和幸福，在街头上看见茉莉花的时候，我进一步体会了这点。

（九月二十九日寄自北京）

学校与家庭

署名：孙翔

初刊上海《新民报晚刊》
1954 年 12 月 27 日

　　小女儿的学校开家长会，前一星期，就把通知送来了。小女儿也代表学校再三敦请。可是，我到底还是不想去，不想去的原因有这样三点：第一，年终了，有篇总结要赶，想利用星期天突击一下。第二，我一向对校长先生的例行报告不感兴趣，不想去听，同时，平时与学校缺少联系，对学校提不出意见来，去了也是浪费时间。第三，我的小女儿是属于那种说好算不上顶好，说闹也不顶调皮的孩子。这种类型的学生，根据老经验，是最不受教师注意的，谅级任教员对我也是无可商谈的。由于以上三点，我就给这个家长会下了个结论：例行公事，不去最好。

　　星期六的晚上，女儿带回一封信来，是她的级任教员张老师写来的，字不多，却非常恳切。张老师写着："以往学校的家长会开的不好，不起作用。学校方面是例行公事，家长们看成是额外负担。"她写着：她们正试图着突破这样的圈子……

　　张老师恳切的来信，唤起了我作为"时代母亲"的责任感。这些天，党报连续发表文章，要家长们注意子女的教育问题。这些文章我都看了，觉得说得对，有理，完全必要，可是一临到自己头上，接受起来就有抵触。就连去孩子的学校开一学期不过两次的家长会，还找了许多不成为理由的理由，不但企图根据这些理由不去，还预先把"不是"推到别人头上；譬如以为校长的报告是例行公事，以为级任老师注意不到一般的孩子等等，好使自己心安理得。你看，我这是种什么作风！

假如有人说我不爱孩子，我一定认为他是胡说，又假如有人说我不关心孩子的教育，我一定觉得委屈，甚至是侮辱了我。可是实际上，我却在并不是忙得脱不开身的情况下，有意不去开家长会。

经过了这样的一番思想斗争，我去开会了，而且是准时去的。一进校门，就受到了红领巾热情又礼貌的接待，心里热乎乎的怪好受，当小女儿的级任张老师笑吟吟地迎上前来，紧紧地握着我的手的时候，我第一个感觉，就是来对了。随着又觉得，如果不来，我一定会为这种有意的逃避而内疚的。

校长先生报告了，我的可怜的自尊心，竭力想从她的言词中找寻一般化的东西，为自己不想来的情绪解解嘲。可是，我不仅没有找到，校长先生的报告真真正正地打动了我。她一句口号都没讲，讲的是身边琐事，讲的是孩子们的喜爱和憎恶，讲的是孩子们的世界观怎样健康或者不健康地形成。她没有要求家长做什么，也没有显示学校要怎样努力，她用娓娓动听的、真挚的叙述引导人们批判了家庭与学校脱节的不好现象；引导人们看清楚了：教育别人，对教育者本人也是最好的教育。她一面讲，我一面暗暗地自愧。

她举了这样一个最现实的例子。她说："学校要求孩子们在饭前便后洗手，孩子们在学校里，在先生面前这样做了。回到家里，妈妈因为忙，或者因为没注意到，有时候也为了免去麻烦，对这一点就不坚持，孩子也就不这样做了。结果，就使得孩子们以为，同是一件事，在学校里，在先生面前，就要这样做。回到家里，在妈妈面前，就可以不这样做。这就必然使孩子的性格双重化，混淆了孩子的是非观念。你看！就是洗洗手这样的小事，竟与孩子的'是非观念'的形成有关。"这是多么引人深思的问题。校长先生绝不是为了耸人听闻才这样讲的。像这样的事，我就不止一次地做过。如果有人说我在教育孩子上混淆是非，我一定高声喊冤。实际呢，我恰恰是这样做着而毫不在意。

我对级任老师的猜想也完全错了。我曾武断地认为，级任老师注意不到我平凡的小女儿，且听听级任老师向我说的话吧！她说："您的小姑娘非常喜欢帮助别人，但是有顾虑，不敢大胆去做。譬如昨天下大雪，她带了一把伞，看样子，她很想把年纪最小的芬芬送回家去，可是我眼瞧着她非常惋惜地看着芬芬冒着大雪走了。芬芬走了之后，她跟她的小队长说：她不敢晚回家，怕家里人说她。"

"她也不能忍受无理，譬如前一个星期四，上体育课的时候，男孩子元元揪李玲的辫子，她跑上前去制止元元，元元跟她顶嘴，跟她吵，同学们一嚷：'少先队员跟人打架咯！'她就不敢再向元元论理了。"

"这些宝贵的品质，我们有责任帮助她巩固、发扬，特意请您来，让我们共同来想个好办法，您真的如约而至，我太高兴了。"

我真的一次也没发现过我的不惹人注目的小女儿有这样的好品质。我还自暴自弃地想过：小女儿就是这样子了，将来也不会有大发展，因为我看她仿佛对什么也没兴趣，什么也不专注，也分不清是非。谁知道，正是我这个粗心大意的妈妈，扼杀、窒息着女儿这种向明辨是非、向不良倾向勇敢做斗争的萌芽。

就这样，我又惭愧又高兴地开完了家长会，和级任老师详详细细地规划了，怎样来帮助小女儿发展在萌芽中的优良品质的办法。我怀着受了深刻的教育后的喜悦，愉快地回到家来。

（自北京寄）

扫街的老爷爷

署名：孙翔

初刊上海《新民报晚刊》

1954 年 12 月 30 日

无论盛夏或是严冬，只要我是七点钟由家里出来去上班，在我们住的小巷的东头，一定会遇上那位白须的老人在扫街。他用着一个长柄的竹扫帚，一下一下地扫得非常细致，扫一会，还停下来检查一下，要发现扫的不干净，就回过去再扫一次。

最初我以为这是个偶然现象。我以为，这位老爷爷，一定是因为家里人偏巧都不得闲，他偶尔来扫这么个次把的。后来遇见他的次数多了，而时间又总是那么准确，我不由注意起他来了。看年纪，他最少在七十岁以上，但身体好得很，一点没有老人衰颓的样子，扫街的时候，腰板挺得直直的，竹扫帚扫在街上，沙沙作响；他的雪白的长胡子，在竹扫帚的柄上浮飘着。

夏天，他穿着雪白的纺绸裤褂；冬天，穿着烟色的织着团龙花纹的缎子袍。鞋是北京老年人常穿的那种双脸黑缎鞋，配上白袜，干净得一尘不染。

这一把白胡子，这种旧时北京人所谓"书香门第"的装束，我越看越眼熟。我搜寻着记忆中所保留的老人相貌，怎样也记不起在亲戚朋友中有这样一位老者。但我肯定自己是认识他，而且不止一次地见过他。

前天，在连续下了两天大雪之后，在积了有半尺多厚大雪的街上，我又准时遇见了他；他正指挥着几个红领巾在扫雪。他们扫除的地方，是小巷接近马路的地方。因为小巷略高于马路，那儿就自然地形成个小斜坡，平常，车行、人走都要特别当心；下雪路滑，自然更不好走。显然，他们是为了大家的方便特意及早来做清扫工作的。少先队员们愉快地按着他的指示，把雪扫在一起，又整整齐齐地的堆在小巷的两旁。他的白胡子和孩子们红领巾，交相辉映，红白分明，显得红的鲜艳，白的晶莹，非常好看。

红领巾们喊他徐爷爷。我突然想起普选时候，我们这个选民小组中也有位徐爷爷来着。我们那位徐爷爷，居住在北京三十年了，向来不问外事。普选的时候，他居然把他精致的书房，主动借出来，作为小组办公处；投票的时候，他又用精心培育的梅花和迎春花装饰了我们的投票站。我们选民小组的每个人，都尝过徐爷爷招待大家的好香茶。

选民小组开会的时候，都是晚上，在徐爷爷花影横斜的书房里。我未能仔仔细细地端详过徐爷爷的面貌，但我清楚地记得他和年青人一样爽朗的笑声。

眼前这位殷勤的扫雪人，是不是我们的那位徐爷爷呢？白胡子像，装束也像。……

一个红领巾在扫雪当中，不小心滑倒了，弄得满头满身是雪；其余的红领巾笑起来了，老爷爷也笑起来了。多么熟悉的爽朗的笑声啊！

我欣喜地断定，眼前的这位老爷爷就是我们的徐爷爷。我禁不住愉快地叫着："徐爷爷您早！"

徐爷爷看着我，思索了一下，就说："你是三十二号的孙同志吧！当心走，滑得很！"

我谢了徐爷爷的关注，从他身边穿过，走到电车站去等电车。

雪又下起来了，玲珑的雪花飘飞着。我远远地看见，徐爷爷收了工，和红领巾分扛着工具，走进巷里去了。

（自北京寄）

喜相逢

署名：孙翔

初刊上海《新民报晚刊》
1955 年 3 月 28—30 日

西直门到颐和园的公路，自从扩建为上下行两条线路之后，再也看不到车子拥挤着，在狭窄的路面上小心翼翼地躲开对面车子的那种忙乱情况了。这里又干净又安静。那些漂亮的，被养护得非常周到的车子，一辆接着一辆，像美妙的滑冰家那样，轻俏又迅速地滑过路面，车后卷起来浅灰的尘烟。原有的那条公路旁边的小叶杨老树，茂密的枝条已经柔软了。新路旁边跟新路一齐来到路边上的小叶杨幼树，纤细挺拔的枝干，迎着早春的阳光，泛着仿佛要滴出水来那样润泽的淡青色，像在宣告它又长了一岁。

农民在耕着刚刚溶化了积雪的大地，油光水滑的大骡子，拉着漆着红漆的双轮双铧犁，一边走着一边打着响鼻。棕色的大地，像波浪一样在晶亮的犁头之下一层层地翻开来。水渠里的水，潺潺地流着，水中尚没完全溶解的小冰片，闪烁着彩虹一样美丽的颜色。北京人喜爱的"蓝靛颏"——原来被老北京的"阿哥"（清朝贵族之家的少爷）养在遮着厚布幪子的金丝笼中的，经过短期调教，就能啸出旋律曲折的调子来的那种小鸟，从高大的杨树飞到斑驳的龙爪槐上去。像摇起一串银铃那样欢快地叫着，在歌唱着从古老的木犁下解放出来的大地，歌唱着进行创造性劳动的农夫，歌唱着它自己再也不受迫害的生活。

苏联展览馆的镏金塔，在晴明的阳光下，仪态万方地耸立在白云之间。

多风的北京的春天，这样日丽风和的天气是非常难得的。难怪坐在公共汽车中的，贪婪地欣赏着车窗外美丽景色的旅客们，是这样欢喜了。

我们三个人，到颐和园山后名叫西北旺的村子里去了解信用合作社的情况。画家老杨携着他的速写箱，小周带着他的万能摄影机。我们准备通过摄影机和速写簿不但连那位模范信用工作者，而且连早春的绚烂的景色，也一齐带回城里来。

汽车的售票员是位非常健康的姑娘，一边卖着票，一边给予旅客细心地照顾。她一会儿关照不认识路的人下车，一会又警告小妹妹不要把手伸到车窗外去。她脸上那种专注地、诚心诚意地为旅客服务的神色，使人打心里往外高兴。当她响亮地报告站名的时候，声音像灵巧的"蓝靛颏"那样悦耳。她每报一次站名，老杨就招呼小周注意，要小周用万能摄影机把那金属质的声音拍摄下来。

当车窗外掠过了西山淡紫的山峰，车就要到达颐和园站的时候，卖票姑娘招呼旅客带好自己的东西，向旅客们扼要地介绍了颐和园的名胜之后，殷勤地报出了本次车的车号、颐和园和西直门站的电话号码。她叮咛着，假若旅客们遗忘了东西，可以根据车次、车行时间到颐和园和西直门车站去找。

小周真的把姑娘的声音记录下来了，不是用摄影机，而是用笔。他把姑娘报出来的车号、车站的电话记在笔记本上。他说是惯常跑路的人，记下车站的号码，可以有备无患。

车到颐和园站，小周关照老杨拿好画箱，拿好大衣。老杨一边下车一边笑着说："有你记的号码，丢了也可以找回来。"老杨的话被站在车旁收票的姑娘听见了，她意味深长地看了老杨一眼。老杨赤红着脸用肘撞了小周一下。

转过颐和园石砌的围墙，往西北旺村去的石子马路，蜿蜒着伸展开去。装载着建筑用的碎石子的胶皮轮大车，十分钟就有一辆。赶车的人斜披着老羊皮袄，亲爱又威严地吆喝着牲口，把鞭子甩得叭叭响。我们迎着载石子的大车前行。这样，不用问路，也知道路没有错。据了解，目前，西郊只有西北旺村的农业生产合作社的社员们，搞着装载石子的副业。其他村，都忙春耕去了。

走了约二里路之后，在路旁的小土山包下，我们看见了一对老夫妻。老太太许是因为走累了，坐在那里休息，老头在她面前站着，两人似乎在争执着什么。

老太太手里提着看亲戚去的礼物，而且是好丰盛的礼物——有扎着彩纸的点心盒，有捆着红丝绳的粉条，有两头系在一起的两盒一斤装的圆盒茶叶，还有一块用红纸与红绳系起来的连着骨头的鲜猪肉。

看来，老夫妻一定是找的乡亲了，也一定是头一次去探望新亲，不是去看未结婚的姑爷，就是去望没过门的媳妇。按我们家乡的习惯，只有这种隆重的访问才携带这四色礼品，才携带象征骨肉相连的鲜猪肉的。

我把我的推断向老杨和小周一说，小周就主张去问问老夫妇俩。问清原因之后，假如他们恰恰需要熟悉本地情况的人相助，我们的友谊也可以为幸福的婚姻添段关怀的小插曲。

　　原来老夫妻俩正是不久以前从长春来到北京的。老人家的儿子在电车厂作技工，忙的总是顾不上回家，二十四五岁了，也忙的总是顾不上娶媳妇。老夫妻念子情切，趁着东北的春耕晚，过了春节，抓时间来看望儿子。到了北京之后，从儿子的好朋友的嘴里，知道日夜挂在心头上的，儿子的婚姻大事也有了着落。对方是个农业劳动模范，两人在团校住训练班时候好起来的。挺豁达的小伙子，偏偏在这件事情上不开通，三番两次地推脱着，不肯陪着双亲登门去拜丈人。一拖二拉，老太太忍不住，硬逼着儿子写了封信，要女方进城来。没出两天，姑娘的覆信就来了，还附来了照片。信中很恳切地请两位老人家到下乡去，说是她正病着的母亲一心想见见没碰面的亲家母。

　　这样，老夫妻俩置办了隆重的礼物，探望新亲来了。

　　除了送给亲家的礼物之外，老太太还千挑百选地选中了一块孔雀开屏的花羽缎，作为送给未过门媳妇的见面礼。问题就出在这块花羽缎上。老夫妻俩搭了公共汽车前来的时候，花布包原由老太太拿着，在车上，老头嫌包纸揉皱了，从老太太手里拿过去舒展纸，就随手搁在两人之间的车座上了。到颐和园站下车，老太太以为花布在老头手里，老头以为交还了老太太，就这样，把这样礼物中最要紧的东西遗忘在公交汽车上了。

　　假若丢的是别的东西，我们就可以劝老夫妻俩先去看亲戚，等晚上我们返回城里的时候，到颐和园站去替他们找找。可是看新媳妇把送给新媳妇的礼物丢了，而老太太又那样情急，埋怨了老头不算，连忙着上工、没时间陪伴他们前来的儿子都抱怨到了；我们相劝的话自然也就不好出口了。

老杨记起来小周记录下来的电话号码，就请小周叫电话到颐和园站去问一下。话说得容易，这可不像在城里，随处都是电话，想往那儿叫就往那儿叫。

老太太跟新媳妇约定的时间，是上午十一点，媳妇到颐和园站来接。现在，刚刚十点过五分。显然，老夫妻俩是抑止不住欣喜的心情才过早地前来的。既然新媳妇也是住在西北旺村，我们就劝老夫妇俩和我们往前走两步，前面一定会有供销社，那时候，一方面可以打电话去问颐和园站，一方面也可以截着来接他俩的人。由西北旺到颐和园，只有这条大路，不怕错了路。

老夫妻俩小声商量了一会，终于同意我们提议了。是老头首先同意的，依着老太太就要返回颐和园站去。

其实，一转过山坳，路旁就有一个供销站。而且是好体面的一个供销站。原来这是西北旺的邻村黑山口，也是海甸区有名的大村。

小周马上把电话叫通了。那边汽车站的人说请等一等，他们去查问查问。我们四个人都注视着电话机，盼望从那里传出来"东西有了"的好消息。我担心花布也许会被其他乘客拿去；谁也不敢说，全车的乘客中就没有一个爱小便宜的人。虽然在我们这个出色的国家里，我们老祖宗梦想的"路不拾遗"的事迹正在到处涌现，但是经过几次耕耘的稻田，还会藏有稗草，又何况那件遗失了的东西，既没有特别的标识，也不曾包得很严密，它只是件普通的商品，拿在谁的手里，谁就可以作它的主人。

老杨忽然扯着我往门外跑，我正想问他究竟为什么，他急指给我看从供销站前飞驰过去的一辆骡车。赶车的是位姑娘——穿着新枣红袄的姑娘。车上铺着镶着大红洋标的狼皮褥子，这是辆去接客人的车。我立刻理会了老杨同志的意思，我们俩几乎是同时喊了出来："赶车的同志，请你停停！"

姑娘以一种熟练车把式的姿态，迅速地勒着了车子，而且立刻敏捷地跳下车来，转过身子，那样惊诧但仍旧微笑地望着我们。

我和老杨对望了一下，老杨推了我一下，我说："您是到颐和园站去接人的吧？"

这话问得真冒失。姑娘转了转眼睛，打量了我一眼，轻轻地点了点头。

老杨说："您可是去接一对老人家？"

姑娘笑了，眼睛忽然迸发出那样一种欢快的光彩。她咬了下嘴唇，说："是德魁请你们陪老人家来的吧？"

姑娘这话也是没头没脑的，她误认我们是她亲爱的人的朋友了。但这句话我们都理解，觉得姑娘问的很爽直。

我们正想回答她，小周挽着老太太从供销站里出来了，老头跟在后面，三个人都喜形于色。这当然是显示布已经找到了。小周说："汽车站的人按照我们所说的尺寸、花色，立刻把东西找到了，留在站上，随时可以去取。"

老太太一见姑娘站在我们身边，就拉着我的袖子。我说："德魁的好朋友就是她。"同时把姑娘拉到老太太身边。

这真是个快乐的会见。姑娘虽然红着脸，却大大方方地喊了声"妈妈"，又转过身去招呼老头，殷切地请两位老人家坐上车去。老太太不转眼地望着姑娘通红的脸，由头上望到脚下，由脚下望到头上，笑得眼睛眯成了一条缝。老头拉了老太太一把，一边跨上车子，一边夸奖那匹漂亮的大骡子，老头说："嘿，这牲口饲养得真好。你家的？"姑娘摇摇头，笑着说："是我们生产社的！"

这回，该我们走路了。我们向那样亲爱的一家人告别。老太太要我们坐上车去一同走，老头也不住嘴地叫我们上车。当姑娘知道我们是到信用社去的时候，笑了半天，一把就把我拖到车上去了；又命令小周和老杨坐好。她说："到信用社去，更应该坐车走了。"

姑娘的语气跟信用社这样亲密，一定是和信用社有关系的人了。但我们要访问的那位模范工作者，是男性，当然不可能是她了。

车在青石的大路上前行着，骡子头上的红缨，像盛开的绒花一样地照眼。老杨突然悄悄地对我说："她是生产社的副社长，信用社的理事长曹菊明，准是她。你想想看，报纸上登过她的照片。"

对了，是有那样一张照片，一个头发非常厚的又非常黑的姑娘，胸前戴着大红花，在头发的暗影里，两只眼睛像暗夜里手电筒的光那样亮。

我凑到姑娘身前去，我说："曹同志，我们正要来找你。"姑娘说："好极了！到我家去吃午饭，我们好好谈谈。"

姑娘把鞭子在空中划了个半圈，鞭梢响得真脆，大骡子竖起耳朵，沿着大路跑过去。

我的女儿怎样拍电影

署名：云凤

初刊香港《大公报》

1955 年 5 月 1 日，3 日—13 日

一　这样的小姑娘

十岁的小青青从学校里回来，显然是满怀心事。她的好看的大眼睛凝望着前方，问她话的时候，也答非所问。一定有一件使她十分激动的事。但她既然不主动地来对我讲，我也不去问她。我这个小姑娘很倔强，很敏感，也很骄傲。一句简单的询问，就会使她联系到很多很多的东西，对这样的孩子，作母亲的不能不细致地给予关怀。

小青青一直保持着她的秘密，甚至吃过晚饭，到了每天该睡觉的时候她还没有讲。那一夜，是个非常美丽的夜。院子里盛开的马樱花在月下摇曳生姿；院外，卖水果的小贩，用北京所特有的抑扬动听的声调在夸耀他肥硕的杏子。初夏的风，带着芍药的香气，流溢在庭院之间。小青青坐在月下，摆弄着自己白绸的裙子，她把裙子摊开来，又聚拢，聚拢后再散开。裙子像一朵大的百合花一样，一会儿含苞待放，一会儿又灿然盛开。小青青似乎在模拟着某种舞蹈动作，脸上有那样一种追求什么东西的激情，虽然没有语言，小姑娘整个身体的姿态却表明了这点。我本来想去问问她到底有什么心事，看见她这样沉湎在

自己的思索之中，我就不想打扰她了。青青是个懂事的小姑娘，既然她愿意这样独处，就让她自己多思索一会也好。

我坐在收音机旁边，轻轻地旋开开关，收音机里送出来肖邦的小夜曲。优美的旋律和宁静的夜色浸润了我。但妈妈终归是妈妈，耳朵里听着音乐，心不由己地跑到女儿身上去了。小青青究竟为那件事激动呢？她为什么不肯讲出来呢？她再懂事，不过是十岁的孩子嘛！

我忍不住又开了房门出去。这时，小青青站在院中心，正微笑地凝视着清明的月亮。听见门响，一看见是我，就跑到我身边来，拉着我的手说：

"妈！我就去睡！"说完，看了看我，用非常慎重又很矜持的口气接下去说："妈妈！我可能去参加一件很重要的工作，我很愿意去，希望您也同意我去！"

这真是天外飞来的事。她不过是十岁的孩子，在我们这个幸福的国度里，对这样的小姑娘来讲，还有比上学更重要的工作吗？

我说："青青！是比上学还要紧的事吗？"青青点点头。

我问："那么，是什么呢？"

青青说："明天张老师要跟您好好地商量这件事，我希望您同意！妈妈，您答应吧！"

我想了想，说："只要对你有好处，我会答应的。"

青青说："妈！对我的好处太多了，我可以学到很多很多的新知识。妈，希望您答应我去！"

二　老师的推荐与担保

　　和青青的级任张老师联系好，我就准时到青青的学校去了。我去的时候，已经放学了，三三两两的小学生说着笑着往家走，传达室的人讲：张老师和孩子们在练习舞蹈，我就被直接领到"少先宫"去了。

　　"少先宫"设在一个很华丽的大厅里。这个大厅，大概是昔日封建王爷的银安殿罢，那雕花的窗门，缀着流苏的铁马，红得耀眼的抱柱，完整地保留着旧日的奢华。悠扬的琴声，从雕着孔雀翎图案的窗棂中流溢出来。

　　我轻轻地推开门进去，穿着白衬衫的男孩子和女孩子们，在绛紫色的地毯上跳着舞。张老师坐在一旁，聚精会神地看着舞蹈的孩子们。房子的四壁挂满了画，摆着各种各样手工制作的标本和模型，每件成品的下边，都缀着写有姓名的标识，一看就知道是孩子们自己的创造。整个大厅浸润在欢乐的气氛里。

　　张老师一见我进去，立刻站起来，招手叫我到她身边去。一个梳着两条长辫子的小姑娘，搬了张椅子在张老师的身边放好，笑吟吟地请我坐下。多么懂事的孩子啊！

　　孩子们跳着舞，我和张老师轻轻地谈着，在跳舞的孩子之间，我没有看到小青青。这时，伴舞的钢琴弹着欢快的过门，旋律铿锵而响亮，非常动听。张老师在我耳边说："听听！您的小女儿弹的多好！"

　　高大的琴身恰好遮着了弹琴的人，所以我没看到她正是小青青。我知道，青青练习弹琴还是最近的事，没想到她进步的这样快。

　　我说："张老师，青青说她要去工作，到底是怎么回事呢？"

　　张老师说："东北电影制片厂要拍一部儿童片，要求学校代选优秀的孩子去作演员！我们学校的老师和同学们，都愿意叫青青去！"

　　我说："青青能胜任吗？"

　　张老师说："学校方面认为青青是合格的。这是件很光荣的工作，是全国的孩子们热切注意的工作，影片拍成后，将使千百万儿童得到好处。所以，东北电影制片厂和学校两方面在遴选演员的时候是非常慎重严肃的。这不仅是表演的质量问题，而且也是对全校同学的影响问题，所以一定要选无论在功课、在文娱活动，在集体生活里，都是最好的孩子去。"

　　我说："要去多久呢？"

　　张老师说："大概要七个月。"

　　我说："她的功课怎么办呢？明年就要考初中了，这一年正是紧要关头呀！"

　　张老师说："选青青去的原因也在这里。我们估计她完全有能力一方面拍电影，一方面学习功课。制片厂方面已经为孩子们请好了教员，请好了辅导员，孩子们将像在学校里一样地学习和过集体的生活。青青的当选，是您的荣誉，也是学校的荣誉，您放心让她去吧！我相信她能克服困难，做好工作也完成学业的。"

　　我说："既然学校和制片厂这样看重她，我也没别的意见。"

三　我和青青的约法

孩子们的舞蹈练习完了，围到我们身边来。当她们知道我已经答应了青青去拍电影之后，立刻快乐地嚷着，拥抱青青，有的说："多光荣啊！青青！"有的说："好好拍电影，为我们大家争光，为学校争光。"有的说："演咱们孩子的电影，说咱们心里的话！"这些欢愉的呼声，组成了最和谐的旋律，表达了孩子们纯美天真的愿望。我从而理解了无论厂方，无论学校都特别慎重地来遴选演员的原因了。

小青青站在小朋友中间，脸庞红得闪闪地发光，几乎欣喜得手足无措了。也不晓得来回答谁的话是好，只是反复地说："我一定努力！我一定努力！"

我也被孩子们的热情激动了。我很明白，正是因为生活、学习在这样友爱的集体里，我的小青青才有了今天的成绩的。在孩子们这样诚朴无私的要求之下，我觉得，我为了担心青青耽误功课而不愿意她去参加演员工作，那想法实在是太狭隘了。青青演的电影，既是符合广大孩子的要求，将为广大孩子所热爱，从而使孩子们得到启示和教育，青青就是再多耽误半年功课，也是值得的。

和青青一块回家的路上，我不是担心青青的功课问题，而是怕青青辜负大家的期望了。

我说："青青！作演员是件很复杂很细致的工作，需要天才更需要努力，你能做好吗？"

青青说："妈妈！我也知道这工作不简单，我一定努力去做。"

我说："假如你努力之后，仍旧不合导演的要求呢？"

青青思索了一会，望着我的脸，非常严肃地说："导演李伯伯说，我们先训练、试演，然后才正式上镜头，假如我试演的成绩不好，我就不去拍，请他们再选别人。"

我真的没想到，小青青能作出这样勇敢又明智的决定。我拉她到身边，紧紧地搂着她的肩膀，我说："青青，就这样吧！我要等到知道你试演的成绩之后，最后决定同意或者不同意你去，好吗？"

青青说："好的，妈妈。我们就这样约下吧！等我试过镜头之后，您去跟导演谈谈，他说可以，我就去；他说不可以，我就回家来。"

四 片厂照顾细致周到

为这部儿童片，制片厂从北京的小学里，选了十六个五年级的小学生。八个男孩子，八个女孩子，年纪由九岁到十一岁。为了使这十六个来自不同学校，彼此间完全陌生的孩子互相熟悉，为了使孩子们阅读脚本，练习表演，影片的导演决定在正式拍摄之前，留出一段空闲时间，既便于孩子之间的交往，也便于工作人员了解孩子，和孩子作朋友，从而更好地完成制片工作。

因为青青要住到宿舍里去，家里自然忙起来了，拆洗被褥、收拾衣裳、购买一些日用品，保姆连青青的手帕都洗干净熨好了。我把准备好的东西检查了一遍又一遍，惟恐不妥贴。究竟是十岁的孩子嘛，又是第一次离开家，作母亲的心，怎能放得下呢！

在青青去宿舍住的前一天，厂方派了一个人来，很诚恳地请我去参观参观孩子们的"家"。我心里也惦记着去看看，虽然青青早就一遍又一遍地夸耀她们的新家如何如何好，到底还是看了才能放心的。

为了表示对家长的尊敬，"制片厂"用厂长专用的小轿车来迎接家长。到孩子的新家，其她十五位小朋友的家长也都来到了，其中有十一位是母亲来的，我们立刻像老朋友一样地攀谈起来。我们的孩子既然将亲密地生活在一起，作母亲的还会彼此觉得陌生吗？

我们先参观孩子们的卧室。卧室在二层楼上，十六个孩子分住在四个大房间里，每个房间里的装饰都各有独特的风味，十六只单人软床漆着不同的颜色，床前的小柜也各有不同的样式。床上的泡泡纱的床单，和崭新的被褥也各有其美丽的色彩。但在一个房间里，色调上是调和而又统一的，看去又清新又舒服。青青住的房间里，以天蓝为基色，床、墙、小柜都是天蓝色，适当地安放着玫瑰红的床单和枕套。小柜的抽屉里，放着梳子、蝴蝶结、润面油等等。

卧室的对面，是梳洗室和浴室。给孩子们预备的毛巾、漱口杯、牙刷、牙膏都已经绣好或写好了每个孩子的名字。浴室里有浴盆也有淋浴，梳洗室和浴室都镶着海水一样碧青的瓷砖。窗上绷着打褶的白绸窗帘。好干净好漂亮的梳洗室啊！

给孩子们布置的"少先宫"就更好了。整个的"少先宫"里，装满了花朵、钢琴、五花八门的游戏用具、热带鱼、各种各样的小巧玲珑的工具。墙上挂着画，架子里摆满了书，单是男孩子们最喜爱的滑翔机模型就有十几个。

"少先宫"的右面，是孩子们的教室，和学校一模一样的一间教室。

里间摆了十六张崭新的书桌，墙上挂着地图、算盘等教学用具。

在孩子们的卧室旁边，是阿姨住的地方。有四位阿姨，料理孩子们的日常生活，孩子们的辅导员和老师，住在教室后面的屋子里。

楼下是饭厅。我们一进饭厅，晚饭就开上来了。四菜一汤：一盘红焖牛肉，一盘爆鸡丁，一盘烧扁豆，一盘拌黄瓜，还有番茄蛋汤。孩子们和辅导员、老师、导演一起吃饭。今天我们是被招待的客人。导演说：让家长们尝尝孩子们日常饭菜，请家长多提意见，使孩子们吃得更舒服些。

就是再挑剔的妈妈也提不出什么意见来了，一切都预备得这样舒适和周到。老师、辅导员、阿姨看去是这样和蔼可亲，把孩子交给她们，实在不能再说不放心了。我想起自己这几天忙这个忙那个，再没想到这里预备得比妈妈准备的还细致还周到。第二天，青青被厂里派来的汽车接走了。小青青快快乐乐，高高兴兴地坐了汽车到新生活里去了。

五　小演员、剧作家和家长的会面

制片厂送来一份请帖，请我去参加一个联欢晚会，儿童演员、剧本作家和家长都接到了邀请。我想不出这个晚会将有什么内容。我是很不喜欢那种所谓"应酬"式的宴会的，大家见了面，客气一番，说些"天气好"之类不着边际的话。谈话不一定谈得拢，菜也不见得能够合口味，实在是浪费时间。我怕这一类的宴会，所以有点犹豫。

宴会前的一个小时，小青青回家来了，特意来接我去参加她们的晚会。为了孩子，就走一趟吧！

可是，多么出乎我的意料之外啊！这是个令人难忘的聚会。孩子们打扮得漂漂亮亮，齐齐整整，把香得醉人的晚香玉献给剧作家、导演和家长。剧作家张阑，穿着淡紫色的衬衫，银灰色的长裤子。她像任何一位妈妈一样，脸上洋溢着母亲的慈爱。和家长们谈着只有母亲才觉得有兴趣的儿女琐事。

入席之后，我们发觉酒菜都异常精致，桌上的烟台出产的紫葡萄陈酒，是张阑家藏的佳酿，为了孩子和家长们特意拿出来的。

原来，孩子们读了张阑的剧本之后，提了些修正意见。特别在对话上，孩子们按着自己的说法，把一些不是孩子口气的对话修改了。这样，整个剧本中的对话，就展示了儿童生活的真实魅力，摸索地叙述了孩子们的喜悦与烦恼。张阑特别满意这些修改。是为了答谢孩子们在这种创造性的工作中所表现的才能，和预祝影片的成功，才举行了这样的宴会的。

厂方把原剧本和孩子提了意见修改后的剧本送给每位家长一份。看到孩子们的意见能为剧作家所采纳，家长的心真是说不出来的安慰！

我们这个社会是从各方面培养着新一代的。

六 青青练习拍电影

试演的阶段结束之后，青青打电话告诉我说她已经和导演李伯伯约好了，让我去跟导演谈谈，好决定她是不是继续工作下去。

在和剧作家的会面之后，我已经肯定我的小青青可以作一个演员了。这不是我特别认为自己的孩子好，而是觉得，把孩子交给那样的剧作家和导演，他们一定会训练培养出出色的演员来。我也相信他们遴选演员的本领，既然青青是他们看过上千的孩子而选出来的十六个中的一个，绝不是毫无根据的。

但是，既然和青青有约在先，而且，推测究竟不等于事实，我还是找导演去了。

导演在青青的卧室里接待了我。我坐在散发着女儿香气的床上，和导演交换了对青青演戏的意见。

导演很夸奖了我的小女儿；就像夸奖他自己的孩子那样得意洋洋。使我欣喜的，不是女儿好到怎么样，而是导演的言辞里，毫不做作地流露了那样一种深沉的爱——那种既体贴入微，而又教导有方的爱。看得出，导演不仅是在导演孩子们演戏，而且也用成年人的知识和关怀，教导孩子们如何认识生活和如何认识世界。我希望的也正是这个。我希望我的小青青从演戏中获得的是生活广阔的知识，是养成热爱劳动而又准备献身于劳动的乐观性格。

当然，小青青的拍戏工作，就最后这样决定下来了。

七 北京中山公园中的一个镜头

青青所在的摄制组的工作人员，邀请家长们去参观孩子们正式拍摄镜头，我带小荫和小翔去看他们在中山公园拍外景。初秋的北京，本来是最怡人的季节，中山公园中的各种秋花，开得争奇斗妍。在他们拍外景的习礼亭前，装饰着彩旗和花灯。一队穿着白衬衫的小朋友，把洋鼓敲得咚咚地响，清越嘹亮的歌声，在管弦乐队的伴奏下，传送出来悦耳的旋律，仿佛是欢乐的"六一"儿童节又来临了一样。

他们用红绳拦成了一个工作圈，圈外挤着密麻麻的群众；圈里面，几百个小朋友在载歌载舞。小荫刚刚从人群的缝隙中挤到红绳的前面，就被摄制组的叔叔们看见了。他们立刻把我们带到圈里去，把我们安排在一个既不妨碍工作，又能看清楚摄影师怎样进行工作的地方，让我们参观，小翔看见那么多人，又那么热闹，高兴得睁大眼睛东瞧西看，连叔叔们送给他糖，都顾不上去接了。

我一眼就看见小青青。她站在靠近摄影机的地方，正和一些来做临时演员的小朋友在试镜头。小荫也看见姐姐了，想喊姐姐，想了想，瞧瞧周围工作着的叔叔们又忍住了。小翔一直没看到姐姐，一劲儿问："妈妈，小青姐呢？小青姐呢？"

实拍的口令下来了，摄影机响起来，我注意看着小青青。小青青很自然地和小朋友们跳着舞，唱着节日之歌。完全是真的过"六一"节，一点也瞧不出表演的痕迹。看起来，我的小女儿已经习惯于电影摄影机了。

导演刚说了"合格！"，小青青就从队伍里飞跑出来了。一眨眼，就跑到了我们面前，叫了我一声，一只手拉着妹妹，另一只手就把弟弟抱了起来。

旁边一位工作人员说："青青！真行啊！妈妈来了，也没影响情绪，真有一手！"小青青向叔叔一努嘴，把我们都逗笑了。

另外几个小朋友也跑到我们身边来，叫伯母的，抱弟弟的，跟我非常亲热。小翔很不习惯看青青她们涂了化妆油的脸，看看这个看看那个，他说："妈！他们都变黄脸了。"说得大家又都大笑起来。

拍了两个镜头之后，刚一宣布休息，饭就开上来了。开得这样迅速，连容我们推辞的工夫都没有。说实话，我真的一点都不想扰他们。饭桌上除了青青们吃的炖鸡块之外，还临时为我们准备了菜，这真是盛情难却啊。我们便和摄制组的工作人员、小演员坐在结果实的柿树下，吃了顿美味的午餐。

八　向家长们报告成绩

去年国庆前夕，小演员们在辅导员和教师的帮助下，准备了一个成绩报告会。一方面，请家长们来欢度佳节，一方面向妈妈和爸爸报告每个人演戏和学习的成绩。

会是在小演员们的"少先宫"开的。墙上钉着孩子们自己做的"洋片灯"。一共十六盏，灯罩是用透明的赛璐璐做的，灯芯是一只做成蜡烛形的彩色灯泡。灯罩上，用胶片做了十六个字，那十六个字是："向爸爸和妈妈致敬！""向导演副导演致敬！"灯做的很别致，很灵巧。再看看用来粘字的胶片的内容，就更加觉得这十六盏灯特别有趣了。原来，这就是孩子们上镜头的成绩，有第一次试拍的镜头，有拍好的素材，也有拍坏了的废品。一个个孩子的镜头组成了一个字，其中有特写、有近景、也有远景。首先是张英的妈妈发现了这个秘密，她仔细地研究了身边的一盏灯之后，就把李祥的妈妈拉过去，说："看看你的小祥，真有意思！"原来张英妈妈研究的那盏灯，正是用拍有李祥的胶片组成的：有李祥哈哈大笑的场面，有李祥生气的场面，也有李祥和同学们划船和游戏的场面。张英妈妈正和李祥的妈妈说着话，那边范颉伯的父亲说了："张太太，你也来看看你的小英姑娘吧！"范颉伯的父亲注意的那盏灯正是用拍有张英的镜头的胶片做的。每位爸爸和妈妈都在灯上找到了自己心爱的孩子，看见了孩子们在水银灯下的表演。抑止不住的赞美声，欢笑声充满了整个大厅。聪明的小演员们这样别出心裁地向亲爱的父母报告了演戏的成绩。

孩子们的功课不是像在学校里那样平行地学习的，而是学完这科再学那一科，这是根据他们环境的特点决定的。这样集中时间学一门功课，便于连续内容，辅助理解。他们先学的算术，这一学期该学的算术已经学完了，目前正在学语文。算术成绩中，有练习本，有考试卷子，一般成绩都不错。小青青平均得了九十七分。语文成绩中有作文，回答的语法练习，有笔记，写的都很整齐。

宴会中间，孩子们显示了文娱活动的本领。她们唱苏联歌，唱罗伯逊的歌，唱朝鲜歌。舞蹈的内容更加丰富了，孩子们跳北欧的土风舞，跳小俄罗斯的马铃薯舞，跳民间的采茶扑蝶舞，男孩子们还学会了表演京剧"三岔口"中的一些身段。

孩子们就是这样愉快地生活和工作着的。

九　到遥远的北国去

外景拍好之后，摄制组决定到东北去拍内景。去东北的主要原因，还是为了孩子。因为东北电影制片厂摄影棚的设备，是第一流的设备，在那里孩子们可以工作得更舒服。同时，制片厂方面，也愿意使孩子们借着这个机会，做次短期旅行，多多观赏祖国壮丽的河山。

那十六个孩子虽然都是第一次远离家乡，但他们是那样热爱自己快乐的集体，在阿姨和辅导员的关怀下，生活得那样愉快。所以，不仅没有为了远离家乡难过，个个都为了能到一个新地方去而兴高采烈，抢着向妈妈爸爸述说到东北去拍内景的好处。

既然东北电影制片厂已经预备好了比这里还舒服的宿舍，老师、辅导员、阿姨又全部陪同前往，而且又是为了孩子们可以工作得更舒服，父母们还能有什么另外的意见呢？

小演员决定起身了。制片厂包了一节卧铺车，孩子们每人领到了一只很漂亮的旅行袋，里面装着阿姨给预备好的点心、糖和水果。

我带了小翔去送他的姐姐。一进车站，就看见了制片厂的孟先生站在车站的大门口，手里拿着一叠月台票。他被嘱咐，在等候家长，并照顾家长进月台。这是一件小事，但使人心里非常舒服。

青青和她最要好的张英睡对铺。男孩子们主动要求睡上铺。他们说："我们尊重女性！"说完，你推我，我挤你，自己就撑不住大笑起来。吕瑜揭穿了男孩子的秘密，原来男孩子爱上了爬上铺的小梯子，李祥他们已经商量好了，准备在上边玩把戏。

我给小青买了她爱吃的奶油话梅，南丰橘子和酥饼干。可是打开青青的旅行袋一看，这些东西也样样都有。原来阿姨为孩子们准备路上的零食之前，征求了孩子们的意见，所以每个孩子爱吃的东西早都预备好了。

张英的母亲来的时候，把自己院子里盛开的大丽花带了一大束来，真的！姑娘们什么也不缺了，让这束花更增加孩子们旅途的安适吧！

十一 北国的来信

小青青从遥远的东北写信来了，她写着：

亲爱的妈妈：

我们很快乐地到了东北，住进了早就为我们预备好了的宿舍。宿舍真好。妈妈！床前铺着皮垫子，地板亮得跟镜子一样。我和高光、张英住一间屋子。屋子里真暖和，穿一件绒线衫还出汗。我们找了半天，也没看见炉子，也没看见暖气。后来问阿姨，才知道暖气安在地板底下，怪不得脚踏在地上，总是暖洋洋的。

我们的"少先宫"比北京的还大。厂里的音乐队，舞蹈队都来教我们唱歌跳舞。摄影棚好大，有我们学校的操场那么大。一共有八九个。因为我们要拍内景，做布景的叔叔半天就搭好一座北京的房子。妈妈！半天就搭好了。

录音的屋子更奇妙了，录音的叔叔一开机器，同时可以录音乐、效果、对话等八种声音。摄影机可以吊在空中，可以落到地里，也可以顺着小铁路满场跑。妈妈！真好玩，真奇妙。冲洗影片的车间更妙了，不用开窗户，就可以换进新鲜的空气来，扫地用机器，擦桌子也用机器。我们进去参观的时候，加穿一件白罩衫，脱掉袜子，怕把灰尘带进去。整个冲洗车间都点着小红灯，像在地道里走路一样。

食堂里每天都做出一百多种菜供给大家吃，有一个大黑板上写着菜名，你想吃什么就吃什么。

这里已经结冰了。我们把橘子，白糖搅在冷开水里，做橘子冰冻吃。阿姨不让我们用杯子冻，说落进灰去不卫生。阿姨给我们找了一个新的搪瓷锅，专门冻冰给我们大家吃。

今天我们的戏开拍了。外面下着雪，我们穿着单衣裳拍戏，一点也不冷，摄影棚的四周都是暖气。阿姨还怕我们冷，拿着棉袄在旁边等我们，镜头一拍好，立刻替我们披上衣裳。

亲爱的妈妈，您放心吧！我好得很，好得比想象的还好。我们的功课也开始了，顾老师正教我们自然，我们还抽空作了氧气试验！

妈妈！再见吧！

您的小青青

　　一眨眼，小青青去东北已经两个多月了，她每星期都有信来。我正诧异为什么这个星期没信的时候，厂里通知我，说青青后天一大早就回北京来。

　　我带着小荫、小翔、青青的小朋友、青青的张老师，坐了电影厂里的汽车去车站接小青青。单是我们去接小演员的家长和朋友就在站台排了一大列。没有一个人不为孩子们在短短的时间里完成这样意义重大的工作而欣喜。在家长和老师的行列里，只听到欣慰的笑声。

　　火车进站了，老远就听见了孩子们兴奋的歌声。他们在唱着："亲爱的妈妈！我们回来了，学习了新智识，又快乐，又健康。"

　　火车刚一停下，孩子们就从车厢里跳出来，紧握着老师和朋友的手，紧紧地搂着妈妈和爸爸的脖子。小青青见了我的第一句话，就说："妈妈，我重了八斤。长高了一寸半。"是的，我的小青青的确高了一大段，已经有我肩膀那样高了。

　　家长们忙不迭地去向导演、辅导员、老师去致谢。导演们又谢谢家长们的全力支持。

　　阿姨们忙着分配孩子们的行李。孩子们的行李比去的时候多了一倍以上，有电影厂替她们做的新大衣，新做的棉皮鞋，还有厂方送给家长的东北土特产等等。

　　车站上的欢会终于结束了，家长们带着离家半年的孩子回家了，带着又健康又快乐的孩子回家了，带着厂方送给孩子的一切礼物，特别是送给孩子们那么许多广阔的智识回家了。

家长们同时还接到了一份请帖，为影片的完成而召开的盛大的庆祝晚会的请帖。

十二 盛大的庆祝晚会

青青不在家的时候，我替她作了件玫瑰红的丝棉袄，小青青很喜欢，就穿了这件衣裳去参加晚会。我们一家人之外，青青的两个小朋友也都去了。厂方一再敦请"阖第光临"，我们自然就不便再客气了。

好漂亮的宴会会场！满屋子的彩纸、满屋子的花灯！在最显眼的地方，挂了一幅缀着玻璃珠的银幕，孩子们拍好的片子，就将在这里和家长们见面了。

主人宣布晚会开始的时候，从晶莹的银幕后面送出来管弦乐齐奏的进行曲，我原以为是放的唱片，仔细一听，觉得不是，细看，原来是真正的乐队坐在银幕后面。问身边张英的妈妈，她也不知道，原来，厂方因为孩子们拍好的片子还没有配好音乐效果，特地请了乐队来临时伴奏的。

就在这样轻快的旋律里，电影开始了。孩子在荧幕上出现了。带着真实的欢乐出现了。表演得真好，一切正如同美好的生活一样，一点都看不出孩子们是在演戏。

电影实在好得很。我以为是自己的偏见，可是随便问那一个看这个片子的人，都和我有同样的感觉。大家都说：这个部片子比以前的任何一部儿童片都好。那就是说，孩子们半年的功夫没有白费，导演、制片厂和家长的期望也实现了。这一页，将会印在孩子们欢乐的生活历史上，成为光辉的记忆。

宴会开始了，导演殷殷举杯相劝。席间，厂中舞蹈团的团员——那些国内知名的跳舞家，表演精彩的外界罕见的节目。这样隆重的招待！这样隆重的庆祝！我们这出色的国家就是这样珍爱和平的劳动，特别是珍爱作为我们的继承者——第二代的和平的劳动的。

（自北京寄）

枫桥江上

署名：孙翔

初刊上海《新民报晚刊》
1955 年 5 月 2 日—4 日

　　我来到这个风景如画的农业生产合作社的第二天，在盛开着黄花的油菜田里，在一群进行锄草施肥的年轻姑娘之间，就看见大家都亲昵地喊着阿妹的小蓉了。小蓉是这样一个羞怯的小姑娘，我这个陌生人刚看她两眼，她的褐色脸蛋就红起来了，红得像她的红领巾一样。转眼之间，她就藏到什么人的身后去了，尽管再三叫她，还是不肯走出来。后来，为了拍照方便，我跑到油菜田旁的土堤上去，而且长时间从土堤上贪婪地欣赏着周围的景色的时候，小蓉又在锦缎一样的油菜田中出现了。她伶俐地用箕斗搬运着草木灰，箕斗足有她身子一半长，从上面望下去，她像小松鼠捧着个大蘑菇一样，在油菜的行间里跳来跳去。当微风卷起浅灰色的灰粉的时候，她不是去保护最容易吹进灰去的眼睛，而是珍贵地拂拭她的红领巾。我想，她的到田间来参加生产，也不过是愿意和女伴们混在一起，出自一种热爱劳动的天真感情。我猜测她有十一岁，最多也多不过十三岁。在这个富庶的农业生产合作社里，作为社员的她的父母，绝不会让她这样早就参加劳动，而放弃学习的。何况她的红领巾确切地证明了，她不过是个学龄期的队员。

　　事实判定我的猜想不对。我每天都看见小蓉夹在那个年轻的生产队之间。她们整理竹园，她就掘笋；她们车水，她就整理渠道；她们栽种番薯，她就盖土。显然，她就是这个生产队里的一员。也很显然，她所做的一切工作，都是经过细心地考虑与安排；这些工作都是她力能胜任的。这个生产队，像慈母关怀孩子一样，既不使她们这个小成员过于劳累，也不允许她一事无成。她们把她能做的工作交给她，帮助她在生产中成长。

　　小蓉为什么这样年纪就参加了生产？她到底有多大？不久，我就完全知道了。小蓉家中一共四口人，一个母亲，一个妹妹和一个弟弟。她十五岁，妹妹九岁，弟弟七岁；母亲也只有三十二岁，身体很不好。我想，小蓉是为了帮助母亲来挑生活的挑子，才参加生产的。

　　无论小蓉的妹妹和弟弟都长得很苗壮，很健康，九岁的妹妹几乎和小蓉一样高了。为什么一个母亲的孩子相差得这样悬殊？据社员说是：小蓉小时候，正是她母亲吃苦的年份，糠一把、菜一把地把她养大，她三岁的时候，又害过一场大病。自然，她的身体抵不上妹妹和弟弟好。妹妹和弟弟是在解放后的好日子里长起来的。

　　社员们所说的小蓉娘受苦的年份，是抗战胜利、国民党统治这个村子的时候。那时候，原来是贫农儿子的小蓉爹占绍宗，因为从小就在地主占柏权的豢养中长大，以致做了占柏权勾结日本鬼子、压榨乡亲的爪牙。日本鬼子投降，占绍宗为了躲避国民党抓汉奸，把她从外地带回来的小蓉母女，丢给他本家叔叔贫农占吉木照管，自己躲到鬼才知道的什么地方去了。一年过去，汉奸地主占柏权不但没被国民党逮捕，二番又作了本区的副区长，占绍宗当然也就二番大摇大摆地在村中出现。这样，小蓉又添了妹妹和弟弟。就在弟弟满月那天，解放军渡过了长江。这个村子接近解放的前夕，被乡亲们恨得咬牙切齿的占绍宗，又悄悄地夹着尾巴溜掉了。

土改划成分，乡里的农会主任、现在的乡支部书记占吉生——一个作了二十年雇农的老长工，坚决主张小蓉母亲的成分应该随着占吉木来定。因为实际上，就是占绍宗最走运的时候，区上设着"公馆"，小蓉母女也仍旧和孤老占吉木住在一起。这样，小蓉娘几个也同其她翻身农民一样，分到了土地。不幸的是，占吉木在土改后的转年死去，小蓉母亲连土地都典押出去为占吉木请医看病；经过这样一番周折，家中人本来就劳力弱，日子就过得窘迫了。

占吉生对小蓉母女尽了最大的照顾，正像他尽心尽力地照顾村中的其他困难户一样。他首先把小蓉母女安置在自己领导的互助组里，想办法把她们的田种好。后来又携带她们一起参加了劳动模范占元良领导的农业生产合作社。

"小蓉母亲的谜"在我也完全解开了，甚至比一般村里人知道的还详细。我的房东，村妇联主任邹雅儿同志把她的故事讲给我听。雅儿是全村妇女的保护人，她的以助人为乐的性格使她不能坐视任何人陷于烦恼之中。雅儿自己参加生产，所得的劳动日和丈夫不相上下。她在村中的街道上走过的时候，人人都亲热地招呼她。

雅儿跟我讲：小蓉的母亲是浙江沿海的一个小岛上的渔家女儿。在捕鱼当中，日本鬼子撞毁了他们的船，打死了她的父亲，又强奸了年仅十五岁的她。当时，她是被占绍宗搭救了的。自然，占绍宗搭救她也正是准备占有她。她和占绍宗仅仅在外面住了一年，就被丢到这个村子里来了。

占绍宗留给小蓉母亲的，除了难以平复的、受凌辱的感情之外，就是严重的子宫肿胀病。一月三十天，她有二十天是在月经期，一点重活做不得。最初她疑心是占绍宗的下流病损毁了她。这个海的女儿顽强又沉默地仇恨生活、憎恶自己。土地改革以后，人们怨恨占绍宗，自然而然地迁怒于她。加上占柏权的下堂妾在妇女中的蛊惑，妇女们见了她就唾，说她不配占有翻身农民的果实。她沉默地忍受这一切，用惊人的毅力抚养着三个孩子。就是最破的衣裳，她也补缀得整整齐齐、干干净净才叫孩子们穿出去，用把饭改作粥的那种刻苦办法，让小蓉去读书。

加入生产合作社之后，在邹雅儿的解释之下，人们逐渐改变了对她的看法。她开始显得活泼了一些。社里举办了捕鱼的副业之后，她主动地参加了这一工作。她日夜住在船上，巧妙地捕着鱼，每次开船出去，总是满载而归。以致社里不得不增派劳动力去帮她拉网。

社里成立了诊疗室，大夫替她验了血，证明她身上并没有占绍宗的毒菌之后，她的脸开朗起来了，使得所有原来熟悉她的人看到，她原来是如此漂亮的小妇人。

邹雅儿要我接近她，要求我讲些故事给她听，要我帮助她从"精神上的泥潭"中走出来。我欣然地接受了这个任务。当她又一次从二十里外的浦阳江中回来的时候，我到她的捕鱼船上去了。

我小心地接近这个沉默的朋友，努力了解她的爱好。她每夜不变地督促小蓉和小蓉的妹妹复习功课。当她的小女儿俯在灯前用功的时候，她就坐在黑暗的船头上凝望着她们。船下，当地农民唤作枫桥江的浦阳江的支流，潺潺地流着，布谷鸟呼唤着播种，油菜的芳香一阵阵地飘过来，恬适的夜温柔地抚摩着江面。她静坐着，聆听着水中微妙的音响，在她认为是鱼儿游近了的时候，就搬倒撑杆，把网放下去。在小蓉一首歌谣没有哼完的时间里，那个小蓉唤着德水阿伯的、四十岁的过去的老长工，帮她拉起了网。鱼在网中翻腾着，细小的鳞片在月下闪烁着萤绿色的光。

我非常喜欢暗夜中和她们母女相处，小蓉娘已经把我看作好朋友了。这首先是由于她对于一切服务于人民政府中的工作人员的尊敬，她把所有的工作人员都看作是毛主席派下来解救她们的代表，由于这种尊敬所产生的感情是如此纯朴真挚。

我常常带着书去读给她们一家听；先是片段地读，后来就读整个的故事。沉默的小蓉娘有时也插嘴了，她总是迫不及待地要知道她所关心的书中人物怎样获得幸福。从她的问话里，我像探知了窄窄的枫桥江的可惊的深度那样，快乐地获悉了她灵魂深处的隐秘；我感觉到她那种强烈地渴望丰满生活的绮丽愿望。生产上的成就并不能完全满足她，我觉得她应该结婚，应该享受真挚的两性的爱情。

我把我这样的心思向雅儿讲了，雅儿抱有和我同样的愿望。她说，她盼着小蓉母亲能够同德水缔结良缘。德水的妻是被日本鬼子强奸致死的，他们在工作中的相得益彰，加上两个人都有相同的仇恨，可以使他们更容易接近。德水是村中有名喜爱小孩子的孤老，他会像待亲生的孩子一样地照看小蓉姐弟的。

我开始进一步观察小蓉娘怎样对待德水。他们亲密得像一家人一样，他们互相信赖，互相帮助，但不能说是已经有了爱情。看起来，德水好像更体贴一些，但这些也都是隐藏在日常的琐事下面的。譬如，小蓉娘一站起来，德水就去帮她放倒撑杆；她向沉在水中的网看上一眼，德水便去帮她提网。这一切都默默地进行着，表面很刻板，很乏味，但我看出来德水在这些刻板的动作中获得的是怎样的一种入迷的欣悦。他做过这些事情之后，就退到远远的船头上去，在那里安静地抽着烟，微笑地望着清清的流水。

我偶然在信用社的账簿里，发现小蓉有存款，据说是小蓉背着妈偷偷存起来的。已经有三十五元了。我的惊诧是难以述说的，我简直想象不出这样融洽无间的母女是怎样在经济上各自为政。我想定是小蓉捣的鬼，不管她的用意怎样，这样会使她的母亲伤心的。这件事长时期地困扰着我，当小蓉找我一同到妈妈的船上去，我们迎着落日，走在浴在夕晖里的江堤上面的时候，我向小蓉发作了。

我批评小蓉不应该欺骗母亲。小蓉听我这样说，脸立刻就吓白了。看起来，再也没有说她对母亲不忠实更使她难受的事了。她的亮晶晶的眼睛立刻就模糊了，纤细的小身子战慄着，双手攀着我，催促我讲出事实。

我立刻意识到我说的过于鲁莽了，我不应该这样来刺伤这个小姑娘，我应该首先了解小蓉存款的真正目的。我几乎是负疚一样地指出了小蓉的存折。

小蓉先怔了一会，后来就舒心地长吁了一声。我的心也随着这声长吁而安定下来。

小蓉的存折是小蓉参加生产的原因。在小蓉娘成了社内有名的捕鱼手之后，她的劳动所得已足够娘四个丰衣足食。小蓉所以执拗地要母亲允许她参加生产，是想把所得累积起来，用作妈妈的医疗费用的。

因为大夫说过，小蓉娘的病，要到大城市去长时期用电疗法医治，才能痊愈。

我把小蓉搂在怀里，像怕她要展翅飞去那样紧紧地搂着。真是金子一样的女儿，看她用什么样深沉的爱情在关怀母亲啊！小蓉在我怀里，先是微笑着，后来，唯恐给别人听去那样轻轻地说："存款中有德水伯十五元，他要帮助妈妈治病哩！"

我秘密地盼望着吃小蓉娘的喜酒。我看出，她是把自己关在一座"禁城"里。她对待德水，热情而有分寸，就像对待她自己的哥哥那样。这当然不是她不理会爱情，不需要爱情，而是由于心中另有隐秘。我明白了，这才是雅儿要求我带小蓉娘跨出的"泥潭"。

在读书、读报当中，小蓉娘特别喜欢听渔民的故事。她听到舟山蚂蚁岛上的渔民组织起渔业生产社以后，竟像盛开的花朵那样展颜笑了。报纸上刊载的解放大陈岛的消息，使她异乎寻常的激动。她从来没讲过她的家乡究竟在哪里，我想，她或许是大陈岛上的人。

美帝国主义洗劫大陈岛的报告书刊出之后，我没敢立刻去读给她听。谁知她早就要小蓉读过了。晚上，我到船上去看她的时候，她把刊载大陈浩劫的调查报告的报纸摊在我的面前，把洋灯捻得亮亮的，要我重读。

她像往常一样坐在船头上，守着她亲爱的渔网。我读着，并且像往常习惯那样，在我认为她们听不懂的地方加以解释。忽然，一个重东西落到水里去了，同时听见了小蓉弟弟嘉义的惊叫声；德水立刻跳下水去了，帮助落水的小蓉娘爬上船来。

　　小蓉娘到舱中去换下湿淋淋的衣裳，她的脸青得怕人。我想，这不仅是因为春江的水冷，也是因为她心中沉重的伤痛。

　　孩子们回到岸上去睡觉之后，我留在船上，燃起了柴枝帮小蓉娘烤湿衣。她和我并肩坐着，述说了她隐藏了十五年的怀恋。在大陈的杏花村里，有她的母亲和青梅竹马的好朋友水生。

　　就这样，日本鬼子摧残了一个纯贞的中华女儿的青春之后，美国鬼子又一次更残酷地切断了她用全副生命在希冀、在盼望着的骨肉团聚和坚贞的爱情。但今天的小蓉娘迥非昔日的小女儿了，她知道怎样讨还这笔血债！

　　那一夜我们并肩坐到天亮，从小蓉娘参加捕鱼工作之后，她第一次整晚没捉到一条鱼。当我早晨下船上岸的时候，我把琢磨了好久的一句话终于向她讲了。我说："你娘和水生最盼望的是你生活得快乐、幸福，你为他们苦你自己，他们会不安的！"我想，这句话，或许能有些作用。

　　转天，我听到了小蓉娘又创造了捕鱼的新纪录。我准备到镇上买点酒来祝贺她，正在我要走去的时候，小蓉拿了五块钱交给我，要我替她妈妈带条新被面来，而且说明要红色的，要"孔雀开屏"或"鲤鱼跳龙门"的。

　　我知道这是在准备什么，小蓉娘真的从她的"泥潭"中走出来了。

北京街头见荔枝

署名：云凤

初刊香港《大公报》"主妇手记"

1955 年 6 月 9 日

　　我小的时候，每逢端午，中秋和春节的时候，我们奢侈的家庭就准备了很多在北方说来是最珍贵的干果，龙眼啦，荔枝啦等等的来招待客人。那时候的客人，大致有这样两种。一种是纯为应酬来的，坐上五分钟，呷上一两口茶，难得剥开一只干果作作样子就去了的。另一种是我父亲的知交，来了之后，径直进到内客厅里，喝茶，吃香烟，吃点心，吃饭，总要过了午夜，甚至第二天早上才走。这两种客人对我们小孩子来讲都非常有利，为应酬来的，根本不吃那些干果；为和我父亲谈交情来的，又另有珍品招待，因此外客厅那些特备的龙眼、荔枝等等，自然就归我们享受了。

　　可是，说老实话，那时候，我实在并不欣赏这些甜得腻人的果实。我之特别留意它，并且一定要分到应得的一份，主要的是愿意拿去给友伴们吃，拿去给同学、给老师吃，从友伴和同学的惊叹里，享受一种"出人头地"的优越感。其中我比较中意荔枝，不是因为荔枝好吃，而是杨贵妃爱吃荔枝的香艳故事使我对荔枝添加了一份好感。也正因为我对荔枝有另眼看待的感情，就常常不满足于那些干荔枝，很想尝尝鲜荔枝的味道。当然，在那时候的运输条件下，就是像我那样的人，想吃鲜荔枝也仍旧是有钱无处买的。

后来，年纪渐长，友伴们的惊叹在我心中失去了价值之后，我对外客厅中的那些干果也完全失去了兴趣。同时我是大姑娘了，父亲把我作为一个独立的人相待，衣袋里总少不了丰厚的零用钱，我就更没必要一定要分点招待客人的零食了。但是却从那时候起，我开始对荔枝贪婪起来，完全沉迷在荔枝醇香的滋味中，在淡青的暮霭中，在盛开的藤萝花下面，一边看着书，一边剥着荔枝，成了我心爱的日课了。

最近这两年来，因为运输条件的改善和包装方法的提高，鲜荔枝已经是北京市民非常熟悉的水果了，不仅水果店里有，就是串胡同零卖水果的小贩车子上，也摆着一串串的鲜荔枝。

我满足了二十年来的夙愿，可以恣意地啖着鲜荔枝了。每次吃荔枝，每次都抑止不住幸福的感情，剥开几乎跟干荔枝同样颜色的红褐色的果皮，白色的，像珍珠一样孕含着莹光的荔枝果肉，裸露出来，就在剥开果皮的同时，无色的，蜜酒的甜浆一样的果汁实在令人馋涎欲滴！

曾用昼夜不停的换班驿马，飞驰过万里关山献给佳人杨玉环的岭南鲜荔枝，如今在飘着洋槐香气的街头上，北京的小贩，以历来被人赞赏的悠扬的韵调叫卖着。

（自北京寄）

开吧！曼妙的芍药

署名：云凤

初刊香港《大公报》"主妇手记"

1955 年 6 月 14 日

　　十岁的小女儿从学校来家的时候，买回来一束红白相间的芍药花，而且选好了淡青的瓷瓶养好了它，摆在我床前的小柜子上。无论是这束红白相间的芍药，或是这只浮绘着龙纹的淡青瓷瓶，都是我心爱的。花在床前，暮春温柔的气息就阵阵地袭上床来，有一种连梦都恬静了的感觉。

　　我对芍药一向偏爱，觉得她显示了北国暮春的旖旎姿态，在燥热的夏天来临之前，芍药就像迎着炎夏，早早出现在市上的冷食品一样，使人意识到夏，嗅到了夏天的气息，但引起的却是爽快宜人的感觉。

　　有人这样说："屋子里没有花，就像生命里没有爱情一样。"没有爱情的生命真是难以想像的。我不能设想，假如没有亲爱的琛，没有美丽的女儿和淘气的儿子，我的生活将是什么样子。曾经有那样一次，我独自一个人到海滨去，琛因为工作，孩子因为学习都不能陪我去；虽然海上壮丽万变的景色多方面地安慰了我，但我总不满足，强烈地渴望着与亲爱的人们共同享受大自然的赋予。我还很清楚地记得，当晚潮爱抚地拍着沙滩，把白色的海的泡沫顽皮地溅洒在我裸露着的双腿上的时候，那种舒适清凉的感觉，竟使我不自觉地喃喃地唤起琛和孩子的名字。幸福的家庭构成了我的生活，使生命洋溢着芳香与快乐，假如没有这些，生命也必然黯淡无光的。

"屋子里没有花，像生命里没有爱情"，这是诗人的感觉。屋子里没有花，在我们这风高沙厚，难以培育多种花朵的北地，曾是很普遍的现象。我小的时候，在积雪初溶的早春的大地上，为一朵普通的蓝色小花狂喜过。那一朵蓝色的野生的小花，同许多最温馨的记忆一起保留在我的心里。我的小女儿，就是今天懂得买芍药，而且懂得按着花朵的颜色来选择花瓶的小姑娘，在她还仅仅有一公尺高的时候，也曾经如获至宝地向我炫耀她从遥远的郊外捧回来的一枝单薄得可怜的小黄花。在我们这里的气候条件下，想家家屋子有花，曾被认为是种过于奢望的想法。

但我们是这样的一种人，一种让高山低头，让巨流改道的幸福的人，自然不能长期忍受着屋子里没花的寂寞。我们的园艺家用光彩的智慧控制了花，让多种多样的花习惯我们这里料峭的春风，习惯于我们这里骤然来袭的暴雨，习惯于我们这里多变的冷热悬殊的大陆气候。花房里陈设着四时不败的花朵。这样，我的曾为一朵单薄得可怜的小黄花激动过的小女儿，在她放学回家的时候，在喧嚣的暮春的街头上，很便当地买到了多姿的芍药，把暮春的旖旎风光带到家里来。

开吧，曼妙的芍药。

（自北京寄）

讲《诗经》

署名：孙翔

初刊上海《新民报晚刊》
1956 年 12 月 17 日

十二岁的女儿读《诗经》，读到了"投我以木桃，报之以琼瑶，匪报也；永以为好也"的时候，经过先生的讲解，虽然明白了其中的含意，却执拗地来问我："为什么非得送木桃，回报琼瑶不可，难道其它东西就不能表现爱情？"自然，要十二岁的小姑娘完全能欣赏这首诗的意境，那也是很困难的。这当然不是这首诗不好，我绝没有菲薄这首诗的意思；而是想说，十二岁小姑娘的生活经历，还不足以理解这样的诗。但是，我又想，这并不能作为小姑娘怀疑木桃和琼瑶存在的理由。那么，是不是因为讲解的不当，没有引起教学上所谓的"联想"，因而使怀疑遮住了小姑娘的眼睛，连带着在小姑娘的心目中，木桃和琼瑶也失去了亘古的光彩了呢？

我试着给小女儿解释这个问题，不是讲功课，而是和她谈家常。恰在前一天，为了安慰病中的同学，小姑娘费了三个晚上，做成了一个书签。书签上画满了小女孩心爱的东西，什么五彩的花手帕啊，透明的蝴蝶结啦等等。小姑娘很喜欢这个书签，做成之后，看了又看，瞧了又瞧，才满意地用漂亮的彩纸包好，郑重地送到了友伴的病床之上……。

我说到礼物的含意，说到选择礼物，由小姑娘的书签说到那位远古少女的木桃。小女儿会心地笑了。那个几千年前的木桃，开始在小姑娘的心里发散出纯情的馨香，那块古老的琼瑶也在少女的心里引起了温存的遐想。这样，木桃和琼瑶，恰如它们聪颖的主人把她们纺织成美丽的诗篇中的原意一样，充分显露了礼物内含的柔情蜜意，激动了读诗的每一个人，包括我那曾经怀疑木桃存在的小女儿。

要求先生像谈家常一样地讲述文学功课，我不是教师，不知道这样做，是否有困难。但是，适当地引起联想，从对方能理解的角度出发，正像我们从小就记熟的那些山歌一样，在说到本题之前，加上一些启人深思的比喻，也还是必要的吧！

"五粒小莞豆"

署名：孙翔

初刊上海《新民报晚刊》

1957 年 1 月 10 日

　　孩子们很爱听电台播讲的"五粒小莞豆"的故事。从五岁的幼儿园学生小虎到十三岁的初中二年级学生小青，一律欢迎这个小故事。甚至刚刚会说话的两岁的小毛，也学着哥哥姐姐们的样子，当电台上阿姨用清澈的声音叙述小莞豆们的经历的时候，把又短又肥的小手指，放在嘴唇上，嘘嘘地命令大家安静。孩子们不仅爱听，听了之后还要议论，批评。

　　北欧的童话作家安徒生，用他独特的风格塑造了五粒不同的小莞豆。这五粒栩栩如生的小东西，超越了时间和空间的限制，成了孩子们最亲近最熟悉的朋友。而且不仅是这几粒小莞豆，就是陪伴小莞豆出现的鸽子，鸟枪，垃圾箱等这些发散着浓郁的挪威气息的风物，也都纺织在孩子们的生活之中，熨帖而合适，就像孩子们吸收我们传统的"老虎外婆"故事一样的自然。这样，莞豆们就自然而然地在我们的家庭中出现了。

　　有人骄傲了，立刻便被比喻成那粒自高自大，结果在污水里泡得膨胀起来的小莞豆。有人这一天跑来跑去，却没有按时作好作业，便被揶揄成那粒毫无目的，梦想周游世界的小莞豆。有人帮助小朋友温习功课，代替生病的小朋友抄写笔记了，立刻便荣誉地被称为"第五"。"第五"是孩子们给那粒以自己蓬勃的生命力，从死亡中挽救了病女孩的小莞豆的爱称。那粒微小的，在冷漠的砖缝中生长起来，显示了生命巨大魅力的小莞豆，成了孩子们心目中的典范。

是第五粒小莞豆的绿叶使得那个可同情的病女孩快乐起来的；是第五粒小莞豆柔软的蔓须使得那个贫困而慈爱的母亲因为女孩的病情好转而满怀希望的。孩子们热烈地谈论着这些，把自己纯真的喜爱，毫无保留地给予了第五粒小莞豆——那个平凡的，按着自己生活的道路，朴实地生长着的绿色的小东西。

不知道由谁开始，"五粒小莞豆"变成歌唱了。先是一个人，后来大家都唱了。用儿童的想象谱成的小乐曲，带着童声特有的琅琅的旋律，在我们家里响起来的时候，我们的小屋子里便飞腾着包含着生命汁液的绿色，洋溢着纯朴的生活的欢乐。而我，也在不知不觉中唱起来了——豆荚是绿的，豆子也是绿的。

（自北京寄）

花一样的篝火

署名：云凤

初刊上海《新民报晚刊》

1957 年 2 月 8 日

今年春节，北京普降瑞雪，积有半尺深，北京人都说好大雪。我的小女儿也发现了雪中放炮打灯的特殊美景。这种雪中飞金星的情景，使得她心旷神怡，觉得比童话中描绘的美景还要奇异几分。这不由得使我记起了故乡中的篝火，记起了无与伦比的美丽童年。

我的家乡在长白山麓，过春节的时候，有燃烧篝火的习惯。大年夜，当室内摆上了祖宗神位，高燃起飞龙红烛，准备迎接祖先回家过年的时候，便在院当心架起一堆篝火。篝火的燃料，以松为最上品，也有用柏树的。用松枝作燃料的篝火，火势亮而不猛，可以持续很长的时间，而且香气四溢。不单院子里，连街门外都可以呼吸到松枝浓郁的香气。篝火的火焰像游龙一样矫捷地游动着，跳耀着，在院中各种物件上投射下可爱的杏黄色，隐约地照亮了春联上面的喜庆词句。照得母鸡在窝中发出愉快的咕噜声，晃得马圈中的小栗马打着响鼻。照得屋檐上的倒垂的根根冰柱闪着蓝光，晶莹得可以和碧空中的银星比美。

架篝火的人，一般都是由年长的老头担任。讲究火架子搭得好，燃烧之后可以逐步熄灭，最忌篝火半途塌倒。在我们家乡那样倚山而居的地方，年老的长者，常常也是最有经验的猎人。

我家里，被我们亲切地唤作三爷爷的老头，就是曾经徒手与长白山中最凶猛的白脸熊斗过的勇士。大年夜，冬日的斜阳刚刚压山，我们就一遍又一遍地催促三爷爷架火。不仅要看那些杈杈桠桠的树枝怎样通过三爷爷的手变成"松塔"形的篝火，而且愿意聆听三爷爷架火时的一串喜庆言词。那词句并不固定，而是凭说的人即景创造，总的是庆贺人旺财旺。三爷爷的那一串贺词里，糅合着故乡严峻但美丽的景色，描绘了老猎人朴素的欢欣，叙述了各种可爱的动物。为平凡的生活画上了传奇式的瑰丽色彩。

篝火架成了，玲珑得和松树上好看的松塔一模一样，只是比真实的松塔大上许多倍。"松塔"的底层，铺着一层棕红色的干松针，这是引火的火源。这层松针点燃后，随着蓝色的轻烟，金色的火焰便燃起来了。先是一星，两星，随后就像花瓣一样地四周展开。从"松塔"窗户一样的空隙中，伸展出金色的光舌，松塔变成了金光灿烂的宝塔，不仅光彩绚丽，温暖宜人，而且不断发出各种可爱的毕毕剥剥声，像一个轻音乐的合奏队一样，奏出了森林的密语。

我们那里，也和其他地方一样，孩子们在大年夜可以尽情地燃放鞭炮。这时，"松塔"似的篝火便成为我们的驻地，我们互相丢抛着燃起的炮竹模仿打仗，也把一束小钢鞭（炮竹名）扎在一起，丢到雪洞中去假装猎熊。也让"起花"（炮竹名）循着临时筑好的雪壕横飞，去熏想象中的狡猾的火狐。玩一阵，便在火旁暖一暖冻僵的小手，这样，零下四十度的长白山麓的严寒，便和我们的欢乐一道，溶解在美丽的篝火之中了。

如今，回忆是深沉而亲切，保留着松枝的浓香。我仿佛又看到了三爷爷拿着他当年不离身的火链，轻轻地点燃了松针，让金色的火焰随着淡蓝的轻烟上升，照亮了闪着青光的冷雪。

（自北京寄）

妈妈的感谢

署名：云凤

初刊上海《新民报晚刊》
1957 年 3 月 11 日

少年儿童出版社出版的半月刊《小朋友》，是我 6 岁的小儿子的恩物。《小朋友》以它童稚而有趣的内容，多方面地吸引着他。

小儿子的很多知识都是来自《小朋友》。有两次，竟达到了令我吃惊的程度。譬如，春节的时候，我们机关里有文娱晚会，我带他去了。走到猜灯谜的"文化宫"里时，我想他一定没兴趣，要带他去玩"钓鱼"。他却要求我念一两条谜语给他听。我看见一条这样的谜面："坐着飞机看北京"，觉得小儿子既喜欢飞机，又是一直在北京长大，可能猜得出这个谜面所含的意义。可是一看注脚，写的是打一地名，又转觉索然。本来也是，叫一个 6 岁的连火车也没坐过的孩子来猜地名，实在是有点文不对题。没想到，小儿子想了一会儿，却叫我俯耳过来，轻轻地问我道："妈妈！有叫'望都'的地方吗？"我想了想，是呀！坐着飞机看北京，自然是"望都"了。我说："是有这么个地方，离我们这里很远。你去问问管谜语的叔叔，看看猜得对不对。"他兴冲冲地跑去了，一会儿笑吟吟地拿了一支小喇叭回来了。自然不但猜对了而且得了奖。我就问起他为什么会猜到望都的。

原来《小朋友》上有这样一幅画，一个可爱的孩子坐在飞机里，眼睛看着下面的天安门，配上一首歌谣，描绘着孩子怎样愿意到北京来见毛主席。姐姐教她念歌谣的时候，就曾问过他，那个孩子看见了什么？他说是望见了首都。望都的知识乃是由此而来。

又一次，我带他到合作社里去买他最爱吃的八带鱼。他问我："妈妈！您知道八带鱼是怎样被渔民伯伯捉着的吗？"我说："不知道！"他说："八带鱼是个懒东西，竟想占人家的便宜，所以被渔民捉着了。"

原来《小朋友》上介绍了渔民捉八带鱼的情景。他们用一根长绳子拴上很多贝壳，把绳子投到海里去，懒惰的八带鱼钻进不用自己造的房子里去睡觉，就被捉着了。

日常生活方面的知识，小儿子所得的教益就更加难以叙述了。今年第三期的《小朋友》上写着一个名叫冬冬的小姑娘，东玩玩西走走，见到的蜜蜂、水车、农民叔叔都在工作。冬冬就反问自己做了些什么？小儿子曾经以冬冬的姿态考问过姐姐一天都做了些什么。自然，我们也考问了他。他为了"过关"，总是找些事情做：帮助阿姨倒垃圾啦，把邻居的小妹妹送回家去啦，扫扫地啦，等等。晚上问起他的时候，他就唱着："好好好！我替奶奶引线啦！"或者"好好好！我代阿姨倒水啦！"

他也从《小朋友》上吸收了历史知识，知道古时有个很巧很巧的工匠鲁班，知道有个会造堤引水浇田的李冰，还知道唐朝的确有个和尚名叫唐三藏。《小朋友》已经成为小儿子生活的一部分了，他照着《小朋友》上教的办法做玩具，做算术，画图画。每当我看见那些涂满了浆糊、纸也剪得并不整齐、画也画得并不漂亮的作品时，强烈地感觉到了童稚的欢乐，感到《小朋友》带着它的小读者跨进了什么样丰富的天地。由衷地感谢着《小朋友》编辑人员辛勤的劳动。

雾

署名：孙翔

初刊上海《新民报晚刊》

1957 年 3 月 12 日

　　早春多雾，恐怕是各地皆然的。我曾从西南到东北，经历过不同的雾境。表面上看来，雾都一样，其实，其中的分别真的可以说是相差万里。四川的雾，浓重地使人透不过气来；东北的雾，却又严峻得冰腮冻脸。一般说来，雾都是湿的，但又湿得各有千秋，我常常从雾的"气氛"上，来体味当地的气候。

　　我曾经在湖南省盛产双季稻的醴陵县山区，欣赏过轻雾掩映着碧松的绝妙风光。纱一样的雾，轻轻地，轻轻地，仿佛怕惊醒松枝的甜梦那样，温柔地游浮过来，袅娜地遮着了旭日的第一条金线。于是，金线为纱雾抹上了杏红。那种杏红不同于一般，而像西红柿汁调了牛奶一样，有着一种古象牙式的苍茫的风味。从山顶放眼望去，一切都在雾中，一切都披了轻纱的盛装，新绽苞的桃花更加多姿，就连那已经萎谢了的花瓣也仿佛再现了粉色的盛时，说不出的风光旖旎。而那碧松，绿色的松针就像要溢出来的绿色的醇酒一样，叫你感觉到蓬勃的内含的生之欢乐。

　　我也曾在盛产龙井茶的西湖云栖山上，看见过淡青的早雾怎样恬静地环抱群山，滋润着娇柔得不胜茶香的茶树嫩叶；采茶姑娘们用歌声互相呼应着，清脆的音响一撞在淡青的屏障上，就变得醇厚起来。仿佛载了重负一样，声音柔软而韧长，和早雾相携着飘荡在天空之内，比那"清脆"的旋律更加悦耳。

我也曾在上海的挤满了高楼大厦的弄堂中，尝到了湿重的、带着黄浦江的水腥气的春雾。那雾沉重得仿佛要压碎窗玻璃一样地从高空中坠下来，滚进大楼的间隙中，用自己灰白色的形体铺盖着一切，在水门汀的路上撒下了极细极细的小水滴。

我最熟悉的还是北京的春雾。清晨 4 点钟时，繁星在天，碧空如洗，像弓背一样的纤月游到西方，就要唤出来灿烂的旭日的时候，雾突然来临了。第一颗沉重的夜雾落下来，冰醒了躲在芙蓉树桠间的小喜鹊。小喜鹊抖动着白色的长尾，雾滴迅速地填满了它的四周，繁星立刻隐没了，就像魔术师抖开他硕大无比的毯子一样，天空一眨眼之间就变成灰白色了。于是一切都被雾遮盖着了，成团的雾滚过去，留下来无从辨识的迷蒙。

北京的雾并不很湿，反倒因它裹着了尘埃，使人觉得清爽。也就在这样的雾里，你可以看见春天已经悄悄地来了。在泥泞的、刚刚溶化了积雪的小路上，在挂着晚霜然而已经柔软了的紫丁香的树枝里，在檐角铁马上泛起的绿色的斑痕里，春天娇怯地轻轻地报道了自己的来临。

北京的雾来得快收得也迅速。刚刚公共汽车和电车还开着前面的车灯，用那橘黄的灯光互相关照，免得在雾中撞着亲爱的同行。可是搭过两站车下来，太阳光泼剌剌地照着，刺得你眼睛发痛。雾已经完全散了，是北京人惯常说的晴得最好的"响晴天"。就这样，早雾跟着早晨的时间被画到历史的篇章之内了。

与女儿相处

署名：云凤

初刊上海《新民报晚刊》
1957 年 3 月 19 日

　　上月中的一个星期四，本来预定在我家温课的女儿的小队，到了时间不见人来，玉华是经常早到的，既没有影踪，连女儿自己也没回来。我觉得很奇怪，因为她们一向都是准时的，心下不免牵记起来，不晓得发生了什么事情。

　　一直到吃晚饭，女儿才回来。小脸蛋气得乌青，眼角上挂着泪珠，不用说，这是发生大事情了。

　　我没有问她，一直挨到睡觉，她才向我说了原因。原来是为了玉华。玉华家兄弟姊妹多，只有父亲一个人工作，不很富余。而她们这一小队里，都是环境比较宽裕的孩子。小队长京京，又是个异常要强的姑娘，总愿意自己的小队事事高人一等。常常集体去看电影、游公园等等。同学们一说起一个新电影，京京便说："我们小队看了，小队会里还讨论过呢！"一拿起笔记，京京便说："瞧！我们的本子多整齐，全队一样！"在这样情形下，玉华既不愿意向父母要钱去看电影、游公园，也不愿意自己一个人破坏"快乐的集体"。无奈，就想出各种借口来向同学借钱，今天你两毛，明天她三毛，竟积到了五块钱之多。

　　当然，这样的事只能相瞒一时，真相一露出来，玉华就慌了。一掩饰，免不了谎上加谎。姑娘们便认为玉华是骗子，没一句真话。京京更恨她破坏了小队的名誉。还不明白伤害人的自尊是最无情的打击的女孩子们，起哄式地向玉华讨起债来。

　　女儿和小燕看不过这些行为，替玉华辩护了几句。京京们便说女儿和小燕愿意和骗子为伍，玷污了小队的纯洁。当小队去看电影的时候，京京就尖刻地说："别叫人家了，省得逼人家作贼！"直性的女儿和京京吵了。小燕不敢和京京吵架，也避免和玉华在一起了。

　　我很明白京京是个什么样的小姑娘，那是个善良然而被过分骄宠了的孩子。我也很明白跟京京吵嘴后的女儿的感情，对她来说，那是很沉重的。因为两人一向好得形影不离。

　　可怜的女儿软弱下来了，不想再触犯京京，想念她们"快乐的集体"了。

　　这对我是考验，我应该怎样指引我亲爱的女儿呢？

　　我建议她把自己对这件事的看法详细地跟辅导员谈谈。建议她想一想是否有办法帮助玉华把账还清，既要不伤害玉华的自尊心，又要使玉华免去同学的包围。同时也建议她和京京谈谈，商量商量究竟应该怎样对待玉华，也谈谈怎样才是忠实于小队的集体。

　　那一夜，女儿没有温书，对着灯坐了很久。

　　第二天，她向我要了五块钱，这是她从自己的零用钱中节省下来的，预备积攒起来买小提琴的钱。

几天过去了，玉华又到我家来了，两人一块温书，一块玩。玉华表面上很平静，看得出心里是心事重重。女儿也觉得索然，常常不知不觉地说出了京京的名字。玉华一听见这个，便用信赖而又痛楚的眼睛望着女儿，女儿觉察到了，便立刻把话扯开去。我觉得，我的小女儿进一步接触到人生了。一个星期过去了，又一个星期过去了，我忍着不向女儿探询什么。但女儿的脸色开朗起来了，玉华也比以前高兴了，小燕有时候也来了，我知道，风波过去了。

星期三的晚上，女儿忽然要求我给她们预备一点好吃的菜，我答应了。第二天全小队都来了，京京一见我，脸就红了。那么伶牙俐齿的小姑娘，竟连阿姨都忘叫了。看起来，京京为她的骄宠付出代价了。

当然，她们很高兴，菜吃得盘盘光。晚上，女儿高兴地告诉我：她受到了辅导员的鼓励，受到了玉华妈妈的感谢，京京被批评了三次，连小燕也被批评了，因为小燕信了她妈妈的话，不跟京京辩论，也不理玉华，两头作好人。

女儿又把五块钱给我，让我替她存起来。玉华的妈妈宁肯少吃些菜，也坚决要把钱还给女儿，这样，她只好收下了。

睡觉前，女儿搂着我的脖子，热情洋溢地说："谢谢您！妈妈！谢谢您教我走正路！"

情谊深长

署名：云凤

初刊上海《新民报晚刊》

1957 年 4 月 4 日

苏联专家伊凡诺夫同志今天添了装饰，在深蓝色上衣的领角，戴着一枚青色的圆别针。别针作地球形，用金色的细线描出了苏维埃辽阔的国土。地球的一缘，镶着金色的肥硕的麦穗，一对高举着镰刀与斧头的男女，神采飞扬地站立在地球之上。球形章上面为佩戴而做的小横幅上，铸着金色的凸字——世界和平——这一定是专家昨天收到的那包礼物中的一种。这枚晶莹得碧空一样的别针，是怎样出色地表达了专家今天欢愉的心境啊！今天是专家结婚卅年的纪念日。凸现的金光闪闪的"世界和平"，把专家那诗一样的爱情生活描绘得光彩焕发。

专家看见我们注意别针，笑着用生涩的中国话说了："这是老伴寄来的，这是'体贴'。"专家很喜欢北京方言中老夫老妻互称的"老伴"这个名词，说这里面包含着生活的奥秘。他也很喜欢"体贴"这个词汇，他说这个词汇的含义美妙得像诗一样。他用这样两个字样称呼来自故乡的礼物，这又是多么准确的形容啊！

晚上，我们为专家做了中国菜，按照北京的老传统，请专家上坐，向他献上了用鸡蛋、银鱼和洋粉做的元宝汤，祝贺他响当当的爱情，也按着北京的老习惯，送给他一对用红丝绒编制的长寿字绒花，请他转给他的爱人。

专家情谊深长地按照北京的习惯向我们每个人布了菜，把莫斯科的甜酒斟在龙凤杯里，请我们喝酒，转祝我们的爱情"体贴"。

酒半酣，专家忽然要我们每人付出一分钱来，这件事很意外，谁也不明白他为什么要钱，而且偏偏是要的一分钱，但他既然要了，而且要的很执拗，我们就掏出钱来送给他。他并不收，捧出他一向装礼物的锦盒，拿出他佩戴的那种和平针，和很多精致的佩章摆在桌子上，要我们每个人依次去选自己最爱的一枚。选好之后，由专家交给你，这时你就送上一分钱。专家给别针的时候，还用别针的针尖刺一下你的手。他刺得那样温柔，而钱又收得那样隆重，我们都忍不住大笑起来。争着去向他道谢。他璧还了我们的感谢，说道：按简单商品流通的公式来讲，这是一次使用价值的交换，我们以我们的一分钱换取了他的所有的别针，这是一次两厢情愿的交易，因此，不能言谢。

原来专家的故乡，从很远的年代以来，劳动人民就不互相赠送带针带锋的东西。谁要是送出这样的东西，那就是表示绝交了。因此，凡是有针有刺的礼品，送给对方的时候，就要"卖"给对方。

这个具有商品形式的"赠买"，使我们呼吸到俄罗斯大地的芳香，正像我们老北京的元宝汤，也使伊凡诺夫专家感到北京的醇情一样。我们的小庆祝会，用民族习惯的旋律，歌唱了时代的友谊。乍暖还寒的北京的春天，溶解在莫斯科的甜酒里了。

（自北京寄）

竹

署名：云凤

初刊上海《新民报晚刊》
1957 年 4 月 30 日

正是江南春深的时候，我这个生长在严寒的长白山麓的东北佬，来到了风光明媚的西湖。这里是多么不同于我的故乡啊！故乡那种闪着莹光的冰雪世界，4 月间苍松上仍然压着白雪的景色，这里人听来就像奇迹一样。而我，在微雨中访云栖，登上那翠竹夹道的曲折山径时，也完全沉醉在饱含着生命的万绿丛中，恍若走进一幅飘逸的风景画里！

也许是受了"松竹梅"岁寒三友那些卅年代中流行画的影响吧！我的印象中，竹总是有棱有角，很严峻的样子。在北京万寿山谐趣园中看到的竹，也并不比"流行画"上所见的好多少。自然，叶子多了，美也美得多了，却总感觉不出竹特有的潇洒风度。叶子是干草型的绿色，风来的时候，刷刷地响着，春天却像秋天，仿佛听见风吹着松叶。

云栖的竹，却是柔润得出奇，不要说那些闪着光的翠叶，就是那苍绿色的竹干，也嫩得像要滴出水来一样。近看，一根根秀拔挺直，远看，一簇簇烟环雾绕。放眼远眺，仿佛一团团的绿云停在云栖的山腰上一样。微风拂过，像音乐家不经意地拨动了琴弦，轻俏的沙沙声随之而起，配上绕林而流的淙淙溪水，大自然演奏着出色的轻音乐。

　　而隐藏在竹林深处的云栖的古神仙之宫，那飞翘的檐角，那蜿蜒的游廊，也正因为层层竹林的掩映，更加显得意趣无穷。

　　而最使我惊奇的，是那些新生的笋，在我严寒的故乡里，早春的植物因为要跟无情的晚霜打遭遇战，总是先把根在温暖的土壤中扎住，地上部分长的异常迟缓。一片叶子可以两天，三天，甚至五天还蜷藏在厚厚的包皮里。而笋却完全不是如此，在翠叶遮去了日光的竹林里，忽然地面松动了，褐色的毛茸茸的笋头尖尖地撑开了地面，转眼之间，就两三个笋皮离开了潮湿的土壤。这景象，使我很自然地联想到古传说中的魔法师，真的像有位仙人在催着竹笋生长一样，似乎听到了笋片扩展的声音。

　　用竹子做成的各种日用家具，也使我喜爱非常，无论是淘米用的竹箩，乘凉用的竹榻，那精致，耐久，而又朴实美丽的竹制品，总是带着浓厚的家的醇香，使人感觉到生活的愉悦。

　　云栖山的一位农家老大娘，在我们闯进她的绿色的庭院之后，体贴地递过来变成琥珀色的竹靠椅，让我们歇歇疲乏了的双腿时，老大娘殷勤的招待，因那舒适的竹靠椅，而使我感觉到迥异于家乡的风俗人情，使我感觉到生活在这个绿色世界中的欢愉，我浸润在这样的空气中，耳边长时间萦绕着竹林的对微风倾诉的絮语。

云栖之茶

署名：云凤

初刊上海《新民报晚刊》

1957年5月8日

    我是个不知道茶的好处的人，加上这几年坐办公室，喝惯了白开水，更加与茶疏远了。昨年去上海，朋友托我带一盒大方茶送给他的亲戚，我还觉得奇怪。在我想来，江南是中国有名的茶产地，焉用得着从北京带茶前去？这都是因为我不知道茶叶的制法有南北之分，也不知道大方茶以北方制者评为上品的缘故。在我贫乏的"茶"的知识里，总认为茶的颜色所以有红有绿，形状所以各样各式，是因为茶树不同。正像牡丹枝上开出来的是牡丹，芍药枝上开出来的是芍药一样；虽然花朵和叶片的形状很相似，但是完全是两种不同的花。当然，这也根本弄错了，原来普天下的茶树都一个模样，只因为加工的巧妙不同，才出现了各种各样的茶叶的。

    去杭州，有幸在盛产西湖龙井的云栖乡梅家坞村小住。本来应该有时间来获悉茶的秘密了，却因为去时正逢梅家坞的茶农搞社会主义性质的高级茶叶生产合作社，每天跟随着社员们讨论社章，研究茶山如何作价入社，商量生产队怎样合理分工评工等等问题，紧张得喘不过气来。为了给茶园评下个大家都满意的价格，曾随着一生伴着茶园生活的老农民踏遍了梅家坞村的大小丘陵，看见了壮年的、新生的、衰老的各样茶树，却一次也没有把它们和作为饮料的茶叶联结起来。加上当时金银花、油菜花、映山红等开遍山野，空气中饱含着这些浓郁的花香，未尝感到茶树的香气。当时，茶树之于我，正像小学生接到了考试题一样，要学会掌握它内在的规律，明白它可以在春夏秋三季中各抽出多少新芽嫩叶，以便在人们评定它的时候，我也能够拿出答案来。我从它身上感到的，只是得出正确答案时的喜悦，与得出错误答案时的苦恼而已。

直到茶叶社一切大事就绪，茶农们在新的生产关系下，精力充沛地掀起多制优级茶的先进生产者运动的时候，我才第一次领略到茶山的美丽与龙井茶的隽永。那是一个满月的夜晚，我们从夜班的制茶间出来，耳边仍然萦绕着社员们的笑语，轻轻地踏着蜿蜒的山径，回到住处去。那一夜的月色真好，整个茶山都浸润在清丽的银光之中，恰逢春雨初晴，茶树上存留的小雨点很像盛夏的流萤，若隐若闪，此明彼暗。衬得墨绿色的茶篷，越加翠色可掬。空气洁净得出奇，使你很容易分辨出什么是油菜花的香，什么是金银花的香，又什么是茶树的香。茶树的香很淡，淡到几乎没有，但很持久。只要你一经在复合的空气中嗅到了它，你就会每时每刻感到它的存在。正像最真挚的友情一样，完全没有华丽的外表，甚至被人误解为冷淡，却沁人心肺，终生不能去怀。

我到了寄宿的社员家里，孩子们早已睡了，主妇在客堂里休息，屋子里没有灯。刚刚坐定，不知是那个苗条的大姐姐还是她的母亲，递给我一杯香茶。茶正适口，我轻轻地呷了一口，觉得又甜又软，再喝一口，真的是满嘴生香，舌头、口腔无一处不感觉到舒适。掌灯来看，茶汁绿得跟树上的新叶一样，椭圆的叶片保持着完整的外形，连那精致的锯齿形的叶缘也丝毫没有损坏，真是高超的技艺。在二百度以上的高温中，在灶下欢跳着火焰的铁锅里，炒茶工人把椭圆形的叶片用十指捏成扁条，捏成龙井茶传统的修美的外形，既要保持色，更要保留香，而色与香都是通过高度的散发，在十几分钟内完成。这是创造，是茶树的永生。无怪茶农们制定炒茶工额的时候，那样细致而谨慎。是的，这里边容不得一丝不公，一丝不公也意味着冒渎了这种创造性的劳动。

那一夜之后，我变成了嗜茶的人，而且渐渐从茶的滋养里，体味到茶的作用。需要赶夜工的时候，泡上一杯浓茶，可以驱走睡魔，头清眼亮。饭吃得不舒服的时候，茶可以消食化气。而当疲倦的时候，一杯清茶，会使心神舒展，恢复精力。

从云栖回来去上海，大哥伴我逛马路，要我体验体验新上海的风光。走累了的时候，他带我在一家幽静的吃茶店里休息，请我喝上一杯新春的龙井。端起杯来，云栖山上的茶篷，穿着浅绿的新装，在乳白色的杯中舒展开来，露出来精致的锯齿形的叶缘，我又嗅到了茶树特有的沁人肺腑的香气。

祝福你们！茶的培育者与制作者！祝福你们的技艺获得更高的成就，使得龙井茶更加为人喜爱。

一枚纪念章

署名：云凤

初刊上海《新民报晚刊》
1957 年 5 月 24 日

接待日本中冈市产业访华代表团，我得到了一枚纪念章，小巧而又素朴，但却意味深长。纪念章下部是只白色的鸽子，头微偏，神采奕奕，正展翅欲飞。上部是中、日两个字，字作环形，像我们中国古式双环那样地套在一起。字银色，以绿色作衬，章是圆形的，字是圆形，鸽子的翅和头也是圆形的，看起来颜色鲜明，而鸽子和字的造型又浑然一体。

这枚纪念章使我兴起来很多联想。首先，白色的鸽子，绿色的衬地，很自然地就联想到和平；而套在一起的双环，也很自然地联想到挽着的双臂。试想想：在绿色的大地上，中日人民挽臂前进，头上翱翔着和平之鸽，这是多么激动人心的景象。特别是对我们这些人，这些三十岁以上，曾经身受战争之苦，尝过抗争中火药味道的人，更加觉得深入胸怀：既痛心于往日那些难以磨灭的痛苦的烙印，也忆念那些探索胜利的艰难的岁月，而最激动我的，却是对未来的向往。这一些，错综交叉，一时竟理不出头绪来。

替我将纪念章佩戴在衣襟上的是位"取缔役社长"，用我们中国相称的身分来说，是位工场主，是位资本家。按日本现时的情形来说，他可能是位爱国的，希望日本民族真正独立的"民族资产阶级"。不管他是谁，他为我配戴纪念章的时候，心里渴望的是友谊与和平，正像我凝视这枚纪念章所联想的一样。这位日本的民族资本家，经历过怎样曲折的道路，才乐于向中国人民奉献出友谊的心的这种感情，也绝不是一言可以说尽的吧！

感谢这枚纪念章的设计者与制造者，他们把可以使东亚天地永生的中日人民的真正友谊，巧妙地熔铸在这枚小小的素朴的纪念章里。使它像诗人最出色的诗句一样，歌唱着我们丰饶大地上金色的秋天，歌唱着人间最珍贵的求友的心声。

五月榴花

署名：云凤

初刊上海《新民报晚刊》
1957 年 6 月 12 日

从河南信阳带回来的一株石榴，又绽苞了，今年的花苞比去年丰满，我的心稍稍地安慰了一些。对这株石榴，我总是怀着歉仄的感情，因为我一直没有使它成长到它应有的丰度。这不仅仅是培育的技术有问题，而是我不知道它的性格，没有像它的"妈妈"那样贴心地照顾它的缘故。

这就使我很自然地联想到它的家乡，联想起它的"妈妈"来。

也是石榴花开的时候，我在河南车云山下做客。一天，下着毛毛细雨，我到山坳里去寻找一个有名的农业生产合作社的园艺队长。路走错了，很久没有找到她的村庄。失望之余，正准备觅路回家的时候，忽然发现了一片隐藏在绿叶中的精致的荆篱。篱墙上，密密匝匝的榴花，火焰一样地怒放在微雨之中，花有小碗那样大，繁馥的花瓣伸卷自如地包着黄色的花蕊，一片鲜红。不要说那些落在花上的雨脚，就是空中含着雨滴的暗云也被照得通亮。看着这样的榴花，不由自主地唤起了朝气蓬勃的感情，兴奋而又恬静，正像挺立着的花朵，外形那样凝宁，却显示了夺人的生命的魅力一样。我忽然感到自己生活得多么懒散，虚掷了可贵的年华。我从来没有像眼前的榴花这样，生活得如此旺盛，如此出色地显示了生命的欢欣，从而感染了别人。

　　我跨过了一条流着黄河浊水的小溪，小心翼翼地踩着粘脚的土路，走到荆篱之前，正踟蹰着是不是可以贸然进去的时候，树丛间转出两个披着蓑衣的小伙子来。其中的一个吼了一声："喂！找谁！"竟吓了我一跳。我好像偷了他的石榴花一样，一时竟窘住了。只简单地回答了一句："我，我来看花。"

　　没等小伙子回答，他的同伴爽朗地笑起来，像是对他又像是对我，说道："这样好看的花，自然人人要看。她看又看不出毛病来！你凶什么？还不快请人家进去？"我想：这样双关的话里一定有文章。果然小伙子的脸飞红起来，像人家揭了他致命的短处一样，一拳就把他的同伴捶跑了，随即爽快地为我打开了篱门。

　　一个年轻的少妇迎出来，穿着石榴花一样的红衫子。她快要作妈妈了，孕育着新生命的身子，把红衫子撑得滚圆。她微笑着，娴静地指给我一棵又一棵的石榴树：这棵喜水，那棵耐肥，另外一棵是吝啬鬼，还有一个是小淘气。她像慈爱又严明的"妈妈"一样，既掌握了每棵树的生长情况，也摸准了每棵树的性格。她像点漆一样的，因为怀孕眼皮呈现着淡粉色的大眼睛，看到石榴的心里去了。

　　我立刻就肯定了，她就是我要寻找的园艺队长。是的，还能有比看穿石榴心的人再称职的园艺队长吗？同时，我也明白了小伙子同伴的那句双关的话。因为早已经有人告诉过我了，在园艺队长没有结婚的时候，本村的甚至邻村的小伙子都爱到这里来看花，小伙子也是其中之一。可是情况变了的时候，小伙子却怕别人来看花了。这就留下了刚才戏谑的原料。

　　那之后，我和园艺队长交了朋友，成了石榴园中的常客。和她一起计算怎样降低成本，怎样使石榴长得更好更大，来为山坳中的这个小村庄增加财富，创造快乐。

我离开信阳的时候，队长坚持着送给我一株石榴。而且再三约我在结实的时候，去尝尝她的石榴子。

可惜我没有机会在石榴结实时再到信阳去，队长托人带了三只石榴给我。一只铁皮的，一只红皮的，一只青皮的，具体地告诉我这是哪三棵树上的"儿子"。并且遗憾地表示，吝啬鬼仍旧不肯多结子。

剥开那三只石榴，比我家乡野樱桃还大的石榴子，晶莹地裸露出来。红的像印度的红宝石，白的像日本的水晶珠，红白相间的像白玉红瑕。吃到嘴里，既有南国荔枝的甘甜醇厚，又有北方鸭梨的爽口多汁，吃了一颗又一颗，真的不肯罢手。

又是一年过去了，那棵小"吝啬鬼"，不知多多结子也未。

农业社的傍晚

署名：云凤

初刊上海《新民报晚刊》
1957 年 8 月 11 日

春天，在诸暨县的山下湖村，田里的油菜花正开，开得好香，香得连空气都醇厚起来。农业社副业组养的蜜蜂，像他们爱劳动的主人一样，傍晚了还不肯休息，闹哄哄地叮在黄鲜鲜的油菜花上，毛茸茸的小身子沾满了淡黄的花粉。远远看去，在金色落日的光带下，就像芳香的油菜花瓣飞在空中一样。

枫桥江水被夕阳染得娇红，农业社副业组养的菱角，遮满了靠岸的水面。尖俏俏的菱叶，一簇簇地漂浮着，漂得那样轻盈灵巧，好像并没有根子在下面牵着似的。社里副业组养的鲢鱼，忽然跃到水面上来了，银白色的细鳞画上了落日的玫瑰色，又忽然钻进菱叶之间去了，紫色的菱叶上留下了青色的光影。

江边矮矮的凤山上，结茶油籽的茶桐，出桐油的桐树，上好木料的栎树，一齐向多彩的晚霞伸张开绿油油的叶子，等待着滋润生命的夜露降临。映山红恣意地生长在这层层的绿树之间，开着火一样的花朵，仿佛要跟晚霞争艳。

农业社的运动场上，正争夺着最后的一个篮球。解放前，曾经是小短工，小奴隶，小牧童，小流浪汉的一群小伙子们，穿着印着大红号码的运动衫裤，完全不像曾在田里劳动了一天，正精力充沛地随着球儿翻腾，奔跑。解放前几乎连裤子都穿不上的一群姑娘们，穿着五颜六色的细布衣裳，脸上抹着玫瑰色的晚霞，站在场边观战。他们愉快地，毫无忌惮地嘲笑那个摔了跤的壮小伙子，清朗的笑声塞满了运动场。

农业社俱乐部里，开讲"三国"的老社员已经缓缓地蹓来了。他的热心的拥护者，为他泡上了社里新制的龙井，还有人从家里带来糯米粉和菜制成的糕（这糕在解放前，一般农民，包括中农在内，是把它当作食物中的珍宝的，只有在最好的年成，才在过春节的时候作上几块），为他作点心。

俱乐部的另一角里，姑娘们为即将到来的绍兴戏演出晚会做着准备。省里有名的两位越剧演员正在辅导姑娘们，为她们指点台步。

年长一些的妇女聚在家门口，三三两两地说着闲话，休息劳累了一天的身体。话题自然而然地说到农业社来了。一个人说："打有咱们这个村庄以来，没有一个地主有这样大的魄力种上上千亩的油菜。农业社号召了一声，别说千亩，两千亩，五千亩，一万亩也种得起来。"另一个说："看那鱼吧！一养就是几十万尾。解放前，连河里的野鱼，也轮不到咱们头上啊！"

是的，妇女们的颂赞不是没有理由的。一望无际的油菜，绿得滴水的上百亩的壮秧，河面上养着菱，河里头养着鱼，山上种着树，田旁边摆着蜂箱。这样的富裕，山下湖往昔的王者——那些只知道掠夺地力、欺压人民的地主们，做梦也没想到这个曾经是有名的泽国的洼地会这样富裕！

我走过那条挡着了枫桥江水，使得山下湖肥沃起来的江堤，向闲话的妇女身前走去。

这时候，我忽然发现，在堤的转角处，在杨柳柔软的枝条之间，一个人远离友伴，正默默地凝望着玫瑰色的河水。

是谁呢？在这样甜蜜的时刻，把自己藏在这里？

我悄悄地走过去，看清了那是农业社社主任的爱人、有名的生产能手、妇女生产大队长招友。这就更加使我奇怪了。这个夫妻和美、生活宽裕、平时又非常爽朗的妇人，什么事这样忧郁呢？

招友很久才知道是我站在那里，一经看见我，她立刻爽朗地笑了，像抹去心上忧伤那样地一把抹掉了眼里的眼泪，而且脸红起来，好像被人看穿了隐秘的少女那样。

"怎么啦？"我问，"跟小华爸吵嘴了？"

她摇摇头。我也明知道她们夫妻根本不会吵得使招友流眼泪，只是想借这样一句话做个引头就是了。

她果然说了，拉我坐到身边去，要我看那遮满了绿叶的水面。

她说："你看！就在那里，那个江水转弯的地方，1947年发大水，淹了整个村子，小华爸去给地主抢险，一连半月没有来家。家里连干菜都吃光了，我实在饿不过，抱着两个月的孩子到这里摸螺蛳。这给地主看见是要打的（这条河也是他的），风大雨急，我又害怕，螺蛳没摸到两个，失手把孩子掉到河里，两卷三卷，就随着巨浪跑了。我总是痴，一见到河水，心里就发酸。那孩子要是熬过来，今天也该像小华一样，戴上红领巾了。"

　　招友指给我看的地方，如今布满了丰满的菱叶，倾耳细听，才能听见河水稳静的涟漪声。这是因为有了解放后修筑的长堤，挡着了汹涌的山水的缘故。不然，从凤山上卷下来的暴风雨的洪流，别说两个月的婴儿，就是七八岁的孩子，也会不留情地卷走的。我明白招友的慈母的心，越是幸福，也就越加惋惜在苦难上无辜死去的孩子。

　　但毕竟是入了高级农业社的今天了，母亲的伤感很快就被现实的欢乐掩没了。社里的妇女委员来喊招友。原来两个人约好了代表合作社去看望生第一胎的女社员香花。妇女委员抱着红糖、米粉、鸡蛋，兴奋得脸色比晚霞还红，不由分说，拉起招友就走。两个人的笑语声，走出去很远，隔着江堤还听得清清楚楚。

一床喜被

署名：云凤

初刊上海《新民报晚刊》

1957 年 8 月 12 日

　　农业社的社员阿土结婚，社主任要我去帮助阿土的老奶奶布置布置新房，应老太太的要求，去给她写副喜联，剪几个双喜字。我欣然接受了这个任务。

　　我立刻到阿土的新房去了。

　　新房是由地主占相权的旧仓房改修的，坐落在枫桥江边的一个小水汊里，翻过筑得高高的枫桥江堤，共青团员利用业余时间为阿土改修的新房，喜气洋洋地站在春日的骄阳之下。这件仓房原来已经破烂不堪了，共青团员们从里边赶出来几十只水老鼠、水蛇等等，几乎是从头修起的，不仅修得坚实牢固，完全合乎住宅的要求；而且按着传统的样式，修起了尖俏的檐角，那粉刷得白白的墙壁，像天上的白云一样，又洁净又漂亮，衬着房后盛开的油菜花，盛开的紫云英，这间新房，像古传说里住着善良又美丽的仙女之家那样，成为这出色大地的一个最显眼的构成部分。

　　我沿着带着新木头香味的楼梯上楼去。阿土的老奶奶正在细心地拂拭着一张雕着四季海棠、漆着红色油漆、按着传统形式打造起来的大木床。床上摆着两床猩红、崭新的绸被。雪白的细麻布帐子摊在床上，还没张挂起来。

老奶奶一见我，慌忙迎上来，急切间，竟找不出放抹布的地方了。放在床楞上，怕脏了被子；放在桌上，又怕沾染了那些新的碟碟碗碗。在地中央转了几圈之后，才恍然大悟地把抹布丢在摆在地中心的水盆里。这才擦干了手，拉我去看那些新婚的用具。

老奶奶首先让我看那顶帐子，帐子上绣着鸳鸯戏水，这是新娘子在劳动空隙抽工夫绣出来的。花儿绣的并不细致，老太太却满意得不得了。她认为，如今的姑娘们还能拈拈针、绣绣花，就是了不得的事。她经常慨叹农业社把姑娘们宠坏了，要她们学技术，下田生产，姑娘们简直野得不要家了，一点没有她们老一辈的温顺模样。她的孙媳妇又生产又绣花，依老太太的话说：这是文武双全。

老奶奶又让我看搪瓷的新脸盆，江西瓷的漱口杯和盖碗，刺绣的枕套和印花的枕巾。这些是新娘和新郎的朋友们送的。这时，老奶奶又羡慕起姑娘们来了。因为她们能劳动，挣工分，自己有钱，随意用用，再也没人干涉，比不得她年轻的时候，活了三十四岁，还没自作主张用过一个小钱。

看到那两床猩红的绸被时，老奶奶怎样也止不住欢喜的眼泪了，这个旧社会的织染刺绣能手，不知道为这里的地主们织染了多少床锦被，刺绣了多少件衣衫。累得眼睛长了白障，几乎瞎了的时候，被地主赶出"府"外，连件遮体的衣服都没有，带着惟一的孙子讨饭为生。过了怎样一段煎熬的生活啊！老奶奶以为一切都完了，她再也不能摸着织机，再也不能把柔韧的丝织成绸缎了。再也不能在锦缎上再现美丽的自然了。可是，霹雳一声，解放了，农民当家作主人了。农会把这一老一小的讨吃鬼安置下来，帮助他们成家立业。农业生产合作社，又把那一无所长的阿土教育成生产能手，给老奶奶治好了眼疾。光明和幸福一齐来临了。就这样，老奶奶在心爱的织机上，用自己育成的蚕丝，为孙儿织了新婚的喜被。

我打开红绸被，看看老奶奶织上了什么花色。

被面中心是一轮光芒四射的太阳，周围是瑰丽的云朵、老奶奶说，她织的是那首歌：那首"东方红，太阳升，中国出了一个毛泽东！"

老祖母用这样深邃的感情纺织了覆盖子孙的锦被，怎么能抑止住欢愉的眼泪呢！

"同志，我把东方红织在被子上，要我的后辈永世不忘共产党。"老奶奶擦去眼泪，庄严地向我说，随手把锦被折起，端端正正地摆在床的正中。

"他们不会忘的。奶奶，您放心吧！"我帮助奶奶去挂帐子，这样说。

"要提醒他们。同志，年轻人，旧社会的折磨受的少，不明白眼前的好日子多么难得，容易忘本啊！同志，不怕你恼，连你也算在内，那里晓得地主们的狠心哟！"

奶奶的话说得我微笑起来，不是笑奶奶的话说得我恼了，而是觉得奶奶把我这样一个知识分子列在她的儿女行中，感到幸福。我再次说："奶奶，放心吧，我们忘不了的！"

　　屋子拾掇完了，我写了一副喜联，又根据老奶奶的意见，用双喜字的花边装饰了毛主席的照片。正当我们一切准备停当的时候，新郎阿土从镇上回来了，他是去买糖的。他要像城里的干部那样，用糖果和纸烟招待亲友，而把奶奶为他积攒了几年的结婚酒宴费，投到农业社去，作为生产资金。

银茶

署名：云凤

初刊上海《新民报晚刊》
1957 年 8 月 13 日

当江西农业社的姑娘们到桑林里去采桑叶的时候，我也随她们去了。姑娘们背着大的篾篮，穿着五颜六色的花衣裳，赤着脚，嘻嘻哈哈地跨过枫桥江上的木桥，迎着刚刚冒头的旭日，向凤山坡上的桑林走着。路并不远，但是怎样曲折有致的路啊！这个小小的凤山，大概长遍了浙江省的各种树木。一棵棵，一簇簇，圆的，尖的，锯齿形的，针形的绿叶，在金色的朝阳中闪闪发光，在红色土壤的山路上留下了多姿的树影；白皮的，棕皮的，浅绿皮的树干，一根根亭亭玉立，排成了不规则的队形。姑娘们走过来，不得不随着各色的树干左弯右绕，以致，翠生生的绿叶间，一会儿嵌上个红衣人儿，一会儿又换成绿的，好像姑娘们在树间捉迷藏一样。树下面，映山红开得随处都是，姑娘们顺手摘了花，嘻笑着为同伴簪到头上。

几乎所有的花儿都簪到银茶的头上去了。这个伶俐的、比同伴们显得苍白的姑娘，被红花一照，显得更白净了。那双值得诗人描绘的深邃的黑眼睛，像点了火一样，又明亮又欢腾，银茶的快乐的心烧到眼睛外面来了。

"到底来了，银茶！"我也在那姑娘的黑辫子上，插上了一朵水凌凌的映山红。

"怎么能不来呢？同志！爸爸到底是雇农，立场稳呀！"

这话乍听起来没头没脑，仔细一捉摸，实在是说的恰如其分。这个高小毕业生，被村人们看作女秀才的姑娘，准确地形容了她的父亲的心境。

事情是这样的：银茶的爸爸是这一带出名的好把式，种稻、养菱、育竹、栽桑，没一件不会，没一件不精通。这个好把式像其他千千万万没有土地的农民一样，尽管是一身绝艺，在旧社会里，仍然不得不在灾荒的年头吃田螺、吃泥鳅，在丰收的年头，喝稀饭，啃干菜。连累得独生女儿银茶，也从未吃过一顿饱饭。

解放后，特别是入了农业社以后，老人得到了应有的尊敬，尽管是做不动重活了，社里还是拨给他最高的技术工分。不称心的是，正在这幸福的年头老伴死了，老人把所有的感情都放在女儿身上，不仅是好吃好穿，连女儿做点重活也心痛起来了。

人们都说老人痛姑娘痛得疯心了，忘了当初他是怎样生活过来的了。为了痛姑娘，竟尔要把姑娘嫁到镇上去，嫁给开茶馆的少老板，为的是省得姑娘风吹日晒。

银茶是个好姑娘，纵然被父亲放在掌心里捧着，仍然从父亲那里接受了热爱劳动的血液；从农业社的环境中，接受了生产光荣的影响；从共青团的教育中，立下了做个有文化农民的崇高志愿。

这样，父女的冲突就由隐蔽而表面化了。父亲伤心女儿不知好歹，连女儿参加劳动都不准许了。女儿生气父亲粗暴，跑出去住到邻村的姨母家中，扬言连父亲也不认了。

农业社主任批评了父亲，更严厉地批评了女儿。事情终于按着女儿的意愿做了，退了少老板的亲事，银茶回到家里来，给社里管理工账，听从社主任的批评，贴心贴意地照顾爸爸。

银茶把父亲终于想通了这件事的缘由，归于父亲的出身，归于父亲的热爱劳动。

"那么？"我说，"小银茶！不去嫁少老板，你嫁谁呢？"

银茶知道我在开玩笑，也笑着但认真地说："我在农业社里选一个，侍奉父亲，一辈子不出合作社！"

"好啊，小银茶！你选谁呢？说给我听听吧！"

同伴们吵嚷起来，向银茶抛掷着花朵。银茶这次脸红起来了，红得像映山红一样。

爷爷和孙子

署名: 云凤

初刊上海《新民报晚刊》
1957 年 8 月 28 日

我们机关所在的胡同口上，有个补鞋的老人。只要是晴天，无论是酷暑或严冬，他总是在我们上班之前就把摊子摆得整整齐齐，开始工作。晚上，总是在天黑得不能再黑，街上已无行人的时候才收工回去。我们机关里的一个莽撞的小伙子，曾经问过老人这样一句话："爷爷！您这样起早贪黑的，就是为的多赚点钱吧？"这句平常话，却把老人气得胡子冲天。这个一向非常和气的老人，狠狠地瞪了小伙子一眼，粗声粗气地说了："亏你还是个毛泽东时代的青年，怎么只会往'钱'字上面着想？你想想，我是给同志们服务的。大家都很忙，修鞋、补袜还不都是抓时间。譬如有个同志早晨来上班时，顺手把要修的鞋带来了，假使我没来，岂不是要叫他再跑一趟？又譬如有个同志有紧急任务要上街，偏偏鞋子不顺脚，找上我，三针两线就调理好了，岂不是便利了他的工作。我不一天到晚守在这里，尽量使同志们方便，还能窝在家里，等同志们找上门去吗？"

这番话说得小伙子哑口无言。

老人的确不是为了多赚钱才早出晚归的。他不但在时间上做到随时服务，在质量上也尽量使你满意。有一回，我们爱漂亮的小兰姑娘，跳舞时把崭新的红皮鞋撕了一条口子。哭丧着脸去找老人。老人牺牲了午睡，跑了好几家线店，配好了红线，把那只红鞋缝得又细又好，冷眼一点都看不出破绽来。送还小兰时，也不过收了两毛工钱。

就这样，我们和老人比邻处了七年。

但老人毕竟是老人，尽管服务的心再热诚，眼睛和手都衰退了。七年来，我们眼看着老人的花白胡子变得雪白，眼瞧着老人换了三次老花眼镜。最近一个时期，刚刚调深的老光眼镜又不顶用了，在半阴的天气里，老人把针脚举得高高的寻找着针眼。我们看了就为他着急，路过摊头的时候，常常自动地停下来，帮他穿针引线。这时候，老人赧红着脸，无可奈何地看着老茧斑驳的双手。

我们为老人的工作担心，却谁也不愿意失去这样一个好朋友。很多同志甚至不忍心指出，他因眼力不济而缝错了的针脚。我们多么盼望老人收个徒弟，不仅是继承他的手艺，更重要的是继承那颗热诚的心啊！

一如我们所盼望的，这天，老人真的带徒弟来了，而且为徒弟准备了一份崭新的工具。这个徒弟，我们都认识，就是每天晚上，当主顾稀少的时候，就着路灯的光亮，为老人读书念报的，老人唯一的孙子。

老人家里只有三口人，他，他的寡媳，还有这个孙子。原来的一大家人都死在内战的炮火里了。据说老人的儿子也是鞋匠，父子两个在天津市郊开了爿小作坊。在漫长的岁月里，不知为蒋家王朝纳了多少贡税。那个残酷的统治者回报他的却是家破人亡，和数不清的凌辱。当老人被炮火逼到当时的北平，在贫民区安家落户之后，赌咒发誓，他这一辈子和他儿子这一辈子都算了，但他孙子，怎样也不能再作他那行"贱业"，他要送他上学堂读书，以便将来改换门庭。

老人送孙子上学的心愿，直到新中国成立后才实现。孙子也真争气，书念得真好，从小学三年级起，就结结巴巴地给爷爷读报纸了。老人常常自豪地说，他这个旧社会的贱民，要供他孙子上大学。

可是就在孙子初中毕业的今天，老人却把他带来做徒弟了，我们没有一个人不想知道老人是怎样下这个决定的。

仍旧是那个莽撞的小伙子去问了。不过小伙子在团的帮助下，当年的莽撞已经变为今天的爱说爱笑、爱帮助人排遣困难了。

老人慢声慢语地回答了小伙子："这都是因为你们，因为你们教育了我呀！"

"我们？"小伙子摸了摸硬硬的头发，闹愣了。

"是的，是你们。"老人肯决地说："你们机关里一两千人，连部长都包括在内，没有一个不尊敬我，把我当同志待的。在你们面前，我从来没感到我的行业低贱。我用不着改变门庭了，我的孙子应该继承我的工作。"

小伙子实心实意地赞扬老人的意见，还和他的孙子拉了手。当老人回家吃饭的时候，孙子补充了爷爷的意见。不，宁肯说是叙述了自己的衷肠。他说："我娘和我爷爷都衰老了，家里的担子应该由我挑起来，我不能再升学来加重他们的负担。而且，你们那样尊敬爷爷，信赖爷爷，我有责任继续爷爷的工作，继续发扬爷爷和你们的友情。而且我还年轻，我可以从我的实践中，获得更切实的手艺，我将成为个制鞋专家，那时，我就将服务得更好了。"

　　现在老人不用我们在阴暗的天气中帮他穿针引线了。我们常常看见他，满意地眯着眼睛，把针和线放在孙子的手里。

鸣谢

在搜寻梅娘佚著、佚文的过程中，得到了许多先生、同行、文史爱好者的帮助。他们是杉野要吉、大久保明男、蒋蕾、杨铸、杉野元子、羽田朝子、Norman Smith、孙屏、刘奉文、刘慧娟、陈霞、庄培蓉、张曦灏等。如本文集的书信卷所示，众多梅娘信件的持有者，提供了梅娘手书的复印件。

还有不少亲友为《梅娘文集》提供了梅娘不同时期的照片，入选照片、图片均由柳青编排。梅娘的好友，东北沦陷区作家、书法家李正中先生（1921-2020），生前热情为《梅娘文集》题签。终校得到了刘晓丽教授的友情助力。

在书稿即将付梓之际，谨在这里向所有无私指教、大力协助过的人士，表达诚挚的谢意！

梅娘全集编委会

2023 年 4 月 9 日